講談社文庫

焦土の刑事

堂場瞬一

講談社

目次

焦土の刑事

第一部　隠されたもの

第一景

舞台中央に畳の部屋。そこに一人、男（井《い》澤《ざわ》英夫《ひでお》）があぐらをかいて座っている。ぽつねんと煙草を吸いながら、心ここに在らずの様子。

引き戸が開き、女（長島《ながしま》朋子《ともこ》）が入って来る。怯《おび》えた顔つき。井澤は朋子に気づいて一瞬そちらを見るが、すぐに視線を逸《そ》らしてしまう。朋子、恐る恐る井澤の向かいに座る。

朋子　何を考えていらっしゃるんですか。

井澤　何も。

朋子　嘘《うそ》。考え事をしている時は、あなた、いつも煙草を吸うわ。

井澤　（煙草を灰皿に押しつけながら――）そんなことはない。君が気にし過ぎなんだ。

朋子　昨夜はどこにいらっしゃったの？　ずいぶん遅かったわね。
井澤　君は、いちいち私を監視しているのか？
朋子　違うわ。でも、気になるの。
井澤　私のことなんか、気にしないでくれ。
朋子　そんなわけにいきません。私は、あなたのお世話をするためにここにいるんですよ。
井澤　君は私の女房じゃない。（苛《いら》ついた感じで新しい煙草に火を点《つ》ける）
朋子　そんなこと、おっしゃらないで。今の私には、あなたのお世話をするのが生きがいなのよ。
井澤　そういうのはやめてくれ。私には、君が知らない面がたくさんある。知らない方がいい。
朋子　私は、あなたの全てを知りたいの。
井澤　駄目だ……いいか、これ以上お節介をするなら、君にはこの家を出ていってもらう。
朋子　そんな……。
井澤　本気だ。いいか、私の側《そば》で仕事をしたいなら、これ以上のお節介はやめてもらう。静かにここにいて、仕事の話をしているだけならいい。だがな、余計なことを言うならこれで終わりだ。本当に出ていってもらう。

朋子（うつむいて）分かりました。

井澤 それで結構だ。とりあえず、一人にしてくれないか。まだ仕事があるんだ。

朋子 何か私にお手伝いできることは――。

井澤 ない。人の手は借りない。

1

何という一日だったのか――いや、一日にも満たない、わずか十数時間なのに、このザマはなんだ。高峰靖夫《たかみねやすお》はげんなりしつつ、自分に腹が立っていた。体全体が痛い。特にひどいのは足だ。焼け跡は、ただ歩き回るだけでも気を遣って疲れる。瓦礫《がれき》に埋もれた鋭い物を踏んで怪我してしまう恐れもあるから、足取りは慎重になった。

本当は、自分の持ち場である京橋《きょうばし》署の管内を守らなくてはいけない。京橋署管内でも、銀座《ぎんざ》一丁目、二丁目、銀座西二丁目辺りは空襲の被害を受けたのだから。しかし、浅草《あさくさ》など下町の方がはるかに被害が大きく、死者が多数出たというので、各署から若手が応援に駆り出されたのだった。

警視庁京橋署の刑事である高峰は、これまであれだけ大量の遺体を見たことはなかった。高峰にとって死体とは、主に殺人事件や傷害致死事件の被害者だった。全ての犠牲者には人生があり、悲劇があった。だが、あれだけ多くの遺体を一気に見てしまうと……「人」ではなく、「物」として考えないとやっていけなかった。戦争なのだと、改めて強く意識した。

防空壕の中で折り重なって倒れている遺体は、まだましだった。あの人たちは閉じこめられたまま、おそらく煙で窒息《ちっそく》したのだ——一人一人の顔には苦悶の表情が浮かんでいたものの、尊厳を持って向き合うことができた。しかし、焼け死んだ人は……

高峰が一番衝撃を受けたのは、母子らしい遺体だった。小さな、たぶん二歳か三歳の子は完全に黒焦げになり、傍《かたわら》で倒れていた母親らしき遺体は、腹のところだけが白いままだった。たぶん、燃え盛る火から我が子を守ろうと、必死に抱きしめてうつ伏せになっていたのだろう。ほどなく腹以外の体中を炎に焼かれ、死亡。子どもは母親の体の下から這《は》い出て焼死したのではないかと推測された。

子どもは、小さな黒い塊《かたまり》に過ぎなかった。

あれには心底参った。それまで抑えてきた感情が一気に爆発して、自分でも予想していなかったことに、泣き出してしまったのだ。大小二つの遺体を担架代わりの戸板に載せて運び出し……その間ずっと、頬は涙で濡れたままだった。一緒に仕事をしていたのは地元署の巡査部長で、応援に来ていた他署の署員にも遠慮なく気合を入れ、時には拳を飛ばしていたのだが、何も言わなかった――言えなかったのだと思う。巡査部長の目にもまた光る物があったのを、高峰は見逃さなかった。

夕方近く、京橋署の近くまで警察車で送ってもらい、その後は歩いて署に向かう。銀座二丁目まで来て、啞然《あぜん》とした。銀座でさえ焼け野原――コンクリートのビルは、外壁は黒焦げになりながらもかろうじて残っていたのだが、木造家屋はほぼ全滅だった。ビルも、中は熱でやられてしまっているだろう。自宅が被災した署員もいるらしい……。

歩いているうちに、嫌な汗をかいていることに気づいた。三月十日、本格的な春はまだ先なのに、不思議と夏のように暑い。火災の熱気がまだ街に残っているのだった。

東京がこんな風になってしまうとは……二十八歳の高峰にとっては子どもの頃の記憶だが、富所《とみどころ》署長は、「関東大震災よりもひどい」と厳しい表情で語っていた。関東大震災の時は、各地から上がった火の手が風に煽《あお》られて燃え広がったというが、未明の空襲では、おそらくその時以上に火災は速く広がっただろう。焼夷弾《しょういだん》の炎は高さ三メートルにも及び、逃げる以外にできることはなかった。

浅草はほぼ焼け野原……子どもの頃から、何度か遊びにいったことのある街は完全に消えていた。松屋《まつや》の入った東武の駅ビルは、建物そのものは無事だったが、壁は黒く焼け焦げ、望楼の時計は消えてしまっていた。その周囲は瓦礫の山で、駅ビルがなかったら、自分がどこにいるかも分からなかっただろう。

銀座も同じようなものだった。

防空頭巾を被《かぶ》り、大八車を引いた若い女が、うつむいたまま横を通り過ぎる。どこかで会ったような気がする……この辺りに住む人だったかもしれない。大八車には、小さな女の子が一人、乗っているだけだった。家財道具を持ち出す余裕すらなかったのだろう。身一つで焼け出され、これからどうするつもりなのか。そもそも、どこへ行くのだろう。

話しかけようかとも思ったが、声が出ない。今は一刻も早く署に戻らないと……戻ってもまた別の仕事があるから休めないのだが、それでもとにかく、慣れた環境に身を置きたかった。

東京は壊れつつある。見慣れぬ街に変わりつつある。

未明に来襲したB29は、いつもよりもずっと低空で東京へ入ってきたようで、高峰がこれまで見ていた三倍ほどの大きさにも感じられた。クソ、こんな低空飛行を許すなんて、本土防衛はどうなっているんだ……高射砲の光が花火のように散ったが、果たしてどれだけの効果があったのだろう。

自宅は無事だろうか。京橋署へ歩いて行ける高峰の家付近も被害を受けたはずだ。

警戒警報が出るとすぐに署に駆けつけたから、家の無事は確認していない。妹は上手《うま》く逃げてくれたと思うが……すばしこい娘だから、火事に巻きこまれるとは考えられない。もう真剣に疎開を考えなければ。両親は一足先に長野《ながの》へ引っこんだから、妹はそこへやればいい。いかに東京が人手不足とはいえ、警察官でもない一般人が働いている場合ではないのだ。まずは命が第一。

それにしても、昨日から今日にかけてはいろいろなことがあり過ぎた。

昨日は久しぶりに休みをもらったので、昼間、渋谷《しぶや》の東横《とうよこ》劇場へ古川《ふるかわ》ロッパを観に行った。我ながら呆《あき》れてしまうのだが、戦時中とはいえ、大事な趣味は諦めたくない。そもそも、こういうご時世でも芝居をやっているのだから、観にいくのがファンとしての礼儀というものだろう。演《だ》し物《もの》は『突貫駅長』。ただしこちらも緊張していたのか、いつものロッパ劇のようには笑えなかった。

それでも昨日の東横劇場は満員だった。こんな非常時でも、人は平気で芝居を観に行く。アメリカごときがどんなことをしようが、東京に暮らす人間は平然としているのだ、と思いたかった。絶対に負けられない。

「高峰さん!」

急に甲高《かんだか》い声で呼びかけられ、高峰は振り返った。途端にほっとして、力が抜ける。

「三郎《さぶろう》！　怪我してねえか！」

息を切らして駆け寄ってきた永田《ながた》三郎が、高峰にぶつかる直前で立ち止まる。顔は煤《すす》で汚れ、それが汗で流れ始めてまだら模様になっていた。

「家はどうした」

三郎の家は、銀座四丁目にある古い呉服屋だ。三郎はそこの三男坊で、今年確か十歳になる。管内をくまなく歩き回っている高峰は、三郎とも知り合いだった。妙に人懐こい――多少甘えん坊なところがあるのだが、男兄弟がいない高峰はこの子が好きだった。話していると、いつも顔が緩んでしまう。

「うちは平気……あの、すぐに警察へ行けって言われて」

「どうかしたのか」高峰は身を屈め、三郎と目の高さを合わせた。

「あの、あの……死体が」

「死体？　空襲でか？」

「分かんないです。お父さんが見つけて、とにかく警察へ知らせろって」

「分かった」空襲とは関係ないのだろう。わざわざ警察に届けようというのだから……。

署へ戻るか、それともこのまま遺体の発見現場に行くか、迷う。しかし、一度署まで行くことにした。どうせここからだと、歩いて五分ほどだし、応援も必要だろう。

「あのな、俺は一度署に戻らないといけねえから、一緒に来てくれ。それですぐに引き返そう」

「うん」

焼け焦げた街……しかし、三郎は灰と瓦礫で埋まった道路を平然と歩いていた。靴もぼろぼろで、怪我しそうで危なっかしい。

「家族も無事か？」

「大丈夫」

「よかったなあ」浅草の方は大変だったんだ、と言おうとして言葉を呑《の》みこむ。あの地獄のような恐怖を、わざわざ三郎に教えなくてもいいだろう。

「でも、怖かったよ」三郎がぽつりと言った。

「皆一緒だったんだろう？」

「防空壕で」三郎がうなずく。「すごい音がして、ずっと眠れなくて」

「そうだよなあ。でも、お前は怪我がなくてよかったよ」

「うん」

こいつは本当に人懐っこ過ぎる……自分は市民に対して威張りたい訳ではないから何とも思わないが、こういう気安い態度を「生意気だ」と憤《いきどお》り、ビンタを食らわすような警官もいる。後で、ちゃんと教えてやろう。何しろ今は、誰もが怯え、苛立っているのだ。日本人は冷静で規律正しい――だが、限界はある。ちょっとだけ、いろいろなことを我慢するんだぞ、三郎……。

娯楽と商業の中心地、活気の源泉である街が大きな被害を受けたことで、東京の人たちはどれほどの衝撃を受けるだろう。実際には、被害の全容は分からない……地を這うようにかけずり回って後始末をしている署員たちも、管内の被害をはっきりとは把握していないだろう。もちろんラジオや新聞も、被害状況はきちんと伝えないはずだ。下町、それに銀座の大きな被害はこの目で見たが、それ以外にも司法省や裁判所まで焼け落ちてしまったらしい、と噂《うわさ》が流れている。銀座だけではなく行政の中心部も、B29の空襲の前にはもうなす術《すべ》がない……そんなことを東京に住む人間に教えても仕方がない。

三郎を連れて先を急ぐ。途中すれ違う人たちの顔は、一様にぼんやりとしていた。怒っても泣いてもいない。全ての人間が、あらゆる感情を奪われてしまったようだった。街角にできた瓦礫の山の前に人が集まり、ぼんやりと周囲を見回している。あそこは何だったのか……ふいに高峰は、自分がまったく知らない異国の地にいるような気分になった。黒く焦げたビル。立ち上がる熱気と異臭。道路には瓦礫が積み重なって、真っ直ぐ歩けない……三郎が平気で歩いているのが信じられなかった。子どもの方が、こういう異様な状況にも簡単に慣れてしまうのかもしれない。

京橋署は無事に残っていたものの、署の周りは普段とは違うざわめきに満ちている。罹災者《りさい》が集まって、身を寄せ合っているせいだ。警察署の近くにいればとりあえず安全、ということだろう。罹災者の間を縫《ぬ》うように署に入り、署員の顔を見る度に、少しずつ気持ちが落ち着いてきた。宇治《うじ》、松山《まつやま》、服部《はっとり》……皆無事だったか。一様に汚れ、疲れた顔をしているが、生きている。そう、生きてさえいれば何とかなる。

　自分の本来の勤務先である刑事課へ行く前に、署長室に立ち寄った。

「失礼します！」

　ドアは開いていたが、できるだけ大きな声を上げ、敬礼してから部屋に入る。署長の富所は誰かと電話で話していたが、高峰が部屋へ入っていくとすぐに受話器を置いた。

「高峰巡査、戻りました！」

「ご苦労」富所がうなずき、立ち上がる。語尾にわずかに揺らぎがあるのは、出身地である新潟《にいがた》の訛《なま》りが今でも抜けていないからだろう。「向こうはどうだった？」

「それは……散々な有様でした」

「そうか」

　富所がゆっくりと椅子に腰を下ろし、首を横に振った。ひどく憔悴《しょうすい》している、と高峰は同情した。自分のような下っ端は、上に言われるまま動いていればいい。疲れるが、休めばすぐに回復する。しかし未曾有《みぞう》の状況を把握して、常に命令を下さねばならない署長には、気が休まる暇もないだろう。

「煙草、持っていけ」富所が、机に放り出してあったむき出しの煙草をまとめて摑《つか》み、高峰に向けて差し出した。

「いや、申し訳ありませんので」配給になった煙草は、一日六本しか手に入らない。高峰はこのところ困っていたのだが……。

「いい機会だから、わしは煙草をやめることにした。これを持っていって、協力してくれんか」

「分かりました」

署長席の前に歩み出て、押し頂くように五本の煙草を受け取る。こいつは貴重だ……一刻も早く吸いたかったが、今はそれどころではない。

「実は、遺体を発見したとの通報を受けました」

高峰は振り返り、三郎に目を遣《や》った。さすがに三郎も、署長室にまでは入ってこられず、外でもじもじしている。

「遺体？　空襲の被害者か？」

「これから確認に参ります」

「空襲じゃないのか？」富所が目を細めて念押しした。

「何とも言えませんが……何か不自然なところがあるようで、まだ現場に遺体が残っているようです」

「分かった。念のために誰か連れていけ。刑事課長にも報告しろ」

「分かりました」

「――いや、わしも現場に行こう」

「署長がですか？」高峰は思わず目を見開いた。

「ああ。こちらの仕事は一段落したから、わしも現場を見ておこう。もしも空襲と関係なかったら……」

「どうなるでしょうか」高峰は胸がざわつくのを感じた。

「結論は現場を見てからだ。お前、飯は食ったか？」

「いえ、そんな暇はありませんでした」

「何とか食う物をかき集めてるから、後で腹に入れておけよ。腹が減ってると、体が持たんぞ」

「分かりました」

言われると急に空腹を意識したが、仕方がない。もう少し頑張らなければ。もう少し、もう少し……頭の中で「もう少し」という言葉が盛んに浮かぶようになったのは、いつ頃だっただろうか。もう少しでこういう苦しい日々は終わる――そう考えないとやっていけなかった。

新聞やラジオは盛んに日本軍の優勢を伝えていたが、そう上手くはいくはずがないと高峰は密かに考えていた。とはいえ、そんなことを人前で言えるわけもなく、どうにも苛立つ日々が積み重なっていた。特に去年、空襲が本格化してからは、その思いが強い。余計なことは考えるな、とにかくもう少し頑張れば、戦争は終わる——ただ、日本が勝つと絶対の自信を持てないのが不安だった。そして今回の大空襲で、心は折れかけている。東京全体での被害がどの程度なのか分からないが、迎撃する友軍の戦闘機は見えないし、高射砲はほとんど役に立たず、B29はやりたい放題で焼夷弾を落としていく。

署長室を辞し、三郎を連れて刑事課へ入る。同僚たちはぐったりした様子で休んでいた。刑事課長の下山《しもやま》は書類に目を通していたが、高峰が部屋に入ってきたのを見ると、無言でうなずきかけた。

「ただいま戻りました」

「無事だったか……浅草は相当ひどかったらしいな」

「はい、実際——」高峰は言葉を呑んだ。焼死体が積み重なった様は脳裏に深く刻まれ、忘れようとしても消えてくれない。たぶん、何十年経った後でも、昨日のことのように再現できるだろう。だが、あの生々しい話を三郎に聞かせるわけにはいかない。「すみません、その件は後ほど……事件が発生した可能性があります」

「事件？」

「三郎」

高峰は、背後に隠れていた三郎を呼んだ。三郎が、おっかなびっくりの様子で出てきて、高峰の横に立つ。高峰は三郎の肩に置いた手に、しっかりと力をこめた。震えている。見慣れぬ警察官たちの前で緊張している。

「この子は永楽《えいらく》呉服店の三男坊なんですが……家の人に言われて来たんです。遺体があると」

「遺体だと？　空襲じゃないのか？」

「分かりません。これから確認しに行きますが、署長も行かれるそうです」

「何でまた、署長が」下山が顔をしかめる。

「こちらが一段落したから現場を見ておきたいと」

「まったく、署長も……」苦々しい表情で、下山が言葉を呑みこんだ。

下山が忌々《いまいま》しそうに言うのも理解できる。富所は、高峰が今まで見てきた署長とは少し違うのだ。大抵の署長は、署長室にどんと構え、部下に指示を飛ばすだけだ。管内を回る時などは、部下を引き連れて大名行列のようになる。しかし富所はかなり気さくで、部下ともよく話すし、一人でもあちこちへ出かけていく。下山辺りから見ると「腰が軽い」「重みがない」ように感じられるのだろう。

「とにかく、放置しておくわけにはいかんな。さっそく出かけよう。坊主、どんな感じなんだ？」下山が三郎に声をかける。

「いえ、ええと……」三郎が言葉に詰まり、身をよじった。

「この子は家の人から言われて来ただけなんです。遺体は見ていません」高峰は助け舟を出した。

「分かった。おい、竹島《たけじま》！」下山が若い刑事に呼びかけた。「担架を用意しておけ！」

「すみません、今は担架が一つもありません」竹島が小声で答えて頭を下げる。

「しょうがねえな」下山が舌打ちした。「車は出せるか？」

「それが、故障で……」

「だったら戸板でも何でも用意しておけ。行くぞ！」

もはや死者への敬意も何もない。その辺に放っておくわけにはいかないから、とりあえず片づけるだけ――空襲で、自分たちの感覚も完全に狂ってしまったと意識する。そう、あれだけ多くの遺体を見た後になっては……駄目だ、と高峰は首を横に振った。自分たちの仕事は、事件や事故で亡くなった人の無念を晴らすことである。そのためにはまず、遺体に対する敬意だけは払わないと。

2

竹島ともう一人の若い刑事が戸板を持って歩く様は、何とも情けなかった。これに遺体を載せて署に帰らなければならないのかと思うと、申し訳なくなる。本来、こんな扱いをしてはいけない。

高峰たちはまず、永楽呉服店を訪ねた。高峰は店主の永田満寿男《ますお》とも顔見知りである。戦争が激しくなって街の灯が寂しくなる前は、一緒に芝居見物したり、酒を呑んだりしたこともあった。

永田も顔は煤け、いつものようにゆったり構えた大店《おおだな》の旦那の雰囲気はなくなっていた。ろくに寝ていないようで、目も真っ赤である。それでも生真面目《きまじめ》な表情で高峰を出迎えてくれた。署長まで一緒なので、普段よりも緊張しているようだ。

「通報、感謝します」高峰は素早く頭を下げた。

「いえ、どういうことなのか、分からないんですが」

「現場はどこですか?」

「防空壕の中なんですよ」

「防空壕?」

「そうです。うちの隣のビルの地下」

「ちょっと待って下さい」高峰は思わず永田に詰め寄った。「その防空壕は、昨夜も使っていたんじゃないんですか？」

「そうなんですよ」永田がうなずく。「私、忘れ物しましてね。一時間ほど前に戻ったら、女性の遺体が……電話も通じなかったんで、息子を警察に行かせたんです」

「なるほど……昨夜、そこに避難していた人ではなかったんですか？」

空襲は午前零時過ぎに始まり、午前二時半頃まで続いた。わずか二時間半の間に、東京は壊滅的な打撃を受けた――。

「見覚えはないですね」

「とにかく見てみよう」富所が命じると、刑事たちが一斉に動き出す。永田が慌てて前に立ち、案内してくれた。

防空壕独特の臭気と、湿った空気には、何度入っても慣れない。この防空壕はビルの地下にあるので比較的しっかりしていて、しかも広いのだが、それでも圧迫感は胸苦しくなるものだった。

女性が倒れている。

空襲とは関係ない、と一目で分かった。首に切り傷がある。間違いなく刃物傷で、それが致命傷になっているのは明らかだった。

「これは……」下山が絶句する。彼も刑事生活は長く、遺体は見慣れているはずだが、この状況の異常さに動揺しているようだった。

「永田さんでしたな」富所が永田に声をかける。

「はい」永田が硬い声で返事する。

「これから現場を調べます。ちょっと外に出ていてもらえますか」

「分かりました」ほっとした口調で永田が答える。閉鎖した空間で遺体と一緒にいるのは、耐え難いだろう。

「外で待っていて下さい。この後また、うちの刑事が話を聴きます」

刑事たちだけになると、すぐに現場と遺体の捜査が始まった。いつもの手順……しかし京橋署管内では、昔から殺人事件があまりなかったせいか、全員の動きがぎこちない。

高峰は遺体を検《あらた》めた。服を脱がせてみないと完全には分からないが、ざっと見た限りでは傷は一ヵ所だけだ。犯人は見事な——嫌な言い方だが——一撃で被害者を仕留めていた。

顔面は蒼白、遺体は完全に硬直していた。死後十数時間というところだろうか。おそらく二十代。卵形の整った顔立ちだった。背丈は五尺ほど、体つきは平均的という感じ。茶色いモンペにねずみ色のブラウスという格好で、上着の類《たぐい》や他の荷物は見当たらない。盗まれたのだろうか、と高峰は訝《いぶか》った。頻繁な空襲で厳戒態勢が続いているせいか、最近普通の泥棒などは減っているものの、悪さをする人間がいなくなったとは言い切れない。この女性はどこか別の場所で襲われ、金目の物を奪われてここへ捨てられた——防空壕というのは、遺体を捨てる場所には適していない。ここのところ空襲も頻繁で、防空壕は毎日のように利用されている。それ故、上手く遺体を隠したつもりでも、すぐに見つかってしまう可能性が高い。

それにしても、あの空襲のドタバタの中で人を殺した人間がいたとは……怒りより先に、啞然としてしまった。人間という生き物の罪深さを強く実感する。

空襲跡で見た無数の遺体——身元も分からない「物」だったのに対して、今目の前にあるこの遺体は、「助けて」と高峰に呼びかけているようだった。無数の遺体と目の前のたった一つの遺体——この遺体にきちんと対応することこそ、自分の仕事だ。

遺体をひっくり返し、他に目立つ傷がないことを確認する。持ち物もなし。となるとやはり、襲われて持ち物を奪われ、この防空壕に遺棄《いき》されたと考えるのが自然だろう。ここで殺された可能性は極めて低い。これだけ大きな傷なら、相当の出血があったはずなのに、目立った血痕は見当たらなかった。

「どうだ」

下山が背後から声をかけてくる。高峰は立ち上がったが、疲労のあまり、両足とも痙攣《けいれん》しそうだった。

「殺しでしょう。傷はたぶん、首の一ヵ所だけです。身元を示すようなものは何もないですね」

「まずは身元か……」下山が渋い表情を浮かべる。

「署に運びますか？」

「そうだな。おい、竹島！」

竹島ともう一人の若い刑事が戸板を床に置き、その上に遺体を移した。上から毛布をかけ、何とか遺体を隠す。こんな風に運ばれて、遺体もさぞ無念だろう……ふつふつと怒りがわいてくる。数時間前まで、何十、何百という損傷の激しい遺体を見た後でも、高峰は自分の感覚が鈍くなっていなかったことに軽い驚きを覚えていた。これは戦争ではない。個人に対する犯罪だ。そして自分たち刑事は、そういう事件に対応するのが本来の仕事である。

竹島たちが、おっかなびっくり戸板を持ち上げた。下山が怒鳴り上げる。

「貴様ら、そのへっぴり腰は何だ！　しっかり運ばんか！」

狭い階段から遺体を上手く搬出するのは難しい。高峰も手を貸して、ようやく遺体を外へ出し、ほっと一息ついた。高峰は、空になった防空壕の中をざっと見回した。ビルの地下室を改造したもののようで、天井は直立できないぐらい低い。あちこちに木製の腰かけが置いてある。かなり大きな防空壕だが、何人ぐらい入れるのだろうか。今は三月、まだ肌寒いぐらいだからいいが、夏には蒸し風呂のようになるだろう。

「昨夜から、かなり混乱していた」富所がぽつりと言った。

「はい」高峰は背筋を伸ばした。

「空襲警報が解除されたのが午前二時半。この辺は火事になっていなかったようだが、隣の二丁目まではかなり燃えていたから、人出も多かったはずだ」

「仰《おつしや》る通りですな」下山が応じた。「昨夜はこの辺を警戒していましたが、避難する人たちでかなり混み合っていました」

二人のやり取りを聞きながら、高峰は犯行時刻──犯人がこの防空壕へ遺体を運びこんだ時刻を何とか特定しようとした。下山の言う通り、一晩中銀座に避難者が溢《あふ》れていたのは間違いない。一段落したのは、おそらく夜明け頃……その段階で、高峰は浅草方面への応援に駆り出されてしまったので、その後の銀座の様子は分からない。おそらく朝には避難も落ちついて、多くの人は家の片づけなどをしていただろう。日が高くなれば、外を出歩く人も増えたはずだ。ということは、遺体が遺棄されたのは、朝の時間帯と考えられる。

もっとも、犯人はそれほど目立たずに遺体を運べたかもしれない。大八車に遺体を載せ、上から毛布でも被せてしまえば、荷物を運んでいるようにしか見えなかっただろう。避難のために、大八車を引いている人も多かったはずだし。一種の目くらましだ。

「まず、身元の確認からだ」下山が指示した。「被害者はここで殺されたのではなく、どこかで殺されてこの防空壕に遺棄されたんだろう。となると、被害者は近所の人である可能性が高い。そんなに遠くからは運べないだろう」

「はい」高峰は素直にうなずいた。下山の推理は、自分のそれとほぼ一致している。

「近所の聞き込みを始めてくれ。遺体の方は、署で調べておく」

「分かりました」嫌な予感がする……灯火管制が行われているとはいえ、ここは銀座である。多くの店が商売をやめ、数年前のような賑《にぎ》わいは失われてしまっていても、依然として人を集める街なのは間違いない。たまたま何かの用事で銀座に来ていて殺されたとなったら……捜索範囲が広がると、身元の特定が遅れる恐れもある。

「ここはお前に任せる」富所が高峰に指示した。「なにぶん人手不足なものでな」

「承知しました」高峰はさっと敬礼した。動ける人間が少ないのは間違いない。管内を落ち着かせるために警戒に出ている同僚も多いし、空襲の後始末で応援に出たまま帰ってこない人間もまだいる。そもそも出征者も多く、ずっと定員割れのままなのだ。自分は幸運なのだろうか……戦地に送られた同僚は、銃弾が飛び交う中で常に死を意識しているだろう。内地に残ったことをどこかで申し訳なく思っていたのだが、今や東京にいても安全ではない。そして、自分のような二十代の男は、周囲で極端に少なくなっていた。

防空壕を出て、待っていた永田と合流する。彼の国民服の胸の辺りが裂けているのに気づいた。

「永田さん、怪我はしてませんか？」高峰は自分の胸を指差した。

「ああ、これ？」永田が掌《てのひら》を胸に当てる。それで完全に隠れるほどの裂け目——長さは多分三寸ほどだ。「昨夜、防空壕でちょっと引っかけましてね。少し引っかき傷ができたけど、大したことはない」

「ちょっと話を聴きたいんですが、いいですか？」

「いいですよ。うちに来られます？　ま、来ても何もないんだけど。着物はもう疎開させて、売る物がなくなっちまったからね」

「大丈夫です。着物を買いにいく訳じゃないですから」少しだけ腰を下ろせればいい。もうずっと立ちっぱなし、歩きっぱなしだった。

永田が言う通り、永楽呉服店の店先には何もなくなっていた。高峰にはあまり縁のある店ではなくても、こういうがらんとした光景を見ると物悲しくなる。子どもの頃から知っていた銀座は、物と人で溢れていた。それが今、多くの店は疎開するか、商売替えしてしまった。肉屋の店頭に、いつの間にか模型飛行機が並んでいたのを見た時には驚いたものである。

店先で腰かけ、ほっと一息つく。

「お茶でも出したいところだけど……」

「とんでもないです。お構いなく」

そうは言ったものの、生来の商人である永田は、この状態でももてなしの気持ちを忘れていなかった。奥へ引っこんでしばらくすると、湯呑みを持って戻ってくる。破れた国民服も着替えていた。

「水だけど、とりあえず」

「いただきます」一礼して、ありがたく湯呑みを受け取る。一気に飲み干すと、体の隅々まで水分が染み渡るようだった。自分の体が砂になってしまい、水が浸透していく感じ……途端に、激しい空腹を意識した。しかしさすがに、「何か食べる物を」とは言えない。銀座の大店でも、普段の食事ですら困っているはずだ。

「遺体の顔、見ましたか？」

「それは、まあ」途端に永田が表情を歪《ゆが》める。「倒れていたから、一応確認しないといけないと思ってね」

「顔に見覚えはありましたか？」

「いや、見覚えのない顔でしたよ」

高峰はうなずいた。永田の気持ちは分かる。最近は、空襲のせいで普通の人が遺体を見る機会も増えているが、殺された遺体となったらまた別だろう。永田にとっては、生々し過ぎたはずだ。

「近所の人ではないんですかね」

「どうだろう。昨夜からの空襲で行方不明になった人もいるかもしれないけど、確認するのはまだ難しいんじゃないかな」

「ちょっとこの辺で聞き込みをしてみようと思いますが」

「どうかねえ」永田が首を捻《ひね》る。「聞き込みと言っても、家にいない人も多いと思うよ」

「そうですね……他にあの遺体を見た人はいますか？」

「いないと思うがね。皆、自分のところの後片づけで精一杯だろうし」

「そうでしょうね」どうもこの捜査は上手くいきそうにない——高峰は早くも嫌な予感に襲われていた。こちらも人手が足りないし、街の人たちにとっては、今はそれどころではないだろう。

「うちももうすぐ疎開だよ」

「決めたんですか？」

「福井《ふくい》の方に妻の親類がいてね。そこを頼っていくしかないんだが」

「福井ですか……」日本海側。はるか遠くだ。

「心細いんだけどね。妻の親類と言っても、一度も会ったことがないんだから。こっちは大人数だし、上手くやれるかどうか、自信がない。こうなると、東京生まれの身の上が恨めしいよ」

高峰も納得してうなずいた。田舎《いなか》のある人は、そこの親戚などを頼って疎開すればいい。ただ、東京生まれ東京育ちの人間には、逃げ場がないのだ。高峰は、病気がちの両親を何とか長野県に疎開させられたが、向こうでは上手くやっているだろうか。最近は、手紙も来ない。

「いつ頃になりそうなんですか?」

「できれば来月にでも。もう荷物は送り出したし、こんな空襲があると、やっぱり怖いからねえ」

「そうですよね」

「あなたみたいに強そうな警官でも?」

「焼夷弾が落ちてきたら、どうしようもないですよ」高峰は苦笑した。

「そりゃそうだ……しかし、しばらく芝居も見られないと思うと、本当にがっかりだね。もうロッパを観るような余裕はないだろうなあ」

永田は大のロッパファンだ。『突貫駅長』を観てきたことは隠しておこう――何だか申し訳ない。

「また観られますよ」あまり慰めになっていないと思いながら高峰は言った。「とはいっても、今、東京で観られる芝居は限られてますけどね」

「田舎よりはましだろう。移動演劇が来るぐらいじゃないか？　それもそんなに頻繁じゃないだろうし」

「我慢、我慢ですね」

「そうですよ」

二人は疲れた笑みを交わし合った。永田の気持ちは読める。我慢しろと言っても、限界はあるのだ。「もう少し」じゃないのか。こんなこと、いつまで続くんだ――公僕である警察官としては、不満は一切言えない。

「とにかく、ちょっと近所を回ってみます」高峰は膝を叩いて立ち上がった。そうしただけで、足に鈍い痛みが走る。まったく、気合が抜けている。警察官たるもの、何があっても疲れたなどと言ってはいけないのに。

永田も立ち上がって、一緒に外に出た。ぼんやりと焼け跡を眺めるその目は虚《うつ》ろだった。焦げ臭い煙がまだ街を覆っている。戦地はまさにこういう感じなのだろうか。

「高峰さん、あれは？」

永田が小声で言った。彼の視線が向く方を見ると、二人の男が、ボロボロの服を着た一人の男を連れていくところだった。ボロボロの男は何か文句を言ったようだが、後頭部に平手打ちを食らわされて、黙ってしまう。

「あの二人は、うちの署の特高係です」高峰は吐き捨てた。

「こんな時に？」永田が不機嫌に言った。

「何か余計なことを言ったんじゃないですかね。空襲の被害を大きく言ったりすると、特高に目をつけられるから。永田さんも気をつけて下さいよ」

「冗談じゃないやね」永田が暗い声で言った。「何か、おかしくないかい？　空襲のことを話しただけで……」

「戦意が落ちる、ということなんでしょう。銃後の民心は大事なんですよ」何で特高の連中の代弁をしているのだろう、と高峰は自分に腹が立ってきた。「脆弱《ぜいじゃく》分子は厳しく取り締まるように、指示が出ているようです」

「何が脆弱だか……頭の上から爆弾を落とされて、まだ強気の奴がいたら、ただの馬鹿だぞ」

「永田さん」高峰は唇の前で人差し指を立てた。「俺も一応、警官ですから」

「ああ」永田がにやりと笑った。「特高の皆さんには秘密にしてくれよ」

永田と別れて聞き込みをしてみたが、結果は芳《かんば》しくなかった。やはり人が掴まらない。家を離れて避難したままだったり、家にいる人も、とても警察官と話す気にはなれないようだった。無理強《じ》いもできない。警察官といえば高圧的と思われているが、刑事はそういう訳にはいかないのだ。知らないことを、無理矢理証言させても意味がない。

徒労感を抱えたまま、京橋署までのろのろと歩いていく。ところどころで瓦礫を燃やして暖を取っている人がいて、それが乏《とぼ》しい灯りになっている。懐中電灯を持っていてよかった……焼け落ちた家の横で、壊れた水道管からちろちろと流れる水を、貪《むさぼ》るように飲んでいる人がいる。子どもの泣き声。無気力にそれをなだめる母親の声。怒鳴り合い。暗い街に様々な声が流れていたが、高峰は意識して頭を素通りさせることにした。いちいち耳を傾けていたら、精神的に参ってしまいそうだ。何か大きな問題が起きて、誰かが「お巡りさん」と助けを求めてきたら、その時に初めて反応しよう。

京橋署に辿《たど》り着いた時には、完全に体力が切れていた。喉が渇き、腹も減っている。刑事課で、何とか芋にありついた。喉が渇いている時に芋を食べると、窒息せんばかりに苦しい。水を少しずつ飲んで、喉に引っかかりそうな芋を何とか呑みこむ。ようやく人心地ついたので、下山に報告をした。

「残念ながら、遺体の身元につながるような情報はありませんでした。申し訳ありません」

「この状況では致し方ない。それより、署長に礼は言ってきたか？　この芋、署長があちこち手を尽くして用意してくれたんだぞ」

「すみません、まだでした」急いで一礼し、刑事課を飛び出す。署長に対して礼儀を欠いたら、所轄の仕事はやっていられない。

富所は、まだ署長室にいた。昨夜は徹夜だったはず……今夜も帰れないかもしれない。管内の空襲被害をまとめて記録を残しておかねばならないのだ。その情報が全て手元に集まってくるには、まだ時間がかかるだろう。

署長は一人ではなかった。ドアが少し開いていて、立ったまま誰かと話しているのが見える。どうも富所の方がへりくだっている感じだ。本部から誰かお偉いさんが来ているのだろうか。京橋署管内の空襲被害は、浅草辺りに比べればまだ小さい。本部の人が視察に行くなら、浅草方面だと思うのだが……二人のやりとりが、開いたドアから漏れてくる。

「しかし、それでよろしいんですか？」富所が遠慮がちに訊《たず》ねる。

「時局を鑑《かんが》み、というお達しだ」

「それではあまりにも……」

「これは決まったことだ。処理はこちらで担当する」

「しかし……」

「署長、今回だけは駄目だ。こちらが決めた事に従ってもらう」

「……分かりました」

富所が折れた。何か無理難題を押しつけられて、最後には屈服した感じだった。ドアのところまで相手を送り、深々と一礼する。顔を上げた瞬間、何とも言えない表情が浮かんでいることに高峰は気づいた。唇を嚙《か》み締め、目は充血し……両手を拳に握り締めていて、手の甲に血管が浮くほどだった。高峰も慌てて、本部から来たらしい男に一礼する。向こうは高峰を完全に無視し、署長室の外で待機していた若い男を伴って出ていった。

富所と目が合う。今の男が何者か、聞きたかったが、とてもそんなことが言える雰囲気ではない。芋の礼と、聞き込みが上手くいかなかったことを報告しようとした瞬間、富所が先に口を開く。

「刑事課は全員揃《そろ》っているか？」

「はい……いると思います」

「ちょっと話がある」

「こちらへ集めますか？」

「いや、わしが刑事課へ行こう」

富所はさっさと歩き出した。高峰は慌てて後を追う。何かあった――しかも重大な事態が。それは分かったが、確認できない。富所は、「話しかけるな」とでも言いたそうな気を発しているのだ。

刑事課へ富所が入っていくと、座っていた人間も全員が立ち上がった。下山は、驚いたような表情を浮かべている。

「先ほどの遺体だが」富所が切り出した。「あれは空襲の被害者で、身元不明ということにする」

「どういうことですか」下山が、自分の机を離れた。

「そういうことだ。いいな」富所は一刻も早く話を切り上げたがっていた。

「待って下さい」高峰は慌てて声を上げた。「あれは間違いなく殺人事件です。首の切り傷が致命傷です。空襲の被害者のわけがありません」

「空襲の被害者だ。そういうことになった」

「どういうことですか」高峰は下山と同じ台詞《せりふ》を口にした。

「そういうことだ」富所も説明を繰り返した――まったく説明になっていないが。

「この件の捜査はしない。そういうことになった」

「一体誰が決めたんですか」高峰は食い下がった。

「お前たちが知る必要はない。大義のためだ」

「それはどういう大義――」

なおも質問をぶつけようとして、高峰は固まってしまった。富所の目に、今まで見たことのない色が浮かんでいる――絶望。

「遺体は本部で処理する。お前たちはこの件については、なかったことと考えてくれ」

「私はこの目で遺体を見て調べました」

高峰は低い声で言った。せめてもの抵抗――しかし富所は折れなかった。

「以上だ。ご苦労だった」

富所が踵《きびす》を返し、刑事課を出ていく。取り残された刑事たちは呆然《ぼうぜん》として、誰も一言も発しない。少しだけほっとした空気が流れていることに高峰は気づいた。空襲で大混乱している時に、こんな厄介な事件を押しつけられたらたまらない――そんなことじゃ駄目なんだ、と高峰は頭に血が昇るのを感じた。殺しは殺し。絶対に許されるものではなく、犯人は必ず逮捕しなければならない。兵隊に取られていない自分は、そうやって帝都を守るのだ。

「課長……」高峰は下山に詰め寄った。「どういうことなんですか」

「俺に聞くな」下山が不機嫌に吐き捨てた。

「しかし……」

「おおかた、本部から何か言われたんだろう」

「何かって何ですか」

「俺に聞くな！」下山が声を張り上げて繰り返した。一転して声を潜め、「署長が、こんな判断をされるわけがない。あの方が、事件を揉《も》み消すような真似をするはずがない」と早口でつけ加えた。

「上が――本部が指示したんですか？」

「知らん」

「それなら、自分が本部で交渉してきます。これは殺人事件なんですよ？　なかったことにするわけにはいかないでしょう」

「命令は命令だ。空襲の後始末もあるし、これからも空襲はまだまだ続くだろう。警察としてやることはたくさんあるんだ」

「課長は、それでいいとお考えなんですか？」

「お前、俺に口答えするのか？」下山が高峰を睨《にら》みつける。

「まさか……でも、殺しは殺しです。空襲への対処ももちろん大事ですけど、刑事課の仕事は本来、事件を捜査することじゃないんですか」

「今は非常時だ。平時の常識は通用しない！」下山が乱暴に音を立てて椅子に腰を下ろす。「俺にあれこれ言うな……署長が命じられたことなんだから、どうしようもないだろう」

クソ、冗談じゃない。戦時中だからって、殺人事件の捜査をしないでいいという法があるわけがない。刑事たるもの、法に従い、きちんと仕事をしなければならないのだ。今、富所は法を無視しろ、と命じたに等しい。

こんなことが許されるわけがない。


夜遅く、高峰は、遺体が安置されている一室に忍びこんだ。後生大事に自分の机に保管していたカメラと一緒に……本当に捜査が中止になるとしても、何か証拠を残しておきたかった。もしかしたら、後で捜査を再開できるかもしれないし、その時に写真一枚も残っていないようでは話にならない。

部屋の灯りを点け、そこそこの明るさで写真を撮っていく。全身、それに顔だけ、そして傷を拡大して撮影する。シャッター音が響く度に、怒りが膨れ上がっていくようだった。何で捜査ができないんだ？　人殺しが野放しになっているんだぞ。

あの後、署長からは第二の命令が出た。「この件は一切口外しないこと」。そんなことは不可能だ。防空壕で遺体が見つかった話は、あの辺りに住む人の間にはとうに広がっているに違いない。今度永田に会ったら、どんな顔をすればいいのだろう。事件のことを聞かれて無視できるのか。

絶対にこのままにはしねえぞ……いかに今が非常時とはいえ、許されるべきではないことはある。

犯人が見つからなければ、被害者の無念はいつまで経っても晴れない――刑事になった頃、先輩たちから叩きこまれた話が脳裏に蘇《よみがえ》る。刑事っていうのはな、坊さんと同じなんだ。坊さんはお経で死んだ人を安心させる。俺たちは犯人を捕まえることで被害者やその家族を安心させる。そういう心がけを忘れるようなら、刑事なんか辞めちまえ。

富所は、俺たちに「刑事を辞めろ」と言ったも同然ではないか。

3

「だからこれは、明らかな軍部批判だ」

「どこがですか」

劇団昭和座《しょうわざ》の座付き作家、広瀬孝《ひろせたかし》が、警視庁本部特高一課長の堀川隆《ほりかわたかし》に食ってかかった。堀川はむっとした表情を浮かべたが、手は出さない。特高の人間にしては珍しく、比較的穏やかな男だった。しかし海老沢六郎《えびさわろくろう》はハラハラしていた。広瀬と一緒に来た昭和座の幹事、三津《みと》も、額に汗を浮かべている。

「これだ……」堀川が眼鏡を外し、顔の前に原稿を持ってきた。「この台詞《せりふ》、『上の言いなりのままで、お主は正義が貫けると思っているのか』とあるだろう」

「前後の流れから、自然な台詞ですよ。それにこれは、あくまで幕末が舞台の物語です。今とは状況が違います」

「駄目だ」堀川は強硬だった。「軍部批判で観客に悪い影響を与える。訂正だ」

「保安課の検閲は通っているんですよ。どうして何度も検閲を受けなければいけないんですか」広瀬が食い下がった。

「しっかりしたものにするためには、何度も見る必要がある」

「骨抜きになって、意味が分からなくなるだけだ！」広瀬が声を張り上げる。

「口が過ぎるぞ」堀川が目を細める。「軍部批判は許されん」

「警察に何が分かる？　これで市民の戦意が喪失するとでもいうのか？」

「非国民が！」穏やかな堀川が、珍しく大声を出す。「この台本を許さないどころか、お前を逮捕してもいいんだぞ」

「やれるものならやってみろ！」

「広瀬、それぐらいにしよう」三津が小声で忠告する。

「これじゃ、やってられませんよ」広瀬が呆れたように両手を広げた。

「とにかく、修正しなさい」堀川は抗議を一切受け付けなかった。

「そうですか、分かりましたよ。分かってくれると思ってたこっちが間違ってた」

捨て台詞を残して、広瀬が特高一課の部屋を出ていく。昭和座が次に上演する『歯車』の台詞が、こうして一つ落ちた。

「広瀬にも困ったもんだ」堀川が眉を寄せる。「座長の霧島《きりしま》は協力的なのに、あいつはいつも逆らってくる。少しは霧島の姿勢を見習うべきだな」

「課長、霧島さんとは親しいんですか？」

「ああ。いろいろ意見交換もしている。あの人は物事がよく分かっている人格者だ。しかし、お前も甘いぞ」堀川が海老沢に注意を促した。「今のような台詞を見逃したら駄目だ」

「……気をつけます」堀川のやり過ぎだと思ったが、海老沢は素直に頭を下げた。

「こういうご時世なんだから、うちとしっかり合議して内容を精査していかんと……だいたいお前を保安課に出したのは、うちとの連携を順調にするためだぞ」

「承知しています」

しかし、特高一課が芝居の台本にまで口を出してくるのは異例だった。演劇の台本検閲は、あくまで保安課検閲係の担当なのに……堀川の真意は分からない。しかし海老沢はもともと、特高の人間だった――いや、本籍は今でも特高にある。四年前、アメリカとの戦争が勃発する少し前に、籍を特高に置いたまま、警視庁保安部保安課興行係との兼務を命じられた。理由は堀川が言った通り。特高として、保安課にも影響力を及ぼすための尖兵である。

海老沢は眼鏡の汚れを拭ってかけ直し、台詞に朱筆で線を入れた。特高の人間は芸術が分かっていない。ただただ「危険」な台詞をカットして、面白くもない、無難なものにしようとしている。保安課で四年、海老沢は特高の異常さを外から意識するようになってきた。奴ら、娯楽のことなんか何も分かっていない。だいたい、共産党担当の堀川が口を出してくるのもおかしい。僕は芸術を守り、それが国のために役に立てばいいと思っている。

疲れたな……海老沢は自宅に戻ると、畳の上で大の字になった。畳があるだけでもありがたい。同僚の中には、自宅から焼け出されて所轄や本部に泊まり込んでいる人間もいるのだ。

大空襲からしばらく経ったものの、東京は未だに打ちのめされたままだ。

警視庁の向かいにある司法省も被害を受け、名物のれんが壁こそ残っているものの、全焼被害らしい。関東大震災でもほとんど被害がなかった建物も、さすがに空襲には勝てないか……馴染みの建物がぼろぼろになったのを見ると、「いよいよか」という感じがしてくる。

市電も被害を受け、バスも動いていない。被災者がのろのろと歩いている中、無事だった家に帰るのは、何だか申し訳ないような感じさえする。途中、白菜を抱えて歩いている老人の姿を見かけた。白菜？　もしかしたら、焼けた家からあれだけ持ち出して、貴重な食料として葉を一枚ずつ食べているのだろうか。若い母親が幼子を三人連れている。三人が三人とも泣き叫んでいたが、母親は疲れ切った様子で慰めも怒りもしない。

こんな時に、昭和座の連中と台本の話をしていた自分たちは、いったい何なのだろう。

「兄さん、大丈夫なの？」

声をかけられ、慌てて上体を起こす。妹の安恵《やすえ》だった。別に驚くことはないか……今は、この家には二人しかいないのだから。

「大丈夫だ」

「ご飯は？」

「ああ……何かあるのか？」

「あるような、ないような」安恵が寂しげな笑みを浮かべる。丸顔も、今やすっかりほっそりしてしまっていた。子どもの頃から食いしん坊だったのに、このところ配給とヤミの食べ物だけで、満足に食事も取れていない。

二人きりの侘《わび》しい食事。父親は十三年前に亡くなり、残された母親は今年の初めに、栃木《とちぎ》の親類のところへ疎開させた。母親は娘の身を案じて、何度も手紙を寄越しているのだが、今は駅員として働いている安恵は「東京を離れない」と疎開を拒否し続けている。

今日も粥《かゆ》……芋のつるも大根の葉も混じっているが、いつもよりは米が多いようだった。

「珍しいな。今日は結構ご飯らしい」

「たまにはね。貯めておいたお米よ」

「ピカピカの白い飯が懐かしいな」数年前までは、それが当たり前の食事だったのに。

「美味《おい》しいものじゃなくていいから、普通に食べたいわ……そんなこと言ってるとバチが当たりそうだけど」

「とにかく、食べようか」

最近は、少量の粥やすいとんでも腹が膨れるようになった。八年前——中国での事変が発生する前の食卓を懐かしく思い出すこともある。当時の海老沢は二十歳。幼馴染みの高峰と一緒に警視庁に奉職し、給料をもらえる身になっていた。十五歳の時に父親を亡くし、それから数年は苦しい生活が続いていたのだが、自分で稼いだ金で家族が美味《うま》い物を食べられるのが嬉しくて仕方がなかった。

「駅の仕事はどうだ」

「すっかり慣れたわ。和子《かずこ》もいるし」

「仲のいい人がいると、やりやすいよな」和子は高峰の妹だ。「和子さんは、元気か？」

「ええ」

戦争で若い男の人手が足りなくなって、いつの間にか女性の駅員が目立つようになった。ちょっと前までは考えられなかった光景だが、これも悪くない……女性が改札してくれた方が、何となく和む。とはいえ最近は、空襲で駅も被害を受けることが多いから心配だ。

「お前、そろそろ駅の仕事を辞めて疎開する気はないか？」

「駄目よ、人手が足りないんだから」

「そうかもしれないけど、東京にいるのは危険だ」

「それは兄さんも同じでしょう」

「僕は警察官だぞ」

今の立場が警察官かどうかは微妙なのだが……元々保安課には検閲係が二人いた。三人目になった海老沢も、身分上は一応警察官ではあるのだが、警察官らしい仕事はしていない。ただ……海老沢自身はこの仕事が気に入っていた。純粋に芝居や映画が好きで、人より早く台本が読めるのが何より嬉しい。暇な時は、係に置いてある「近代劇全集」を読みふけることもできる。そして、銀幕の中でしか見られなかったスターや、素晴らしい台本を仕立て上げる作家たちと話す機会ができたのも幸運だった。趣味と仕事が完全に合致していると言っていい。

そういう立場であるのが後ろめたい。今も戦地で戦っている人が大勢いるのに。

「海老沢、いるか？」

声がすると同時に、玄関の戸が開く。高峰だ、とすぐに分かった。

「何か出すもの、あるか？」海老沢は小声で安恵に訊ねた。客が来たのにもてなしもできないようでは格好がつかないが、最近はそんな余裕もない。

「ごめんなさい、お酒はないわ」安恵が申し訳なさそうに言った。「お茶なら何とか……」

「じゃあ、せめてお茶を頼む」

「いいわよ」

安恵が台所へ向かい、海老沢は玄関へ行った。高峰が暗い表情で立っている。何かあったな、とすぐにピンと来た。

「これ」高峰が、斜めがけにした鞄から、さらしに包んだ何かを取り出した。大きさからして酒——それも洋酒だ。「土産《みやげ》だ」

「すまんな」

「ずっと取っておいたんだが……呑んじまおう」

「もしかしたらウイスキーか？」

「ああ。とっておきの一本だ……上がるぞ」

「どうぞ」

ウイスキーを受け取り、そっとさらしをずらしてみる。サントリーだ。よくこんなものが手に入ったな……酒などしばらく呑んでいない。ただ酒よりも飯がほしい。

六畳間でちゃぶ台を挟んで向き合うと、すぐに安恵が湯呑みを運んできた。

「ああ、安恵ちゃん、お久しぶり」高峰の顔がパッと明るくなる。

「ご無沙汰してます」

「この前の空襲、大丈夫だったかい？」

「何とか……」

「和子にも言ってるんだけど、そろそろ駅で働くのもよした方がいいよ。空襲は、今後は駅を中心に狙ってくる、という話があるんだ」

「本当ですか？」安恵が蒼い顔で訊ね、ちゃぶ台の前に座りこむ。

「最近は何を信じていいか分からねえけど、駅が狙われるっていうのはいかにもありそうな話だ。省線が全滅したら、いよいよ我々の足もなくなる……お前、何か聞いてねえか？」高峰が海老沢に話を振った。

「そういう話はあるようだな」

「嫌な感じだな」

高峰が茶を一気に呑み干し、「面倒臭いからこれでいこう」と、海老沢に向かって湯呑みを差し出した。

「おいおい、乱暴だな」海老沢は苦笑しながらウイスキーを開けた。

「安恵ちゃんもどうだい？」高峰が瓶を持ち上げる。

「私は、ウイスキーは……」安恵が苦笑しながら逃げた。

「呑んでもいい歳じゃねえか」高峰は妙にしつこかった。

「まあまあ……酔っ払っていない人間が一人ぐらいいないとまずいよ」海老沢は助け舟を出した。

「そうか」

高峰が納得したので、海老沢は彼の湯呑みにウイスキーを注いだ。高峰はゆっくりと湯呑みを傾け、生《き》のままのウイスキーを喉に流しこむ。

「お前も呑めよ」

「ああ、後で……まだお茶があるから」

ウイスキーを体に入れるのは、少しでも後回しにしたかった。高峰は少し荒れ模様だから、酔っ払ったら自分が面倒を見ないといけない。

しかしいつまでもお茶でその場を繕っているわけにはいかず、海老沢も自分の湯呑みにウイスキーを入れて水を少し加える。元々そんなに酒に強いわけではないので、生のまま呑むのは無理だ。

「この酒、どうしたんだ」一口なめてから、海老沢は訊ねた。

「親父の秘蔵品だ。疎開先に持っていけなかったんだよ。帰ってきたら一緒に呑むつもりだったけど、いつになるか分からんからな」

「そうか……親父さんたち、元気なのか？」

「たまに手紙が来るけど、あまりよくねえな。二人とも相変わらず体調が悪いし。でも、東京にいるよりはよほどいいだろう。少なくとも、空襲警報で逃げ回らなくて済む」

「そうだな……ところでお前、何かあったのか？　仕事のことか？」

「実は、信じられない事が起きやがった」

海老沢は安恵に目配せした。何かあった……それも、安恵に聞かせてはいけない話だ。気を利かせた安恵が、自室に引っこむ。それを見届けた高峰は、ちゃぶ台の上に身を乗り出すようにして小声で話し始めた。

「殺人事件が揉み消された」

「何だと？」

「三月十日……大空襲があった日の夕方に、うちの管内の防空壕に遺体が捨てられているのが見つかったんだ」

「遺体？　空襲の被害者じゃないのか」

「違う。首に切り傷があった」高峰が自分の首を手刀で叩いた。「明らかに他殺体だ」

「見間違いってことは？」

「俺が見間違えると思うか？」高峰の目は既に据わっていた。

「ああ、いや、失礼……お前が間違えるはずがないな。それで、揉み消しというのはどういうことなんだ？　にわかには信じられん」

「この件は捜査しない、殺人事件はなかったことにする——遺体は本部が引き取った」

「そんな馬鹿なことが本当にあるのか？」海老沢は呆れて言った。

「実際、あったんだ！」高峰がちゃぶ台に拳を叩きつけた。「……とにかく、俺は実際に署長から命令を受けた」

「署長の判断か」

「いや、違う」高峰が湯呑みを持ち上げ、縁越しに海老沢をねっとりとした目つきで見た。「署長も誰かに命じられた——たぶん、本部の偉いさんだ」

「そりゃあ、殺人事件を捜査しないなんてこと、所轄の一存では決められないだろうが……」海老沢はまだ信じられなかった。

「お前、探りを入れられねえか？　一体誰がこんな命令を下したのか、知りたいんだ」

「無理だよ」

「本部にいるのに？」

「僕は特高——保安課の人間だぞ？」海老沢は声を潜めた。「他の部署との交流なんか、まったくない」

「まったく、お前は……」高峰が舌打ちした。「保安課なんかで仕事してて、面白いのかよ」

「まあ、ちょっと落ち着けよ。何か事情があるんだろう」

「事情？　殺人事件の捜査をしないっていうのは、いったいどういう了見なんだ？　あり得ねえだろう。殺しだけは、絶対に許されねえ犯罪なんだから」高峰がまくしたてる。

「それはそうだろうが……今は非常時だぞ。この前の下町の空襲では、八万人ぐらい亡くなってるそうだ」

「それはもちろん……大変なことだとは思う」高峰が唇を噛んだ。「しかしそんな時だからって、警察が殺人事件の捜査をしないで済ませていいのか？　犯人は今も、のうのうと歩き回ってるんだぞ」

「お前が怒るのも分かるが……」

海老沢は水で割ったウイスキーを一口呑んだ。何となく、苦味が強い。だいたい、ウイスキーは苦手なのだ。

「お前の場合、こういう状況でも仕事は変わらねえんだろうな」高峰が唐突に話題を変えた。

「いや、そうでもない」

「そうなのか？」高峰が目を見開く。

「ちょっと、風向きがな……」

先日、興行係長に明かされたことが、妙に気にかかっている。「これから、好きにやらせる方向になるかもしれない」「アチャラカでも何でもありだ」。今日は『歯車』の台本で散々やり合ったのだが……どうやら内務省の新しい方針が決まったらしい。今までマイクロフォンの使用は禁止だったのに今後は許可、歌手の服装も何でもいい。いったいどういうことだろう……検閲自体もなくなるのだろうか？　以前は、興行係には月に三百本もの台本が集まってきた。検閲の有効期限は二年で、昔の作品を再演する時には再度の検閲が必要だったから数も多くなったのだが、今は芝居が上演される機会自体が減っている。海老沢たちの仕事自体も先細り、という感じだった。

その辺を説明し、これから仕事がどうなるか分からないと不安を打ち明けると、高峰はゆっくりとうなずいた。湯呑みをちゃぶ台に置くと、国民服のポケットから煙草を取り出して火を点ける。海老沢は黙って、部屋の隅に置いてあった灰皿を出してやった。

「こんな話を聞いたことがあるんだ」高峰が切り出した。「ドイツは戦争になってからも、喜劇には制限を加えていないらしい。戦意高揚と笑いは、関係ねえという判断なんだろうな。日本人は真面目だから、戦時下に笑ってる場合じゃねえ、ということかもしれないが……だいたいロッパもエノケンも、アメリカとの戦争が始まってからはつまらなくなった。つまらないというか、説教臭くなったというか」

「それは言うなよ」海老沢は唇の前で指を一本立てて見せた。「軍もいろいろ煩《うるさ》いんだから」

「分かってるけど、戦地に行ってる連中が頑張ってることなんか、誰でも知ってるじゃねえか。わざわざ芝居で見せなくてもいいのに」

「戦地の人たちも大変だけど、僕たちも同じぐらい大変だぞ」

「そんなことを言ったら、バチが当たるかもしれんがな――おい、そう言えば、小嶋《こじま》が帰ってくるらしいぞ」

「本当か？」海老沢は身を乗り出した。「僕は久しく会ってない……出征の時も見送りできなかった」

「俺だってそうだ。どうも、怪我だか病気だかで戻ってくるそうだ」

「大丈夫なんだろうか？」

「分からん」高峰が首を横に振った。「親父さんに話を聞いたんだけど、まだ詳しいことは分からんようだ」

「帰ってきたら会いにいこう」

「もちろん」高峰がうなずく。

小嶋学《まなぶ》は二人の大事な仲間だ。元々、海老沢と高峰に映画や芝居の面白さを教えてくれたのが小嶋だった。ませた子どもで、小学生の時から小遣い銭を握りしめては映画館や芝居小屋に足を運び、その内容を教室で大袈裟に語る人気者だった。そのうち二人を誘うようになり、三人揃っての映画や芝居見物が何よりの楽しみだった。怪我していても、とにかく帰ってきてほしい。

高峰がウイスキーを一口呑んだ。それで湯呑みが空になってしまったので、海老沢は瓶を掲げて見せたが、高峰は黙って首を横に振り、掌で塞いだ。

「何だ、終わりか」

「酔っ払ってる場合じゃねえよなあ……なあ、俺はこの件をうやむやにしたくねえんだ」

「だけど、もう決まったことなんだろう？」

「密かに捜査することはできる」

「上の命令を無視しても？」海老沢は目を見開いた。

「命令なんかクソ食らえだ」高峰が吐き捨てる。「俺は正義を求めてるだけだ。殺された人間がいたら犯人を捕まえる――それこそ、刑事の正義じゃねえか」

「でも、そんなことができるんだろうか？　今は、刑事としての仕事も十分にできてないだろう」

「そこが悩みどころなんだけどな……」高峰ががしがしと頭を掻《か》いた。「正直言って最近、刑事らしい仕事なんて全然してない。今や所轄は、避難誘導だけで手一杯なんだ」

「大事な仕事だ。非常時なんだから」

「一人の人間が殺されたんだぞ？　無視できるか」高峰が話を蒸し返した。

「分かってる。でも、状況が状況だ」

「あーあ。堂々めぐりだな」呆れたように言って、高峰が煙草を灰皿に押しつける。ほとんど吸わないままに、灰だけが長くなっていた。慎重に火を消すと、そのまま畳の上に寝転がる。両手を頭の下に差し入れ、天井を凝視した。「いつまでこんなことが続くのかね」

「分からん」

「被害者の顔が忘れられねえんだよ。和子や安恵ちゃんたちと同年輩……まだ二十歳ぐらいだぞ？　親御さんだって心配してるだろうし、何より本人が無念だったはずだ」

「それはそうだな……」

「俺は諦めねえぞ」高峰が体を起こす。「いくら戦争中だからって、人を殺した人間がそのまま平気で暮らしているなんて、絶対に許せねえんだ」

高峰は感情的になって冷静さを失っている。落ち着かせようと、海老沢は話題を変えた。

「無理するなよ。それより、少しでも明るいことを考えようよ。どうだ、久しぶりに二人で芝居でも観にいかないか？　渋劇で昭和座がかかるんだ」海老沢自身が朱筆を入れた上げ本が上演用に間に合えば、だが。

「昭和座が見られるのか」高峰の顔がパッと明るくなる。もともと二人とも、昭和座の芝居が大好きなのだ。

「ただし、四月からは税金四円なんだよな……」これまでは二円の入場料に二円の税金がかかっていた。それが四月からは何と、税金二十割である。

「何だよ、芝居を見るだけで六円もかかるのか。懐淋《さび》しきおり、きついな」高峰が溜息をついた。

「少しぐらい無理しても、観にいこう。来月の演し物は、髷物《まげもの》で『歯車』って言うんだ。なかなか深い芝居だよ」

「分かった」

ようやく高峰は機嫌を直したようだった。小学校時代からの共通の趣味――小嶋と三人で何度芝居小屋や映画館に通ったことか。話は必然的に、かつて見た芝居の話になっていく。

高峰はいつの間にか眠りこんでしまった。勝手な奴だ、と苦笑してしまう。昔からこうだ。中学校時代には海老沢の家に遊びに来て、あれこれ難しい話をしているうちに――大抵高峰が先にふっかけてきた――寝転がっていびきを立て始める。一緒に酒を呑むようになってからはその傾向に拍車がかかり、店で眠りこけてしまった高峰を抱えるようにして、家まで帰ったこともしばしばだった。

しかし、何だか憎めない。まあ、ひと眠りするとすぐに目を覚ましてむっくり起き上がるのが常だから、放っておけばいい。今日は特に、好きにさせてやろう。所轄で働く高峰が、あの大空襲で散々苦労したのは想像に難くない。見たくないものも見ただろうし、その上殺人事件の捜査をしないようにと、理不尽《りふじん》な指示を受けた。どこに怒りをぶつけていいか分からず、僕のところに助けを求めてきたのだろう。その割には、怒りを完全に吐き出した感じでもなかったが。高峰は、最後の最後で遠慮してしまう癖があった。

「大声出してたけど、大丈夫」安恵が部屋に入ってきた。

「ああ」海老沢はゆっくり振り向き、水で割ったウイスキーを一口呑んだ。「大したことはない。さっさと呑んでさっさと酔っ払っただけだよ。少し寝かせておけば、起きるから」

「泊まってもらったら？」

「泊まるほど、こいつの家は遠くないよ」実際、同じ町内なのだ。子どもの頃からずっと一緒……。「ま、起きれば帰るだろう」

「疲れてるみたいね、高峰さん」

「今の日本で、疲れてない奴なんかいないさ」

「そうね……」

相槌《あいづち》を打つ安恵の顔にも疲労が滲《にじ》んでいた。本当に痩せたな……この年頃の娘は、もっと健康的にふっくらしている方がいいのに。

戦争はいつまで続くのか。早く勝ちと定めて欲しいが、腹の底では、日本はもう持たないだろうと思っている。そうなったら、国のためにやってきた自分たちの仕事はどうなるのだろう。

全てが否定されるのか？　誰によって？

4

参ったな……高峰は、ぼんやりと揺らぐ頭を無理に振った。途端に頭痛が襲ってくる。呑んで寝てすぐに起きたのに、もう二日酔いだなんて、何だか割に合わない感じだ。最近酒を呑む機会などほとんどないからだろうか。

とぼとぼと帰る道すがら、何とも薄ら寂しい気分になる。灯火管制で街の灯は消え、まるで田舎の一本道を歩いているようだ。敢えて背中をぐっと伸ばしてみる。俺は刑事だ。何も恐れることはない。とはいえ、国民服に丸腰では、どうにも情けない感じだった。

甲高い音が夜空に響く。サイレン——空襲警報だ。またか……どこかへ逃げこまないと。慌てて周囲を見回す。住宅地なので、大勢が入れるような大きな防空壕はない。

その時ふいに、前を歩いている女性が周囲を見回しているのに気づいた。様子から見て、どうやらこの辺の人ではないようだ。用心が足りない。いつ空襲警報が出るか分からないような夜に、女が一人歩きするなんて。

高峰は慌てて駆け出した。

「危ないぞ！」叫んだものの、そこから先、言葉が続かない。どこかへ逃げ込むにしても、行き先がないのだ。

女性が振り向く。慌てて防空頭巾を被り、不安げに高峰を見た。

「どこかへ隠れましょう」

「どこかって……」

「とにかく、どこかへ！」

叫びながら周囲を見回す。あそこか……強制疎開で壊された家の跡地に、防空壕の入口が見えた。高峰が走り出すと、女性もついてくる。防空壕の扉は……何とか開いた。高峰は女性を先に中に入れ、後から自分も入って扉を閉める。すぐに、湿ったカビ臭さが鼻を刺激した。電気は通じていないだろうが、ろうそくぐらいはあるはず……すぐにマッチを擦《す》り——今ではこれも貴重品だ——ぼうっと明るくなった一瞬で、土を掘って作った棚があるのを確認した。指が燃えそうになるのを我慢しながらそちらを照らすと、ろうそくが三本、むき出しで置いてあるのに気づいた。

新しくマッチを擦り、ろうそくに火を移す。これでようやく、相手の顔が見えるぐらいの明るさになった。改めて見ると、自分と同年代ぐらいの女性である。防空頭巾を被っているので顔は半分ぐらい隠れてしまっているが、それでもすっきりした顔立ちの美人だということは分かった。

「これでとりあえず大丈夫ですよ」

「すみません」女性がすっと頭を下げた。

「どうしたんですか？　こんな夜に、一人で出歩いたら危ないでしょう。また大空襲かもしれませんよ」

「あなたも一人で歩いてたじゃないですか」

いきなり言い返され、高峰は言葉を呑んだ。おいおい、ずいぶん生意気な女だな。

「私は男ですし、ついでに言えば警察官です」中腰の姿勢のまま、高峰は胸を張った。それほど大柄ではないので、何とか体を大きく見せたかった。

「お仕事中ですか？」

「いや、それは……」

「だったら、私と一緒じゃないですか」

静かだった。ラジオがあれば状況が分かるのだが、さすがに見捨てられた防空壕に金目の物はない。高峰は押し上げ式の扉を少しだけ開き、外の様子を窺《うかが》った。先日の空襲の時のように空は赤くないし、高射砲の音も聞こえない……空襲の気配はなかった。まあ、偵察飛行ということもあるだろう。この分だと、今夜は何もなく終わるのではないか。

高峰はいつも持ち歩いている手ぬぐいを丸めて、扉の隙間に噛ませた。この防空壕はかなり小さく、二人でいると息が詰まるのだ。それに、カビの臭いが耐え難い……外気を入れてやれば、少しは環境もよくなるだろう。

これで、しばらくは耐えられる。高峰は、地面に直《じか》に腰を下ろしてあぐらをかいた。女性は丁寧《ていねい》に正座する。

「開けておいて大丈夫なんですか？」

「何かあったらすぐ閉めますよ」

「でもこれ、駄目ですよね。木の扉なんて……焼夷弾が落ちてきたら、すぐに燃えますよ」

「それでも外の方が危ないですよ。とにかく、何かあったら逃げ出せばいいんですから」

「よく、そんなに気楽になれますね」女性が少し怒ったような口調で言った。

「心配しても何も変わりませんから。大きく構えましょう」

「警察官がそんなこと言って、いいんですか」

警察官であることとは関係ないと思うが……高峰は貴重な煙草に火を点けた。これが手持ちの最後の一本。次に手に入るのはいつだろう。しかし、この金鵄《きんし》――昔のゴールデンバットだ――ってやつはどうにも美味くない。配給制になる前に吸っていた敷島《しきしま》はよかったな。

煙草の煙は、扉の隙間から外へ流れ出ていく。これなら彼女にも迷惑にはなるまい。見ると女性は、水筒を出して水を飲んでいた。高峰が凝視しているのに気づくと、「飲みますか?」と声をかけてくる。

「ああ……いいですか」

うなずくと、女が水筒の蓋《ふた》に水を入れて渡してくれた。手が触れ合わないように慎重に受け取ると、口に含んでゆっくりと飲み下す。生ぬるい水だったが、しみじみと体に染みこんでいく。酒を呑んだ後の水は、まさに甘露《かんろ》だ……。

水筒の蓋を返し、濡れた口元を手の甲で拭う。いずれ空襲警報は解除される。それまではとにかく、待つしかないのだ。焦っても仕方がない。

「お水、美味しそうに飲むんですね」女がさらりと言った。

「実際、美味いんですよ」

「お酒を呑んだ後だからですか」

どきりとして、高峰は口を掌で押さえた。もごもごした口調で、「分かりますか?」と訊ねる。

「分かりますよ。この防空壕の中、物凄く酒臭いです。息をしてるだけで、酔っ払いそうですよ」

ずいぶんずけずけと喋《しゃべ》る女だ。なのに何故か、不快ではない……最近、女性の強い面を見てほっとすることが多い。戦火が激しくなってから、女性の方が男よりもよほど逞《たくま》しくなったようだ。何だか女性——高峰の場合は妹——に支えられて、辛うじてこの状態を切り抜けているような気がする。

「久しぶりに友だちと呑んだんでね」高峰はつい言い訳した。

「このご時世に、よくそんな余裕がありますね」呆れたように女が言った。

「何もない時ぐらいは……」高峰は言葉を濁した。

「結果的にはありましたけどね」女が小首を傾げる。

「空襲があることが予《あらかじ》め分かれば、誰も苦労はしませんよ」

「それはそうですね」

ろうそくの炎が揺らぐ。煙草の煙が流れた。次の瞬間、開いた戸板から強い風が吹きこんで、ろうそくの炎が消える。高峰は慌ててマッチを擦ろうとしたが、女に止められた。

「マッチは、大事にした方がいいんじゃないですか？」

「しかし、暗いままでは……」

「大丈夫です。じきに目は慣れます」

確かに。ろうそくが消えて、頼りになるのはかすかな月明かりだけだが、それでも女の顔はよく見えていた。暗闇にも埋もれない、白い顔。当然化粧などしているわけもなく、元々色白なのだろう。最近は、どこか薄汚れた顔をした人しか見ていないので、新鮮だった。鼓動が高鳴っているのに気づいて驚く。女性を前に、こんな感覚を覚えたのはいつ以来だろう。

「あなた、この辺の人じゃないですね」高峰は訊ねた。

「中野《なかの》です」

「ずいぶん遠いですね」

「この近くに親戚がいて、疎開の相談をして帰る途中だったんです」

「こんな時間に？　泊まればよかったじゃないですか」そうすれば、見ず知らずの人の家の防空壕に入る必要もなく、親戚の防空壕で安心できたはずだ。

「親戚の家は、狭いところに七人住んでいるんです。寝る場所もないですし、省線はまだ動いてますから」

「しかし、危険だ。空襲警報が解除される頃には、もう省線も動いてませんよ」

「何とかします」女性が、それほど困った様子ではない口調で言った。

中野までは歩いて二時間ほどか。これまでの経験から、一晩で二回の空襲警報というのはほとんどなかったが、それでも油断はできない。それに、街に人が少なく灯りも乏しいから、女性の一人歩きは危険だ。戦時下でも、不届き者は後を絶たない。最近は、刑事を騙《かた》って金を奪う輩《やから》も街に出没している。

そう……もしかしたら先日の防空壕の被害者も、そういう不届き者に襲われたのではないか？　街を歩いていて突然襲われ、殺されて、防空壕に遺棄された──そう考えると、空襲警報が解除されても、この女性を一人で帰す気にはなれなかった。

「あなた、お名前は？」

「稲葉節子《いなばせつこ》です」

「稲葉さんですね……空襲警報が解除される時間にもよりますが、できたら親戚の人の家に泊まって下さい」

「本当に、寝る場所もないんですよ」

「屋根があって休めれば十分でしょう」

本当は、自分の家に連れていければ一番いい。両親が疎開して以来、家には空室ができて、妹と二人暮らしでは広さを持て余しているのだ──いやいや、いくら何でもそれはないか。非常時とはいえ、初めて会った人を家に誘うなど、図々しいにもほどがある。

しばらく押し引きをした結果、節子は折れてくれた。いつの間にか、かなり時間が経っていて、気まずい雰囲気も薄れた。話しているうちに、節子が気が強いだけでなく、非常にしっかりした女性だと分かったのも収穫のように思えた。

「警察の人は、大変ですよね」

「空襲で、本来の仕事ができません」

「本来の仕事って何なんですか？」

「刑事です——つまり、泥棒を捕まえたりとか。でも最近は、空襲の後始末や避難誘導の仕事が多いです。もちろん、大事な仕事なんですけどね」

「面白くないんですね」

「いや、面白いとか面白くないとかではなく、仕事は仕事です」おいおい、この人は何で、俺の本音を読めるんだ？

「戦争で、本来自分がやるべきこと、やりたいことができなくなっている人はたくさんいますよね」

「そういうことはあまり口に出さない方が……」高峰は小声で忠告した。

「分かってます。人前では絶対に言いません。でもこの防空壕の中は、特別な世界じゃないですか」

「特別？」高峰は首を傾げた。

「たまたま歩いていて空襲警報があって、たまたま一緒に、全然知らない家の防空壕に入りこんで。こういうの、あまりないですよね……もしかしたらこれは、幻かもしれない。夢かもしれない」

「あなた、詩人なんですか？」節子が声を上げて笑った。「詩人なんて、特別な人がなるものでしょう。私は普通の人間です。とにかく、今夜のことはこれっきり――だからここで何があっても、忘れていいと思います」

「あなたは自由になったつもりでいるかもしれませんけど、私は変なことは言えませんよ」

「警察官だから？」

「そうです」

「でも警察官って、私たちの味方じゃないんですか」

「それは……」高峰は言葉に詰まった。世間の多くの人は、彼女のようには考えていないだろう。今は戦時だ。国を守るために、国民を指導・監督する――だからこそ嫌われているのだ。

「うちが昔――十年ぐらい前に泥棒の被害にあったんです。その時調べてくれた警察の人たちが、本当に熱心にやってくれて。一ヵ月ほどで犯人は捕まったんです。お金は戻ってきませんでしたけど」

「ええ」

「そういうことがあったんで、うちの家は警察が好きなんですよ。その時に調べに来た刑事さんが格好良かったのを覚えています」節子が照れたような笑みを浮かべた。

「今日は残念でした」高峰は苦笑した。我ながら、女性にモテる顔だとは思っていない。

「いえいえ、そういう意味じゃ……でも、変な時代ですね」

「こんな状況がいつまでも続くとは思えないけど、自分たちじゃ何ともできないし」

この人の前では素直に口をついて出た。

「何だかもどかしいですね」

会話は次第に萎《しぼ》みがちになった。趣味の話でもすればいいのかもしれないが、これは見合いじゃないんだから……見ると節子が口元を隠すように笑っていた。

「何か？」

「あの……話すことがなくなったんで、趣味の話でもしますか？お見合いみたいですけど」

今度は高峰が声を上げて笑う番だった。

「何かおかしいですか？」節子が不思議そうに訊ねる。

「今、同じことを考えていたんです」

「じゃあ、やっぱり趣味の話でもしますか」

「私は芝居と映画かな」

「私は読書ですけど……最近は新しい本が手に入らなくなって、家にある昔の本ばかり読んでます」

「ああ、確かに。本屋も店じまいしたところが多いですね」

「いい機会ですから、子どもの頃は意味が分からなかった本を読み返してます。『戦争と平和』とか『アンナ・カレーニナ』とか。ロシアの小説は難しいですね」

高峰はうなずくことしかできなかった。ロシアの小説と言われてもピンとこない。ロシアの芝居は確か新劇で観たことがあるのだが、何だか小難しくて、筋を追うだけで精一杯だった。たぶん、自分とは相性が悪いのだろう。

「お芝居や映画は、まだ観られるんですか？」

「四月の予定は入ってますよ」何だったら一緒に観に行きますか——誘いの言葉が喉元まで上がってきたが、何とか呑みこむ。こんな状況で誘いをかけるなんて、俺は馬鹿じゃないか。

「あ」

節子が短く声を上げた。遠くで、空襲警報解除のサイレンが鳴っている。毎度のことながらほっとして立ち上がり、高峰は扉を大きく撥《は》ね上げた。手ぬぐいをズボンの尻ポケットに突っこむ。大規模な空襲なら署に行かねばならないが、今夜は平気だ。

彼女を送ろう、と決める。

高峰は短い階段を上がって外へ出た。大きく伸びをすると、背中がばきばきと音を立てる。天井の低い、狭苦しいところにいたのだと改めて意識する。節子が上がってきたので、無意識のうちに手を差し伸べて引っ張り上げた。節子が外で立ち上がったところで手を離したが、その温もりは、掌にしっかり残った。

「帰ります。省線は動いてると思いますから」節子がさっさと歩き始めた。

「どうしても帰るなら、送ります」

「大丈夫ですよ」

「いや、遅いですからね」

「心配性なんですね」

「私は、市民を守る警察官になりたいんです」

節子がふっと笑みを浮かべる。それで高峰も、緊張が緩むのを感じた。

「送ってもらうのはありがたいですけど、今度はあなたが帰れないんじゃないですか」

「中野からこの辺まで、私なら一時間半もあれば歩けますよ。それに、省線がまだ動いているかもしれません」

「でも……」

「私が心配なんです。安心するためにも送らせて下さい」

結局節子が折れた。それだけで、高峰は安心してしまったが――節子ともう少し一緒にいられる。

街には人がいなかったのに、駅は混み合っていた。おそらく、節子のように空襲警報で帰れなくなった人たちが、慌てて駆けこんできたのだろう。結局電車を二本見送り、三本目で何とか乗りこんだ。車内はぎゅうぎゅう詰めで、どうしても体がくっついてしまう。高峰はできるだけ体を離そうと思ったのだが、節子は気にしていない様子だった。

しばらく省線に揺られ、最寄り駅で降りた時には、思わず安堵の吐息をついた。

「ここから五分ぐらいですから、一人で帰れます」

「いや、画竜点睛《がりょうてんせい》を欠いたらまずいでしょう」高峰の頭には、先日の事件のことが――殺された被害者の顔が残像として残っている。「私が安心するためですから。ぜひ」

「分かりました」それほど強硬には抵抗せず、節子は高峰の提案に従った。本人も疲れた様子で、早く帰りたいのだろう。言い合いをしていたら、その分帰宅が遅くなる。

節子は早足で歩いた。高峰は無言でその横を歩く。駅の近くは、省線から吐き出されてきた人たちでざわついていたが、すぐに人影はまばらになる。

「その角の先ですから、ここまでで結構です」節子が立ち止まり、さっと頭を下げた。「ありがとうございました」

「いや、家までお送りします」

節子は苦笑してもう抵抗しなかった。二人並んで歩き出し、ほどなく一軒の家の前に出る。

「もう大丈夫です」灯の消えた家の前で、節子が頭を下げた。

「ではここで失礼します。夜道の一人歩きは気をつけて下さい」

「こんなこと、滅多《めった》にないんですけどね。自分のことは自分で守りますから」

「そうして下さい。では――」高峰はもう一度一礼して歩き出した。数歩歩いて振り返ると、節子は家の前でまだ立っている。高峰は「早く入って」と言う代わりに手を振った。それで節子は了解したようで、また頭を下げると、引き戸を引いて家に入っていった。

これで一安心。さっさと帰ろう。帰ったところで安心できるわけではないが。安住の地は日本のどこにもない。

第二景

同じ部屋。朝。窓から陽が射しこんでいる。朋子、一人でぽつねんと座っている。そこへ忍びこむように井澤が入って来る。

朋子　どこへいらっしゃってたんですか……一晩中。
井澤　起きていたのか。
朋子　あなたが帰るまでは寝るわけにはいきません。朝の五時ですよ？　何をしていらしたんですか。
井澤　君に言う必要はない。（畳に腰を下ろし、煙草に火を点ける）
朋子　あなた、何か臭いがする……。
井澤　（着物の袖を鼻のところに持っていき、馬鹿にしたような笑みを浮かべる）何もしない。気のせいじゃないか。

朋子　私、鼻は利くのよ。これは血の臭いだわ。どういうことですか？
井澤　君に言う必要はない。私個人の問題だ。
朋子　ねえ、私はあなたのことを何でも知りたいし、助けたいと思っているんですよ。
井澤　それが余計なお世話だというんだ。私には、自分で解決しなければならない問題がたくさんある。君を煩わせるのは本意ではない。
朋子　でも……。
井澤　とにかく、私のことは放っておいてくれ。それと……やはり、できるだけ早くこの家を出ていってくれないか？　私は、人の世話になってはいけない人間なのだ。私の問題は、私一人で解決しなければならない！（傍の文机《ふづくえ》に手を伸ばし、台本――この場では客席からは台本と見えないようにする――を叩き落とす。朋子はその勢いに呑まれて言葉を失う）

5

勤務表は用を成さず、朝、定時に出勤することはほとんどなくなっていた。この日は珍しく定刻通り……朝八時に自席についたが、高峰は妙に落ち着かなかった。

「はい……ああ？」

受話器を取り上げた刑事課長の下山が、甲高い声を上げる。目を細めると、一瞬高峰を睨んだ。何だ？　どうしてそんな目で俺を見る？

「分かった。とにかく現場へ行く」

電話を切った下山が、高峰を手招きした。慌てて立ち上がり、彼の席まで飛んで行って直立不動の姿勢を取った。

「遺体だ」

下山が小声で囁《ささや》く。それを聞いた瞬間、高峰は脳天から爪先まで電流が走るのを感じた。

「課長、それはまさか……」

「ここでは何も言うな。現場で調べよう」

「どちらですか？」

「霊岸島《れいがんじま》だ」

「また防空壕ですか？」

高峰が声を潜めて訊ねると、下山が無言でうなずく。

「調べていいんですか？」

「とにかく行ってこい。判断は……状況が分かってからだ」

「署長への報告は上がってるんでしょうか」

「まだだ」

「では――」

「署長のことは俺に任せろ。お前は若い奴を二人連れていけ。それと、大八車を忘れるな。使える警察車が一台もないんだ」

「分かりました……どうしますか?」

「とにかく現場を調べて遺体を署へ運べ。その後は、俺の一存では――」

「これも捜査しないんですか?」高峰はつい大きな声を出してしまった。

「余計なことを言うな」低い声で言って下山が睨みつける。「何も考えるな。今は、目の前のことだけをこなせ」

「……分かりました」

高峰は、竹島たち若い刑事二人に声をかけて署を出た。焼け跡が目立つ街を歩きながら、時々振り返って、大八車を引っ張る二人の様子を確認する。二人とも無言。焼け落ちた瓦礫などが残っているせいで、大八車をまっすぐ引くことだけで手一杯になっていた。

同じように大八車を引いている人がちらほら……疎開のために荷物を持ち出そうとしているのだろう。先日の空襲では駅も何ヵ所かやられ、疎開用に預けてあった荷物を焼かれた人も多かったそうだ。まさに踏んだり蹴ったりで、もはや東京に安全な場所などどこにもない。疎開するにしても身一つ……しかし、田舎で生活を立て直すのは容易ではあるまい。両親を早めに疎開させておいてよかった、と思う。もっとも、病気のことは気になるのだが。この状況下でも、病院は東京が便利である。町医者しかいないような田舎町で、満足な治療を受けられているだろうか。

京橋から霊岸島までは、歩いて三十分ほど。しかし瓦礫のせいで歩きにくく、たどり着いた時には、高峰は額に汗をかいていた。大八車を引いてきた竹島たちは、全身汗だらけ。これで風呂にも入れないのだから、たまったものではない。のうのうと風呂を楽しめなくなってから、どれぐらい経つだろう。

焼け残ったビルの前に、一人の中年の男が立って、落ち着きなく周囲に視線を巡らせている。高峰たちを見つけると、ほっとしたように表情を緩めた。

「警察です」高峰はすっと彼に近寄った。

「ご苦労様です」男がさっと一礼する。

「通報してくれたのはあなたですか?」

「いや、私は見つけて……その、遺体を」男の喉仏が上下する。「連絡は近所の者にさせました。私は念のために、ここを見張っていたのです」

「それはありがとうございます。ちょっと中を調べます。後でお話を伺いますから、待っていてもらえますか？　お宅はどちらですか？」

「このすぐ裏です」

「終わったらそちらに行きます。お名前は？」

「堤《つつみ》と言います」

「堤さん」高峰はその名前を頭に叩きこんだ。「では、ちょっと待っていて下さい。たぶん、三十分から一時間ぐらいですので……万が一警報が出たら、とりあえず別の防空壕へ向かって下さい」

堤がうなずき、ビルから離れていった。それを見届けて、高峰は先頭になって地下室への階段を降りた。例によって中の空気は淀《よど》んでいるが、それでも先日節子と二人で籠《こ》もった防空壕よりはましだった。都心部の防空壕なので、しっかりコンクリートで壁を補強してあり、電球もついている。開いた扉から朝の光が射しこんでいたが、高峰は電気をつけた。それで、床に無造作に放り出された遺体がはっきりと見えるようになる……また女性だった。仰向けなので顔も見える。顔面は蒼白だったが、死んでからはさほど時間が経っていないだろう。

花柄のブラウスにモンペという格好で、手荷物や防空頭巾の類は見当たらない。そして首筋の傷――先日殺された女性と同じ傷だ、とすぐに分かった。

京橋署は、本来多くの殺害事件を扱うような署ではない。しかし高峰は自分でも様々な勉強をして、法医学に関してもある程度の知識は身につけていた。特に切創については過去からの情報の積み重ねがあるので、比較的よく分かっている。

懐中電灯で傷口を照らして確認した。傷の形状から見て、刃が後ろから前へ向かって引かれたのは間違いない。後頭部側の方が傷口が細く、前方に向かって太くなっている。勢いをつけて一気に刃を動かすとこういう傷になる。

「竹島」

呼ぶと、戸板を下ろした竹島がすぐに飛んで来て、高峰の横にしゃがみこむ。高峰は彼が傷を検《あらた》めやすいよう、懐中電灯の向きを変えてやった。竹島が目を見開き、喉仏を上下させる。こいつもあまり他殺体と対面した経験がないはずだから、緊張しているのだろう。

「犯人の気持ちになって考えろ。どういう風にやったら、こんな具合の傷がつく？」

「正面から斬りつけた感じではないですか？」

「首だけ狙って、か？」

「違いますか？」

「お前だったらどうする？　相手の正面に立って刀で斬りつけるか？」

「できると思います」竹島が面倒臭そうに答える。

「刀で斬りつけたら、傷はもっと大きくなる。この傷はたぶん、刃渡り八寸ぐらいのナイフか何かじゃねえかな」

「そんなに短い刃物だったら、正面から斬りつけて殺すのは無理ですね」竹島が首を捻る。

「だったらどうやって殺した？」

「おそらく背後から……動きを封じて首を切ったのかと。あ、そうすると犯人は右利きですかね」

傷は首の右側……しかし竹島の推理は拙速《せっそく》だ。考えが浅い。

「ちょっと立て」

竹島が、嫌な表情で立ち上がった。高峰は素早く彼の背後に回り、右掌の小指側を竹島の首に当てた。

「分かるか？　これだとやりにくい。腕が縮こまってしまって、力が入らねえぞ」

「分かりますけど……」

高峰は、右腕を竹島の顔に回した。前腕で口と鼻を被《おお》う——これで相手は声を奪われ、呼吸もしづらくなる。

「この状態で、刃物を持った左手を右側に回し、後ろから前へ一気に引く——相手の動きも封じられるし、一発で殺せるだろう。犯人はかなり大柄で力の強い男だな。しかも左利きの可能性が高い」

高峰が腕を離すと、竹島が首をぐるりと回した。嫌そうな表情を浮かべて、「確かにそんな感じですね」と応じた。

「前の――この前の空襲の後で見つかった遺体の傷も、これにそっくりだった」

「連続殺人なんですか？」竹島の頬が引き攣《つ》る。

「俺はそう思う。おい、懐中電灯で傷口を照らしてくれ」

高峰が遺体の側にしゃがみこんだ。竹島が斜め上から懐中電灯の光を当てる。カメラを向けると、別の傷に気づいた。顎――ほっそりした顎の先端に、擦《こす》れたような傷があった。首の左側にもかなり広範囲に痣《あざ》が広がっている。それで高峰は、自分の推測が正しいことを確信した。犯人は背後から、裸締めのように被害者の動きを封じたのだ。その際、被害者が暴れて顎に傷がついた可能性がある。かなりの力で絞めたために、首の左側に圧迫痕がついたのではないか。もしかすると犯人は、柔道の経験者かもしれない。

傷の様子を写真に撮り、遺体をさらに検分する。身元を証明するようなものは一切なし。コンクリートで固められた床や壁に血痕は見つからなかった。これも前回と同じ……被害者はどこかで殺され、ここに遺棄されたのだろう。

連続殺人。

殺害の手口、遺棄場所と方法、それに被害者像が一致している。若い――二十歳前後の女性が殺されたということは、性犯罪の臭いもした。乱暴目的で襲い、その後殺してしまったとか……しかし着衣に乱れはない。もしかしたら犯人が、乱れくらい直したのかもしれないが。

前回は、遺体を署に運んだ後でろくに調べられなかった。せめて衣服を脱がせて調べれば、もう少し状況が分かるのだが……その時、突然防空壕の外から声をかけられた。

「おい」

慌てて立ち上がって出入り口の方を見ると、階段の上の方から、一人の男がこちらを覗《のぞ》きこんでいる。

「出ろ」

「どなたですか」命令口調にムッとして、あえて丁寧に反応した。

「本部の者だ。遺体を引き取りに来た」

高峰は顔から血の気が引くのを感じた。これでは前回と同じ——いや、本部の動きは前よりも早い。所轄ではなく、現場にいきなり現れたのだから。

「遺体は署に運びます」

「必要ない。さっさと帰れ」

「遺体をどうするんですか」

高峰は出入り口に向かった。階段を上がり、男と対峙する。鶴のように痩せて背の高い男で、目つきが鋭い。そもそも本当に本部の人間なのか……周囲を見回すと、他にも数人の刑事らしき男たちがいて、しかも本部の警察車とトラックが待機している。

「お前たちは、何も見なかった」

「通報を受けたのは京橋署です」

「本部の命令に逆らうな！」

いきなり平手が飛んできた。避ける間もなく、頬に鋭い痛みが走る。しかし高峰は全身に力を入れて、その場に踏みとどまった。

「貴様らは黙って立ち去れ」

「どこからの命令か分かれば、従います」

「教える必要はない」

高峰は一歩前へ踏み出した。男も引かず、胸と胸がぶつかりそうになる。

「話になりません。この遺体をどうするつもりなんですか？　身元不明の変死体――明らかに殺されているのに、捜査をしないんですか？」

「お前たちは知る必要はない。この件は他言無用だ。何もなかった――いいな？」

「そんな馬鹿な」

男が高峰の胸ぐらを掴んだ。細身なのに意外と力が強く、高峰は踵《かかと》が浮くのを感じた。

「馬鹿とは何だ！」

「いい加減にしろ！」

この声は……富所署長だ。胸ぐらを締めつける力が緩み、高峰は慌てて一歩下がった。相手を思い切り睨みつけるが、目を逸らされてしまう。男はそのまま署長の方へ歩いていき、二言三言、言葉を交わした。富所は無言で相手の声に耳を傾け、ゆっくりとうなずく。その隙を狙うように、他の刑事たちが防空壕に入っていく。本部はさすがに余裕があるのか、しっかりした担架だった。

「署長……」男がトラックの方へ向かったのを見届け、高峰は富所の下に歩み寄った。「いったいどういうことなんですか。この件も捜査しないんですか？　間違いなく殺人事件、それも連続殺人の疑いがあるんですよ」

「そういうことになったんだ」

「誰が決めたんですか？　私が抗議してきます」

「やめろ。お前が傷つくことはない」

「傷ついても構いません。被害者が浮かばれないじゃないですか」

「お前の気持ちは分かる」

「だったら――」

「駄目だ。これは決まったことだ」

「だから、誰が決めたんですか？　署長ですか？」

「知らない方がいい」

「私にどうしろと――」

「この件はなかったことにする。忘れろ」

「意味が分かりません」

「いつか分かる日が来る」

「納得できません」

二人がやり取りしている間に、遺体は防空壕から運び出されてきた。担架に載せられ、毛布を被せられて……そのままトラックの荷台に運ばれた。荷台には二人が同乗して、すぐに発進する。あっという間に小さくなっていくトラックを、高峰は唇を噛み締めながら見送るしかなかった。どうせなら、その辺に落ちている不発弾でも踏んでしまえばいい。殺人事件の捜査もせずに、事件の揉み消しを図るような連中は、遺体と一緒に吹き飛んでしまえ。

6

渋谷劇場、通称渋劇は、海老沢たちにとっては馴染《なじ》み深い場所である。ここは昭和座の本拠地とも言える小屋なのだ。ここで何度、昭和座の芝居を見たことか……海老沢は、劇場をぐるりと取り巻く人の輪に驚いた。大空襲があったにもかかわらず、人は芝居を観にくる。芝居は非日常の世界。今はこの世の中全体が非日常で、その中で観る芝居は日常なのか、非日常なのか。

高峰の顔を見た瞬間、何かあったな、と海老沢は悟った。高峰は約束の時間ぎりぎりに顔を見せ——普段は必ず時間前に来る——しかも不機嫌に黙りこんでいた。

ちらりと腕時計を見る。開場まであと三分。

この時計もずいぶんくたびれたな、と思う。警察官になった時、高峰の父親にもらったものだ。海老沢は十五歳の時に父親を亡くしているのだが、高峰の父親は、海老沢も息子同然に思ってくれているようだ。同じ警察官として、海老沢の任官を祝福してくれたのだ——特高だということについては何も伝えていない。ちなみに高峰もお揃いの時計をもらったのだが、去年、壊れてしまったと嘆いていた。

考えても仕方がない。それよりも芝居、芝居……二人は前から五列目というかなりいい席で観ることになった。今回の舞台は二本立てで、後半が、海老沢が検閲を担当した『歯車』だった。

『歯車』は、もともと昭和初期に書かれた小説が原作である。幕末の東北の小藩を舞台にした作品で、尊皇攘夷《そんのうじょうい》の動乱の中で藩士の引き締めを図る家老と、それに疑問を抱く若い藩士の葛藤と衝突が描かれている。海老沢がかつて聞いた話では、発刊当時から特高が目をつけ、作者の北林基《きたばやしもとい》はだいぶ絞り上げられたらしい。それを機に、北林は剣豪小説を専門に書くようになって人気を博した。怪我の功名と言っていいのかどうか。

今回、昭和座からこの作品を舞台化したいという話が上がって来た時、興行係としては当然難色を示した。出来上がってきた台本は、原作の「反組織」的な雰囲気をだいぶ薄めてはいたが、それでも海老沢はかなりの部分を削除・訂正させざるを得なかった。それに加えて特高の横槍――ただ藩士たちが右往左往しているような台本になってしまっただろう。

一時間ほどの舞台で、座長の霧島一朗《いちろう》が老け役で家老を、二枚目役者で人気の野呂《のろ》章雄《あきお》が、反発する若き藩士を演じた。ほとんど二人芝居と言っていい感じで、二人の火花を散らすようなやりとりが売りになっている。

既に台本を読んでいるにもかかわらず、海老沢は舞台の熱気に引きこまれた。大詰め、二人きりの対決シーンでは、思わず身を乗り出した。

「その方、あくまで殿に意見すると申すか。それがいかに無礼なことか、分からぬわけではあるまい」

「石原《いしはら》様、某《それがし》はあくまで、我が藩の将来を案じて申し上げているのです。どうしても殿にお聞き届けいただきたいのです」

「ならん」

「しかし――」

「なれば、腹を切れ!」

「腹を……何故にでございますか」

「殿宛に遺書を書け。それならば確実に殿のお目に入るであろう。よいか、お主は歯車の一つに過ぎん。歯車は己の意見を申してはならぬのだ」

「歯車……」

「全てをお決めになるのは殿だ。歯車は、命じられた通りに動いていればよい。しかしお主が死を以《もっ》てすれば、殿も非礼をお許しになるだろう」

「腹を切ればよいのですね」

「わしはそなたを買っている。やがて、我が藩で殿を支えていく人材だと思うておる。だが、我らはすべてが——そなたもわしも含めて歯車に過ぎぬ。できることには限度がある」

ここで霧島は涙を流し始める。一方野呂の目には光があり、次第に死を決意していく変化を見事に演じていた。

終わると、海老沢はどっと疲れを感じた。台本で読んだ時より、重みを感じる。二人で渋谷の街に出る。今日はこのまま帰るしかない。戦争前なら、軽く何か腹に入れていくところだが……蕎麦《そば》でも支那そばでも、ちょっと懐が暖かい時には洋食でも——今はそれは望めない。そもそも飲食店は姿を消すばかりである。しかし「いつかは」だ。いつかは、昔と同じように美味い物が食べられる。

高峰と肩を並べ、無言で歩いていく。駅に近づくと、高峰が突然、ぽつりと訊ねた。

「あれ、お前が事前に見たのか？」

「そうだ」

「よく通したな。『お主は歯車の一つに過ぎん。歯車は己の意見を申してはならぬのだ』か……。要するに、国民は不満を言わず、黙ってお国の命令に従え、ということだ」

「ああ」

「体制批判だろう？　普通は削るんじゃねえか」

「あそこが、『歯車』の肝なんだよ。あの台詞を削ったら、芝居全体の意味が通らなくなる」

「問題になるんじゃねえのか？」

「かもな」

「それでいいのか？　お前の仕事の否定になるだろうが」

「僕の仕事は……」時々自分でも分からなくなる。

ふと、こちらを見ている人間の存在に気づく。誰だ……他の人とぶつかるのを覚悟で立ち止まり、周囲を見回す。

広瀬孝ではないか。昭和座の座付き作家。海老沢は、彼の台本を何本も検閲し、何度となくダメ出しを繰り返したので、その顔はよく覚えている。向こうも同じだろう。

同じ方向——駅の方へ歩いているので、海老沢は何となく広瀬に近づいていった。当然国民服を着ているのだが、これがまったく似合っていない。初めて会った時には、広瀬はパリッとした背広を着こなしていて、それがよく似合っていたのを覚えている。あの頃海老沢は二十四歳になったばかり……広瀬は五歳ほど年上なだけなのに、ずいぶん大人に見えたものだ。

その大人が、自分のダメ出しに怒り狂う。

「あんな奴は他にいないな」と、先輩たちが呆れたものだ。

海老沢が検閲官として働き始めて驚いたのは、実際には検閲の必要があまりないことだった。脚本家たちは、こちらの意図を十分承知していて、意に沿った台本を仕上げてきたのだ——戦意高揚、軍部賞賛、そんな話ばかり。

検閲内容が厳しいと、土下座までする人間もいた。「このままやらせてもらえないと、この芝居自体を中止にするしかない」「劇団員の生活がかかっている」——大の大人が土下座する様を見て、啞然としたのを覚えている。

しかし広瀬は、少し違っていた。さりげない軍部批判、戦争批判を巧みに紛れこませてくる。よほど気をつけて、前後の台詞との繫がりも読み解かないと見逃してしまうような巧みさ……もっとも、海老沢も専門家である。見逃すことなく、何度も広瀬を警視庁に呼び出した。絶対に自説を曲げず、「どこがおかしいのか」「批判などしていない」と声を張り上げて、興行係の人間が抑えこんだり、時には一発平手を見舞うぐらいしないと、落ち着かなかった。ところが、激怒しながら引き下がると必ず、手早く直してくる。結果、上げ本の修正が遅れることはなかった。

もしかしたら広瀬は、上演用の台本と検閲官へ提出用の台本の二本を常に用意しているのでは、という噂が広がったこともある。すなわち、僕たちを苛々させることが目的——上演可能な台本は、既に別途用意している。

広瀬ならそれぐらいやりかねない、というのが興行係の中での評価だった。実力者で知恵も回る——昭和座の屋台骨はこの男だ。

昭和座は文字通り昭和の初めに発足した人気劇団だが、一般大衆にまで人気を博したのは、十年ほど前に広瀬が座付き作家になってからだった。当時、まだ二十二歳。何かと動きの多い台本が特徴で、「舞台を壊しかねない」と評されるほど派手なものだった。元々昭和座は、座長の霧島、二番手で二枚目専門の野呂の二枚看板で人気を博したのだが、芝居好きの間では「広瀬前・広瀬後」などと評されるぐらい質が変わったという。

その広瀬とは、『歯車』の台本の検閲で会って以来だった。向こうも気付いていたはずで、「広瀬さん」と呼びかけた。

広瀬がびくりと身を震わせ、一瞬だけこちらを見る。しかしすぐに視線を逸らしてしまった。台本を間に挟んで何度も遣り合ったから、広瀬も海老沢を覚えていないわけがないだろうが……無視かよ、とむっとした。

こうなると、どうしても話さないと気が済まない。

海老沢はさらに広瀬に近づき、腕を掴んだ。諦めたように広瀬が歩道の端に寄る。

「何ですか、こんなところで」広瀬は露骨に迷惑そうな表情を浮かべた。

「今、『歯車』を観てきたんですよ」

「あんたが骨抜きにした芝居ですね」

「一番大事な台詞だけは守ったつもりです」

「全体には滅茶苦茶だ」

「今日は観てなかったんですか？」

「ああ」白けた口調で広瀬が応える。「私は失業者だから」

「劇団の仕事はしてないんですか？」

「いろいろあってね……あなたは相変わらずですか」広瀬が訊ねる。

「最近は仕事もないですけどね」つい事実が口を衝《つ》いて出る。何しろ都内で使える劇場も少なくなっていたし、映画はフィルム使用の制限もあって極端に少なくなった。つまり、海老沢のところに回ってくる台本も急激に数が減っているのである。

「とにかく何とか生きてます。こういう場所であなたと会うのは……」

「何ですか？」

「いや、何でもない。それでは」ひょこりと一礼して、広瀬が去っていった。海老沢と話すのが嫌で仕方がない感じだった。

「誰だ？」一言も口を挟まなかった高峰が訊ねる。

「昭和座の座付き作家だよ」

「ああ、あの人が広瀬か……それで、お前のことをあんなに嫌ってるんだ」

露骨に言うなよ、と苦笑する。しかし、こんな風に言われるのも仕方がない。これこそが、僕の仕事なのだから。

省線で新橋《しんばし》まで出て、都電に乗り換えて自宅の最寄り駅まで戻る。ずっと満員で、しかも腹が減っているから少し苛々してはいたが、こんなのはいつものことだ。

安恵が、意外そうな表情で出迎えた。

「あら、高峰さんと一緒だったんじゃないの？」

「そこで別れたよ。何だか様子が変だったな」

「いろいろ忙しいんでしょう」安恵が訳知り顔で言った。

「渋劇は一杯だったぞ。お前もたまには、芝居や映画でも観てみろ」

「そう言えば、お父さんが前に言ってたわね。関東大震災の後も、すぐに芝居も映画も復活したって」

「娯楽だよ、娯楽。娯楽を求める気持ちがある限り、人は大丈夫なんじゃないかな」

自分はそこへ余計な手を突っこんでいるのだが……しかしこれは、国の方針を徹底させると同時に、人々に娯楽を提供する仕事の一環でもあるのだ、と言い聞かせた。

「食事は？」

「食べてない」

「お粥しかないけど、いい？」

「もちろん」

侘しい夕食にもいつの間にか慣れてしまった。今日の粥にはサツマイモが入っていて、安恵は塩をきつめに効かせて仕上げていた。こうすると甘さと辛さが上手く嚙み合って、ちょうどいい具合になる。

「今日ね、駅で倒れたおばあさんがいて、大変だったの」

「どうしたんだ？」

「分からない」安恵が首を横に振った。「買い出しに出かけてたみたいなのよ。ものすごい大荷物で……へばっちゃったんじゃないかしら」

「皆大変だな」

「うちはましよ。遠くへ買い出しに行かなくても、まだ何とかやっていけるから」

「そうだな」

同僚たちに聞くと、月に二度ほど、田舎へ出かけて嘘みたいに高い野菜などを買ってくるのだという。「あれは絶対にふっかけている」と憤る者もいる。海老沢は狭い庭で少しだけ野菜を作っていて、食料の足しにしていた。もっとも、兄妹揃って働いている身とあっては、なかなか世話ができずに枯らしてしまうこともあるし、空襲で焼けてしまえば終わりだ。

「なあ、本当にそろそろ、母さんのところへ行かないか？」

「私は大丈夫よ」安恵が強気に言った。

「いや、もちろんお前が大丈夫なのは分かるけど、母さんも慣れない田舎で不自由してると思うんだ。お前が行って、世話を焼いてやった方がいいんじゃないかな」

「それは……そうねえ」

安恵の気持ちが揺らいでいるのが分かった。生来勝気で、「自分だけは絶対に大丈夫」と信じているようだが、親のことを持ち出されると心配になるのだろう。基本的には親思いなのだ。それで疎開する気になってくれれば、海老沢としても助かる。

「考えておくわ」

「そうか」ほっとして、海老沢はこの話題を引っこめた。あまりしつこく言うと、また嫌がられる。できるだけ妹の機嫌を損ねないように進めないと……とはいえ、あまり時間はないだろう。警視庁の中でも、不穏な話をよく聞く。アメリカは、東京全土を焼き尽くすまで、空襲をやめるつもりはない。焼夷弾だけではなく、とんでもない威力の新型爆弾も用意している——身震いするような噂だった。自分は何とかなる。三月の大空襲では、警視庁の中庭にも焼夷弾が落ちたほどだが、とりあえずあそこにいる分には安全だろう。

こういう心配をいつまでしなければならないのか。穏やかに仕事ができる日はくるのだろうか。

7

「おい、親父の酒がまだあっただろう」高峰は低い声で切り出した。

「どうしたの？　今日は海老沢さんと芝居を観にいってたんでしょう？　喧嘩でもしたの？」妹の和子が心配そうに訊ねる。

そりゃ心配もするだろうな、と高峰は思った。今の自分は眉間《みけん》に深い皺《しわ》が寄り、目も吊り上がっているだろう。

「いいから、酒をくれ」

「ご飯は？」

「いらねえよ」

高峰はちゃぶ台の前に乱暴に腰を下ろした。和子は立ったまま、動こうとしない。

「兄さん、ちょっと……」

「酒だ」

繰り返し言ったが、やはり和子は動かない。結局高峰は自分で台所へ行って、酒を探した——あった。親父秘蔵のサントリーの最後の一本。コップを持ってきてウイスキーを注ぎ、半分ほどを一気に流しこむと、喉が焼け、胃がカッと熱くなって咳《せ》きこんでしまう。

「そんな呑み方したら体に悪いわよ」

「上等だな。死んだ方がましだ」

「ちょっと、何があったの」

和子がちゃぶ台を挟んで高峰の向かいに座る。高峰は妹の目を真っ直ぐ見られなかった。和子に愚痴を零《こぼ》しても仕方がない。仕事の内容も詳しくは説明できない。結局全て呑みこみ、自分で何とかするしかないのか……海老沢にも悪いことをした。せっかく二人で芝居を観たのに、ずっと気分が悪いままだった。『歯車』のせいか？

「仕事をしていれば、嫌なこともある」

「それは分かるけど……」

「何だ、俺に説教するつもりか？」早くも酔いが回ってきたのを意識したが、言葉は止められない。

「そんなつもりじゃないわ」和子が顔を背ける。

「俺だって、やりたいことが——やるべきことがやれなくて困ってるんだ！」

高峰はちゃぶ台に拳を叩きつけた。そんなことをしても何にもならないのに……つくづく自分が情けなくなる。和子が呆れた表情で高峰を見やった。

「寝る」

高峰はグラスもウイスキーもそのままにして、二階へ上がった。自室に入り、畳の上に寝転がる。殺風景な部屋……いざという時にはすぐに持ち出せるようにと、大量の本はもう紐で縛ってまとめてあった。しかし実際には、本を避難させるのは無理だろう。防空壕にもすでに数百冊を入れてあるのだが、それでもまだ半分ほどである。和子からは「防空壕が狭くなる」と文句を言われているものの、他に置き場所もない。両親の疎開先へ送ることも考えたが……最近は本などどうでもいい、と半ば諦めている。

戦争が始まった頃には、こんなことになるとは思ってもいなかった。さっさとアメリカに勝って、胸を張って銀座の街を歩ける日がすぐに戻ってくると考えていたのに。こんなに困窮して耐え忍ぶような日々が長引くなど、想像もできなかった。

異常事態だから、日常が切り裂かれても許されるのか？　元々犯罪とは、日常にできた裂け目から飛び出した異常である――やはり警視庁の警察官だった父は、高峰が背中を追って同じ道を進むことが決まった時に、たった一つの教訓を教えてくれた。「裂け目を補修するのが警察官の仕事だ」と。異常をなくすことはできないが、外へ出てこないようにするのは不可能ではない。

そういう信念で仕事に邁進《まいしん》していた父は体を壊して早めに退職し、知り合いを頼って長野に疎開している。金こそ少しはあるものの――母親の実家は資産家で、食べる分には困らないのだ――、田舎暮らしで不自由していることだろう。両親の世話ができないのが申し訳なくてならなかった。

これも異常の一つ。

俺たちは今、異常な世界に放りこまれている。だったら今回の二件の殺人事件についてはどう考えればいいんだ？　異常の中に生じた異常は、回り回って日常になるのか？

違う。殺人事件は究極の異常なのだ。絶対に許されない犯罪があるとしたら、それは殺人である。

「親父、俺は何をすればいい？」酔いが回り始める中、独り言をつぶやいてしまう。

もちろん答えはない。

いや、答えは既に自分の頭の中にはあった。

命令違反にはなるが、捜査は続けるべきなのだ。そう、命令も法律も関係ない。殺人犯は絶対に捕らえて、罰せねばならないのだ。それを諦めたら、自分は警察官でいる意味を失う。

決めた。

いや、とうに決まっていたのだ。酒に逃げている場合ではない。

翌日、高峰は一度出勤した後、早々と署を抜け出した。現在、勤務中は実質的に「署に待機」となっているのだが——何しろ空襲時の避難誘導やその後の処理で駆り出されることが多い——少しぐらいなら抜け出しても構わないだろう。空襲警報が出た時に署にいなかったら大問題になるのだが、だいたい、空襲警報が出るのは決まって夜で、昼間はひたすら「待機」ではないか。

霊岸島の現場まで、早足で歩いていく。最近、常に街を薄く覆っている臭いが、今日も漂っていた。有り体に言えば、死人が出た火事場の臭いである。焼け焦げた木材の臭いに混じる、肉が焼けた臭い。

出歩く人は少ない。そして見かける人はだいたい、大荷物を抱えていた。逃げるなら身一つ。しかし戦争が終わった時、身一つで何ができるだろう。銀行に預けているわずかな預金がどうなるかも分からない。

ただ歩いているだけだと、余計なことを考えてしまう。高峰はしっかり顔を上げ、できるだけ街の様子を目に焼きつけておこうとした……まるで、歯が抜け始めた老人ではないか。多くの家が焼け落ちて瓦礫が街を埋め尽くす中、鉄筋コンクリート製のビルだけが生き残っている。

時に、顔見知りを見かけることもあった。声をかけるのが何となく憚《はばか》られるので目礼だけするようにしたが、反応を返してくれる人はほとんどいなかった。まるでこちらが誰か分からないように、ぼんやりとした視線を向けてくる。心ここにあらず——魂の抜けた肉体だけが、焼け跡を彷徨《さまよ》っているようだった。

空襲は、肉体を滅ぼさなくとも精神を滅ぼす。

最初の頃は——本格的に空襲が始まる去年ぐらいまでは、こんなことはなかった。空襲警報が鳴り響き、防空壕に隠れても、実際には爆弾など落ちないだろうと誰もがたかをくっていたのだ。もしかしたら空襲警報は、市民に油断をさせないための訓練ではと疑っていたぐらいである。時には隣の防空壕へ入りこんで、隣人と話しこむ余裕もあった。終わると、苦笑しながら一緒に夜の街に這い出て、「狼がきただな」と皮肉を吐くこともあったぐらいだった……。

現場に到着する。手帳を見て、第一発見者の堤の家を確認した。ちょっと前までなら、家を探すのも大変だったのに……と考える。今は強制疎開や空襲被害によって、街は「歯抜け」状態になり、残っている家の方が少ないので、堤の家はすぐに見つかった。

奇跡だな、と思う。堤の家と、その隣の家は何とか無事に残っていたが、周囲はほぼ全滅である。焼夷弾の炎は時に三メートルも上がり、特に風が強い時には――三月十日の空襲がそうだった――あっという間に燃え広がってしまう。どうして延焼を免れたのだろう、と高峰は首を傾げた。

引き戸を開け、玄関に首を突っこむ。

「ごめんください」

「はい」とすぐに返事があった。

「京橋署の高峰です」

「ああ、どうも」

堤が玄関先に出てきた。こんな男だったかな、と高峰は心の中で首を傾げた。小柄で背中も丸まり、ひどく年老いた感じ。手帳に書きつけておいた情報では、まだ四十五歳なのだが。

「先日の事件の関連で、お話を聴きにきました」

「ああ、はい」玄関で、堤が膝立ちになる。

「ちょっと、一緒に現場まで来てもらえますか？」

「いいですよ」

堤の家から現場の防空壕までは、歩いて一分もかからない。

「ここへ避難することもあるんですか？」

「ええ。家の防空壕より、よほど安全ですからね」

「コンクリート製ですから、頑丈《がんじょう》そうですよね」

当たり障りのない会話をかわしているうちに、現場の防空壕に到着する。扉を開けて階段を降りた。扉を開け放したままにしておいたので十分明るいが、高峰は電灯も点けた。しばらく無言で、広い防空壕の中を見回す。あの後誰かが掃除したのだろうか、床には塵《ちり》一つ落ちていない。

「時間を確認したいんですが……」高峰は手帳を広げた。「遺体が発見される前、最後にこの防空壕が使われたのはいつですか？」

「あの二日前ですね」堤が自信たっぷりに答える。記憶は鮮明なようだ。

「ここを点検に来て、遺体を発見したという話でしたよね」

「ええ。この辺、人がどんどん少なくなっているので、防空壕の手入れをする人もいなくなってしまったんですよ。それで私が毎朝、近くの防空壕を見回っているんですが、たまたま……」喋っているうちに声が小さくなってくる。

「時刻は、午前七時半でしたね？」手帳に視線を落として訊ねる。

「ええ」

「おどろいたでしょう？」

「そりゃもう、人生で一番驚いたね」

「ああいう遺体を見る経験なんて、なかなかありませんからね」

「最初は、寝ているのかと思ったんですよ」堤が顔をしかめる。「家を焼かれた人が、ここに入りこんで寝ていることもあるので。起こそうと思って近づいたら、首の傷が目に入って……」

「それで、死んでいると分かった？」

「あんな傷で、無事でいられるわけはないですよね」

「脈は確認しましたか？」

「一応、手首は触りましたけど……まずかったですか？」

「いや、確認は必要ですからね」

その遺体が今どこにあるか、高峰は知らない。本部の連中が直接運び出して、どこかへ持ち去った──死因不明、身元不明の遺体として、既に処理されてしまったのだろう。

こんなことはあり得ない。高峰は怒りと同時に困惑を覚えていた。自分たちに捜査させたくない理由があるのだろうか。

「見覚えのある人ではなかったですか？　近所の人とか」

「知らない人ですね……いや、そんなにちゃんと顔を見たわけじゃないですけど……あの、亡くなった人が誰なのか、まだ分からないんですか？」

「残念ながら」調べていないのだから当たり前だが。

「何だか物騒ですね。空襲だけでも怖くてしょうがないのに、こんなことがあるとねえ」

「まったくです……疎開はしないんですか？」

「したいんだけど、頼る先がなくてね」

「親戚とかは？」

「うちは一族揃って東京なんでねえ。こういうことになると、完全にお手上げですね」

「近所で、行方が分からなくなっている女性はいませんか？　これだけ混乱していると、行方不明になっても家族が届けられないこともあると思います。家族は疎開して、一人だけ東京に残っているとか」

「そういう人は、この辺にはいないと思いますけどね」

高峰には、特に気になることがあった。傷の具合、犯行の手口からみて、これが同一犯による連続殺人事件であることは間違いない。しかし、死体遺棄の場所が二件とも京橋署管内だったのは何故だろう。一つ考えられるのは、犯人が管内居住者、ないし勤め先がこの辺にあって、土地鑑があるということだ。防空壕の場所を把握していないと、遺体を安全に遺棄できないだろう。

　――それは考え過ぎか。どこか別の場所で殺して、夜陰に乗じて大八車で遺体を運び、とりあえず目についてひと気のない防空壕へ置いてきただけかもしれない。

「ちょっとこの辺で聞き込みをしてきますので、後でまた家に伺ってよろしいですか？」

「ええ、他に行くところもありませんから」

「お仕事はどうしているんですか？」

「行ける時は行ってますけど、仕事もだんだんなくなってきました」

「と言いますと？」

「放送局に勤めています」

「なるほど。でも、むしろお忙しいんじゃないですか？」何しろ今、自分たちにとってラジオは命綱である。ラジオからの情報がなければ何も分からない。

「私、演芸関係の仕事が多かったもので。最近は、それどころじゃないですからね」

「ごもっともです。私はそっちの方が楽しみなんですけどね」

　堤が溜息をつき、寂しげな笑みを浮かべた。薄く口を開いたが、言葉は出てこない。不平不満は腹の中に渦巻いているはずだが、警察官に言ってはいけないことなのだろう。

「今日は家にいますよ。何かあったらいつでもどうぞ」

「ご面倒をおかけしますが」

「とんでもない。いつでも協力しますよ。あんなことがあったと思うと、気味が悪いですから。早く犯人が捕まるといいですね」

まったくその通りだ。

しかし自分は……たった一人で犯人に近づける自信はない。

昼前、何の情報も手に入らなかった徒労感を抱え、高峰は再び堤の家に立ち寄った。彼に確認するようなこともなかったのだが、協力に対してもう一度礼を言っておきたかった。

堤は、朝方よりもよほど元気な顔で出迎えてくれた。

「上がりませんか？　お茶でも出しますよ」

「いや、それではご家族に申し訳ないですから」話をするにも玄関先で十分だ。

「今は一人なんですよ」

「ご家族は？」

「嫁は、今日は千葉《ちば》の方に……」

堤が言葉を濁した。闇物資の買い出しに行っているのを警察官に告げるのは、気が進まないのだろう。高峰は苦笑してうなずき、追及するつもりもないと無言で伝えた。

「お子さんは？」

「息子が二人——二人とも兵隊に行ってますよ。長男は満州《まんしゅう》に、次男は南方に」

「それは、ご苦労様です」

「私は別に苦労してませんけどね」軽い口調の裏に苦悩が見え隠れした。

「いえいえ……親御さんの苦労はよく分かるつもりです」

「とにかく、最近は家も寂しくてね。入って下さい」

「では……失礼します」

堤はまともなお茶を淹《い》れてくれた。四月とはいえ今日はかなり冷えこんでいたから、この熱さがありがたい。腹が温まると、途端に空腹を覚えた。

「食事時ですけど、何か食べますか？」ありがたいことに、堤の方から申し出てくれた。

「弁当を持ってきています。ここで食べさせてもらっていいですか？」

「もちろん、私もおつき合いします。芋ですけどね」

「私も芋ですよ」

堤が、台所から蒸した芋の入ったざるを持ってきた。もう一度台所に行くと、今度は白菜の漬物を持って戻ってくる。

「せめて漬物ぐらいはどうぞ」

「助かります」高峰は頭を下げた。最近は持ちのいい古漬けのたくあんばかり食べていたので、白菜の漬物の白さが目に染みるようだった。とかく喉に詰まりそうな芋の食感を、水気の多い漬物が多少和《やわ》らげてくれる。

堤が「そう言えば」と突然切り出した。

「遺体が見つかる前の日に、変な人を見たという話があるんです」

「本当ですか？」高峰は身を乗り出した。

「ええ。いや、本当に見たかどうかは分からないんですけど、そういう話を聞きました。つい先ほど」

「誰がそんなことを言っていたんですか」

「近所の人ですよ」

「紹介して下さい」自分が当たった人ではなかったのか……まったく情けない。素人の堤に重要な情報を教えてもらうようでは駄目だ。

同時に、銀座四丁目の事件もきちんと捜査しておけばよかった……と悔やむ。きちんと聞き込みをしていれば、必ず不審者などの情報は得られたはずだ。犯人にたどり着けたかもしれない。

どうして、むざむざ犯人を見逃そうとするのか。

ふと、嫌な予感――想像が頭の中に生じる。

もしかしたらもう、犯人は分かっているのではないか？　それが表沙汰になるとまずいとか……例えば、警察関係者が犯人とか？

あり得ない話だろうか。いや、警察官だって、聖人君子というわけではない。

問題は、誰かがそれを隠蔽《いんぺい》しようとしていることではないか？　俺が自分の正義感を捧げた組織には、その程度の道徳心しかないのか？


堤の教えてくれた目撃証言を確認した。すぐ近くに住む、相川《あいかわ》という六十過ぎの老人だった。先ほど訪ねたが、留守だった家である。その間に、堤の家に寄って、重大な情報を喋っていたのだろう。

相川は髪と眉がすっかり白くなって、背中も丸まった小柄な老人だった。本人曰《いわ》く「隠居」。妻を五年前に亡くし、三人の子は全員独立して家を出ている。仕方なしに、空襲に耐えながらこの家を一人で守っているのだという。

「不審者がいたという話を詳しく聴かせて下さい」

「この一週間ぐらいかな？　朝方、この辺の人間じゃない男を何回か見かけたんですよ」

「朝というと、何時ぐらいですか？」

「五時」

そんなに早く？　疑っていることを示すために、高峰は眉を吊り上げてみせた。それを見た相川が苦笑する。

「若い人には分からないかもしれないけど、年寄りは朝が早いんですよ。ちょっと前までは、その時間に新聞が来ていたから目が覚めてたんだけど……最近は、新聞も来たり来なかったりだね」

「ええ」

「それでも一応、確認のために外へは出るんです。その時に二、三回見かけたな」

「正確にいつかは分かりますか？」

「いちいち記録をつけてるわけじゃないんでねえ」相川が首を傾《かし》げる。「でも、この一週間で二回、三回というのは、多い気がする」

「近所の人じゃないんですか？」

「違うね。この辺はどんどん人も少なくなってるし。実際、住んでいる人だったら見れば分かるよ。霊岸島も、それほど広くないからね」

「そうですね。どんな人でした？」

「結構大柄――背の高い人でね。それで目立ったんだ」

「どれぐらいの背丈ですか」

「六尺……とは言わないけど、それに近いだろうね」

「となると、かなりの大男ですね」六尺の大男というと、俳優の岸井明《きしいあきら》ぐらいか……いずれにせよ、高峰が想定している犯人像と合致する。

「それで、いつも帽子を目深《まぶか》に被っていてね……それが、国民服に合わないんだ。うつむいて、でも時々あちこちをきょろきょろしながら歩いていた」

「顔は見ましたか？」

「一度か二度。これがまた、いい男でね。ちょっとびっくりするぐらいだよ」

「年齢は？」

「三十……いや、三十五歳ぐらいかな」

高峰は、手帳に書きつけた情報を頭から眺めた。何より不自然なのは、朝の五時に何度も目撃されていることである。それこそ新聞配達でもない限り、朝早くから出歩いている人はいないだろう。何かを探しているようだという態度も気になる。まるで、獲物を探しているような感じではないか。

「本当に、この辺の人じゃないんですね？」

「たぶんね……というより、見たことがない人です」

「分かりました。ありがとうございます。何か分かったら、京橋署の高峰までお知らせ願えますか？　できたら極秘で」

「極秘って……」

「これは秘密捜査なんです」高峰は話をでっち上げた。「署内の人間に知られるのもまずいですから」

「何だか緊張しますねえ」

「事件ですから。私も緊張しています」

第三景

瓦礫の残る街角（銀座辺り）。夕方。全体にオレンジ色の光景。井澤、焼け残った電柱の陰で一人煙草を吸っている。そこに刑事・脇谷《わきや》がやってくる。慎重な足取りで近づき、井澤に声をかける機会を窺う。

井澤　（顔を上げ、脇谷に気づき）どうも。刑事さんじゃないですか。

脇谷　（ゆっくりと歩を進め、舞台中央で井澤と向き合う）こんなところで何をしてるんですか。

井澤　煙草を吸ってるんですよ。ご覧の通りで。

脇谷　どうしてここで？

井澤　答える義務がありますか？　もう戦争は終わったんだ。警察も、昔とは違うでしょう。

脇谷　いや、変わらない。調べる必要があると思ったら調べるだけだ。
井澤　何を？
脇谷　こっちが何も言わなくても、あんたは分かっているだろう。
井澤　あなたと判じ物をするつもりはないんでね。こっちも忙しいんだ。（煙草を持ったまま立ち去ろうとする）
脇谷　あんた、獲物を探してるんだろう。

井澤、立ち止まってゆっくりと振り向く。脇谷との距離は六尺ほど。

脇谷　あんたがやったことは分かってるんだ。いい加減認めて、刑に服せ。
井澤　証拠は？
脇谷　お前が自供すれば、それで終わりだ。
井澤　そんなのは、戦前のやり方だ。日本は負けたんだぞ？　あんたたち権力の手先の力はなくなったんだ。もしも俺がやったと思うなら、ちゃんと証拠を持ってこい。
脇谷　よく考えろ。あんたも昔とは違うんだぞ。最近は金にも困ってるそうじゃないか。
井澤　それが世の習いってやつだよ。稼いでも稼いでも金は出ていく一方だ。それでも俺は必死に働かなくちゃいけないんでね。もういいかな？　これから打ち合わせがあるんだ。
脇谷　あんたにもう一つの顔があることが分かったら、あんたを観ている人はどう思うかね。幻滅するだろう。そういう人たちを裏切るのか？
井澤　もう一つの顔ね……無粋な刑事の割に、上手いことを言うな。だけど、あなたは何も証明できないよ。何だったら、二十四時間三百六十五日、俺を監視してみろ。そんなことはできないだろう。だいたいあなたも、いつまでも警察官でいられると思うなよ。戦中、どれだけひどいことをやってきたかが明るみに出たら、袋叩きに遭うぞ。
脇谷　ふざけるな！
井澤　時代が変わったんだよ。日本は負けたんだ。今は民主主義の時代だぞ。今までの価値観は全部ひっくり返ったんだ。警察官がいつまでも威張っていられると思ったら、大間違いだ。

8

霊岸島から銀座へ回り、署へ戻ったのは夕方近くだった。途端に、刑事課長の下山からどやされる。

「貴様、どこをほっつき歩いてたんだ！」

「管内視察です」

「俺の許可なしでか」

「今日は何もないと思いましたので……許可もなしに済みません」高峰は素直に頭を下げた。こういう時、下山にはさっさと謝ってしまうに限る。すぐに怒鳴るが、いつまでも怒りは続かない男なのだ。

「まあ、しょうがない……それよりお前、今日は当直だ」

「当番ではないですが」突然何なんだと思いながら高峰は反論した。

「放っておくと、どこへ行くか分からんからな。署で大人しくしてろ。夕飯は出してやるから、ありがたく思えよ」

「……分かりました」逆らえるわけもなく、高峰は引き下がった。実際、最近の勤務は滅茶苦茶になっている。自分の家が空襲の被害を受けて出てこられなくなった署員もいるし、空襲の後始末で他の署の手伝いに駆り出されることも珍しくない。二日三日と続けて署に泊まりこむこともしばしばだった。

一階に降りると、署長の富所に捕まった。また説教か……もう少し上手くやらないと、そのうち本当に罰を受けることになりかねない。勤務時間は真面目に仕事をしておいて、非番の日に調べるしかないだろう。

富所が手招きしたので、仕方なく署長室に入る。密室での説教となると、かなり厳しい叱責になるかもしれない。

高峰が署長室に入ると、富所は一度出入り口のところへ行ってドアを閉めた。一発二発、頬を張られるのも覚悟しよう。もっとも富所は、警察官にしては珍しく、乱暴さとは無縁の男なのだが。

勧められるまま、恐る恐る椅子に腰を下ろす。署長室にも、様々な物資が運びこまれていた。京橋署は署員数に比して手狭なので、今や署長室も倉庫の延長になっている。

「煙草はどうだ」

「いえ、先日もいただきましたし、申し訳ないので……」

「ここへ持ってくる署員も多いんだ。吸わないわしが煙草をもらっても、しょうがないんだがな」

貢いでいるのか、煙草の管理まで署長にやってもらおうと思っているのか。いずれにせよ、ありがたく受け取っておくことにした。今日は昼で煙草が切れてしまっていたのだ。

「ここで吸って構わんぞ」

迷ったが、結局マッチを取り出して煙草に火を移した。数時間ぶりの煙草の味わいで、緊張が弛緩してくるのを意識する。おっと、気を抜き過ぎては駄目だ。まだ何がどうなるのか分からないのだから。

「遺体の件を嗅ぎ回っているそうだな」

「……はい」否定もできない。署長がどこでこの情報を入手したのかを考えると不安になったが、認めておく方がいいだろう。

「捜査しないように、わしはきちんと言ったはずだが」

「申し訳ありません」煙草を持ったまま、高峰は深々と頭を下げた。「どうしても気になったんです」

「そうか……」

顔を上げると、富所が口をへの字に曲げて渋い表情を浮かべている。

「署長、改めてお願いします。私のような一介の巡査には口出しする権利はないかもしれませんが、あの件――いや、二つの事件について、捜査させてもらえませんか？通常の勤務時間外で構いません」

「駄目だ」富所が即座に否定したが、声は弱い。

「しかし、これは我が署の管内で起きた連続殺人事件なんですよ？　しかも被害者は二人とも女性です。弱い立場の女性が犠牲になる事件が放置されていいわけがありません。治安維持のためにも、事件の解決は絶対に必要です」

「お前の言い分は分かる。よく分かるんだ」富所がうなずく。「しかしこれは、決まったことだ。それを覆《くつがえ》すだけの力はわしにはない。お前にもない」

「つまり、署長より上のところで決まった話なんですね？」

「これ以上は言えない。とにかく……わしは、お前の気持ちは理解している。理解した上で忠告する。命令は覆らないから、無茶をするな」

「無茶はしていません」

「わしの一存で、お前が勝手に動いていることは内密にしておく。下山にも、隠しておくように指示した。とにかく今日は、大人しく夜勤をしていろ」

「夜勤はしますが、空いた時間に――」

「駄目だ！」

富所が突然声を張り上げた。普段静かな署長の怒声に、高峰は背筋がピンと伸びるのを感じた。

「いいか、お前はうちの大事な刑事なんだ。危険な目にあわせるわけにはいかん」

「危険……」

「これはわしからの命令でありお願いだ。頼むから、余計なことはせんでくれ」

富所が頭を下げたので、高峰は言葉を失ってしまった。署長にこんなことをされて、逆らえるわけもない。

　高峰は黙って一礼した。何も言わなかったことで、富所は自分の決心を悟ったかもしれないが、今ここで言い合いはしたくなかった。

　暗い気分を抱えたまま、二階の刑事課に戻ろうとして、階段で騒ぎに出くわした。中年の男が、二人の特高係に連れていかれようとして、抵抗している。

「放せ！」男の声には張りがあり、体も大きい。二人がかりでも連行するのに苦労していた。

「いい加減にしろ、非国民が！」一人の特高係が、男の頰を張った。ぴしり、と甲高い音がしたが、男は怯む様子もない。

「俺が何をした！　東京の様子を伝えただけじゃないか」

「いったい何枚、葉書を書いた？　田舎の人間が東京の様子を知ったら、不安になるだろう。戦意喪失させたいのか？」

「知り合いに様子を知らせただけじゃないか！」男が抵抗して、腕を振り払おうとした。

　特高係は、他の署員とのつき合いはほとんどない。自分たちは特別だと立場を鼻にかけているようだし、高峰たちも悪い評判を聞いて嫌っていた。お前らのせいで、警察全体が嫌われるんじゃないか――だから特高の連中と話をすることもほとんどなかったのだが、この時ばかりは止めに入らざるを得なかった。階段の途中で暴れていたら危ない。

「やめろ」

「何だ、お前は」一人の特高係が冷たい視線を向けてくる。「……刑事課の奴だな」

「階段で騒ぐな。危ない」

「大きなお世話だ」

特高係の二人に何か言っても無駄か。高峰は連行されてきた男に声をかけた。

「大丈夫です。ひどい暴力を振るわれることはないですから」

「こんなところに連れて来られる理由はない！」男は抵抗したが、特高係の二人は両脇をがっちり固めてしまった。

「少し我慢して下さい」特高も次第に狡猾《こうかつ》になってきて、今は拷問《ごうもん》のように暴力を加えることは少なくなってきた。ただ、何やかやと理屈をつけて留置場に長期間ぶちこみ、精神的に圧力をかけるやり方が主流になっている。危険分子は社会から隔絶すべし――という考えでもあるようだ。

「冗談じゃない！」男が叫んだが、特高係の二人は無視して、強引に階段を上がらせ始めた。男が振り向いて、助けを求めるような視線を送ってきたが、もはや高峰にできることはない。

クソ、何て時代なんだ。

ますます不穏な雰囲気が強くなってきた。四月一日には、米軍がついに沖縄《おきなわ》本島に上陸。こちらも航空母艦一隻、巡洋艦二隻、駆逐艦二隻などを撃沈したものの、沖縄にまで敵の手が迫ってきた事実は衝撃的だった。「本土決戦」が、にわかに現実味を帯びてきた。

新聞からは戦争関係以外の記事がほとんど消え、高峰の感覚では読むところがなくなってしまった。最近では、あまり好きでなかった吉川英治《よしかわえいじ》の連載小説『太閤記《たいこうき》』まで読んでいるぐらいである。

五日には小磯《こいそ》内閣が総辞職し、七日に鈴木《すずき》貫太郎《かんたろう》を総理とする新内閣が発足した。新聞は威勢良く戦意高揚を訴えているが、それで気分が上向くこともない。新聞に書かれていることをそのまま信じている人間など、もはやどこにもいないのだ。

高峰は、仕事の合間を縫って聞き込みを続けた。時間がない中での聞き込みなので、どうしても中途半端になってしまう……唯一の手がかりは、霊岸島で相川が見かけたという不審な男の存在だけだった。同じように早朝に長身の男が歩いているのを見たという目撃証言は出てきたが、最初に遺体が発見された銀座地区では、目撃証言は一切ない。

生暖かい風が吹いた夜、高峰は勤務が終わってからも、銀座地区で聞き込みをしていた。疎開はますます進み、聞き込みしようにも人を見かける機会も少なくなっていたのだが……手がかりなし。ただ足を棒にして歩き回っていただけ。そう考えると、ますます疲れてしまう。今日はいい加減にやめておこうか。それとも、もう少し範囲を広げて聞き込みを続けようか。といっても、京橋署管内の人口はどんどん減って、今や話を聴ける人も少ない。

この聞き込みと平行して、高峰は本部の捜査一課にいる先輩にも話を聴いていた——もちろん、密かに。こんなことが本部にバレたら、面倒なことになるだけでは済まないだろう。

この先輩は、そもそも二件の死体遺棄事件について、まったく聞いていなかった。他人に聞かれないようにと彼の家まで訪ねて行ったのだが、戸惑わせただけだった。

「そんな事件の報告は上がってないぞ」先輩は、疑わしげな視線を高峰に向けながら言ったものである。

「しかし自分は、この目で二つの遺体を見たんです」

「見間違えるはずがないか」

「そうです。だから間違いなく事件はあった——そして、捜査しないように言われているんです。こんなこと、あり得るんですか？」

「俺にも考えられないが……」先輩の話しぶりは歯切れが悪かった。「それは、見なかったことにした方がいいんじゃないか？」

その言葉がきっかけで軽い口論になってしまい、結局この先輩とは喧嘩別れになった。もう会うこともないかもしれないが、仕方がない……後で冷静になって考えてみると、先輩が本当に何も知らなかったのは間違いないと思う。組織ぐるみで隠す時は、全員が事情を知っている必要がある。一人でも知らない人間がいると、そこが逆に「穴」になってしまうのだ。だからこの件は組織ぐるみではなく、一部の人間が事情を全て抱えこんでしまったのかもしれない。

クソ、腹が減ったな。酒も呑みたい。

一時、穴倉のような場所でビールを呑ませる店ができたのだが、つまみもなしで、ただ並んでビールをもらうだけだった。あまりビールが好きではない高峰は、わざわざ並んでまで呑む気にはなれなかった。

ふいに腕を引っ張られる。焼け残ったビルの陰――たたらを踏んで倒れそうになるのを、ビルの壁に手をついて何とか踏みとどまる。

その瞬間、いきなり拳が腹に叩きこまれた。体が二つに折れてしまいそうな強烈な殴り方で、高峰はまったく呼吸できなくなってしまった。しかし相手は容赦なく、高峰の髪を摑んで体を引っ張り上げると、平手で両の頰を張った。目の中でちかちかと星が散り、鼻血が流れ出すのを感じる。

高峰は何とか反撃しようと右腕を伸ばした。しかし逆に手首を掴まれ、捻り上げられてしまう。逆らうと肩を脱臼《だっきゅう》する——体を捻ると、そのまま背中から道路に倒れこんだ。

足が降ってくる。高峰は両手で頭を抱えて庇《かば》いながら、何とか攻撃に耐えた。強盗か？　京橋署管内ではあまりないのだが、他署ではこういう路上強盗が問題になっていると聞いたことがあった。

「警察だぞ！」

叫んだが、蹴りは止まない。クソ、強盗ではないのか？　訳が分からぬまま、高峰は体のあちこちに痛みを感じた。さらに強烈な一撃——脇腹を踏みつけられ、確かに骨が折れる音を聞いた。それで動きが止まってしまう。このまま蹴り殺されるのか……こんな死に方は絶対に嫌だ。

攻撃はふいに止《や》んだ。

「馬鹿野郎が。自業自得だ」

ふいに、耳の近くで声が聞こえる。誰だ……霞《かす》む目を何とか開け、相手の顔を確認する。

あいつだ。霊岸島の現場で遺体を引き取っていった本部の人間。

「貴様……」辛うじて声を出す。

「お前は命令を無視した。こうなるのも当然だ。これ以上、余計なことはするなよ」

男が立ち去る気配がした。足音が……一人、二人、三人。三人がかりで襲ってくるとは、卑怯《ひきょう》千万——しかし今は、何を言っても負け犬の遠吠えだ。用心していなかった自分が悪い。

高峰はしばらくその場で大の字になっていた。肋《あばら》をやられたが、俺は生きている。これぐらいで済んでよかったんだと自分を納得させようとしたが、悔しさと怒りは抑えようもない。目を閉じ、深呼吸を繰り返して、何とか気分を落ち着けようとした。痛みが走るのは右の脇腹——しかし刺すような痛みではなく、血を吐いたわけでもない。肺まではやられていないだろう。

「高峰さん?」

声をかけられ、ゆっくりと目を開ける。焦点が合わない。

「高峰さん、どうしたんですか!」

ああ、永田……まだ疎開していなかったのか、とぼんやりと考える。

「何でもないですよ」大の字になったまま、高峰は答えた。

「何でもないわけないじゃないか。怪我してますよ。医者へ行かないと」

「これぐらいで医者に行ったら、このご時世、申し訳ないですよ」

高峰は無事な左腕を使って、何とか上体を起こした。右の脇腹はずきずき痛むが、我慢できないほどでもない。右腕を上げてみる……肩の高さまで上げるのが限界だった。左手を伸ばし、顔の具合を確認する。鼻血がべったりついてきたが、顔の怪我といえばそれぐらいだった。

「どうですか？　死にそうですか？」

「それぐらい言えるなら大丈夫だろうけど……治療はしないと」永田がかすれた声で言った。

「放っておけば治りますよ」

「そうは見えない」

永田が手を貸して立たせてくれた。下半身には痛みがない――足は怪我していないようだが、力が入らない。結局、歩くにも永田の手助けが必要だった。肩を借り、ゆっくりと歩き出す。ゆっくりとしか歩けない。永田の店まで、何時間もかかったようだった。

相変わらず商品がなくがらんとした店に入ると、高峰は国民服を脱いだ。冷たい空気が肌に触れ、思わず身震いする。

「治療って言っても、ろくに薬もないんだけどねえ」

永田が救急箱を持ってきた。ガサガサと音を立てて中を漁《あさ》ると、サロメチールのチューブを取り出す。

「これでどうかな」

「助かります」

「ちょっと具合を見せてごらん。右腕を上げて……」

高峰は何とか腕を上げた。先ほどより多少ましな気がするが、そう思うのも単なる気休めか。

「かなり赤くなってますよ」

「ただの痣です」

「腕、もっと上がりますか？」

「それは……」

「ひびが入ってるんじゃないかな。やっぱり病院へ行った方がいいですよ」

「勘弁して下さい。本当に、これぐらいで病院に面倒をかけたくないんです」

「頑固な人だねえ」

永田がサロメチールを塗ってくれた。直後は何の感覚もない。

「かなり熱いね。熱を持ってる」永田が心配そうに言った。

「もっとたっぷり塗ってみてもらえますか」

しかしそう言った頃には、サロメチールは効果を発揮し始めていた。昔からあるこの軟膏は、臭いも効きもかなり強烈だ。

「何とか大丈夫そうです」

「そうかい？　病院へ行かないなら、これ、持っていって下さいよ」

「申し訳ないです。薬も貴重でしょう」

「いいから、いいから。意地っ張りな人が医者へ行かないって言うから、せめてこれぐらいはね……さて、素人の手当で申し訳ないけど、念のために包帯も巻いておきますか」

「お願いします。サラシの要領でぐるぐる巻きにしてもらえれば……できるだけきつい方がいいと思います」

永田はかなり力をこめて、胸に包帯を巻いてくれた。途中で息が詰まるほどだったが、何とか呼吸はできる。痛みは……サロメチールの爽快感が包帯の奥に閉じこめられ、少しは楽になった感じだった。

「もう大丈夫です」高峰は服を着て立ち上がった。意地を張っているわけではなく、実際にずいぶん楽になっている。

「一人で帰れますか？　ちゃんと歩けそうにないけど」

「もちろん、大丈夫ですよ。これぐらいで弱音を吐いたら、警視庁刑事の名が泣きます」

といっても、家に帰るまでの道のりを考えるとぞっとする。銀座四丁目から自宅まで、距離的には一里もない。普段の高峰なら一時間もかからず歩けるのだが、今は自身の体も道路状況もよくない。しかも街はほぼ真っ暗だろう。

大きなかけ時計を見ると、午後九時だった。自宅よりは署の方が近いから、そちらで休むことも考えたが、誰かと顔を合わせるのも面倒だった。それに明日は、貴重な休みを貰っている。一日を無駄にしたくない。

「高峰さん、自転車は乗れるかな？」永田が突然切り出した。

「もちろんですよ」

「じゃあ、うちの自転車に乗っていきなさいよ。後で返してくれればいいから」

「それじゃ申し訳ないですよ」

「いやいや、うちにはもう、自転車に乗る人間もいないからね。私はそもそも乗れないし」

結局この申し出を受けることにした。歩くよりはよほど楽だし、早く帰れるだろう。

読みが甘かった。

自転車は確かに速いのだが、小さな瓦礫を踏む度に伝わる振動が、肋骨に強烈な衝撃を与えた。とにかく慎重に、瓦礫を避けて、なるべく平坦な道を行く……歩くよりは速いのだから、何とか頑張ろう。それでも途中では、瓦礫がまったく片づいておらず、自転車を押していかねばならない場所もあった。そうなると重い自転車は足手まといにしかならない。いやいや、そんなことを考えては駄目だ。永田の厚意を無にすることになる。

何とか三十分で、自宅に戻れた。時間を半分に短縮できたのだから、よしとしよう。銀座四丁目から都電の本通線に乗って終点の須田町《すだちよう》で降りれば、家のすぐ近くまで行けるのだが、今は運行が不安定である。それに、いつもおしくらまんじゅうをやっているぐらいの満員なので、肋骨を痛めた状態で乗れるものではない。

自転車は念のため、玄関の中に入れた。家の中が暗い……もう十時近いのに和子はどうしたのだろうと訝ったが、今日は遅くなる日だったとすぐに思い出した。今、省線の駅は駅長と助役を除いて女性駅員ばかりなのだが、こんな風に遅くなるとやはり心配だ。今日は何時に帰ってくると言っていただろう？

妹がいないと、ろくなものが食べられない。仕方なしに高峰は、代用食のパンで夕食を済ませることにした。ふすま入りのパンと古漬けのたくあん。奇妙な取り合わせの味は……味はどうでもいい。これで水を飲めば、ある程度腹は膨れる。後は寝てしまおう。

二階に上がるのも面倒で、一階の六畳間で寝転んだ。じっとしていると痛みは感じなくなったが、寝返りを打つと鋭い痛みが走る。うまく眠れそうにない。

高峰は服を脱いで包帯も外し、風呂場の鏡で上半身を確認した。暗く曇った鏡ではっきりとは見えないが、かなり広範囲に赤くなっているのは分かった。この範囲全体にサロメチールを塗ったら、あっという間になくなってしまう。せっかくの貰い物だから、大事に使っていかないと。

部屋に戻って再び寝転がったが、「ただいま」の声にびくりとして跳ね起き、途端に激しい痛みに襲われた。

「兄さん、どうしたの」

部屋に入ってきた和子がぎょっとした声で言った。

「いや……」寝ぼけている、と意識する。意識を鮮明にしたのは、甲高く鳴り響く空襲警報だった。

「寒いのに、裸でどうしたの」

「そんなことより、早く防空壕だ」

慌てて国民服を引き寄せる。和子の後ろに安恵がいるのが見えた。

「怪我してるの？」和子が慌てて駆け寄ってくる。

「大事ねえよ……服を着るから、先に防空壕へ行っててくれ」

「一人で大丈夫？　歩けるの？」

強がりを言いながら、もたもたしてしまう。見かねたのか、結局和子が手を貸してくれた。実際一人では、シャツの袖に腕を通すこともできなかった。

「もちろんだ」

「安恵ちゃん、ごめんな。みっともないところをお見せして」

「いいですけど、本当に大丈夫なんですか」安恵は和子以上に心配そうだった。

「大したことはないよ。とにかく、防空壕へ」

庭へ出て、和子を先頭に防空壕に入る。最後に高峰が入ると、和子がすぐにろうそくに火を灯した。いつも、この瞬間はほっとする。

和子と安恵は並んで小さなベンチに腰かけた。このベンチは、防空壕を掘った時に父が作ったものだ。手先が器用な父親は、ちょっとした家具なら自分で作ってしまう。高峰は立ったままでいることにした。洞窟のようなもので、当然天井は低く、立ったままだと居心地は悪いのだが、座ったり立ったりを繰り返すと肋骨に負担がかかる。同じ姿勢でいた方がましだ。

「今日は二人揃ってどうしたんだ？」高峰は訊ねた。

「仕事終わりが同じだったから、一緒に帰ってきたのよ」和子が言った。「そうしたら、途中で警戒警報が鳴ったから……うちの方が近かったの」

「そうか……安恵ちゃん、海老沢は大丈夫かな」

「平気でしょう」安恵が笑った。「ちゃんと防空壕に逃げてると思います」

「そうだよな」うなずく。包帯を外してしまっているので何とも頼りなく、先ほどより痛みも増してきている。

「兄さんこそ、どうしたの？　怪我でもしたの？」和子が心配そうに訊ねる。

「ああ、ちょっとな」

「どこ？」

「脇腹」

「脇腹？」和子が目を見開く。「そんなところ、どうして」

「転んだんだよ」

本当のこと――襲われたとは言えない。「転んだ」という説明に和子が納得していないのは明らかだった。

「顔も怪我してるじゃない」

「よほどひどい転び方だったんだろうな」笑おうとすると、顔にも痛みが走る。

「兄さん……何か危ないことに関わってるんじゃないの？」

「そんなことねえよ」高峰はゆっくりとした口調で否定した。こんなことを妹に話しても不安にさせるだけだ。

和子はまだ何か言いたそうにしていたが、結局溜息を一つついただけで、この件の追及はやめにしたようだ。

「安恵、何か食べる？　お腹空かない？」

「それは、空いてるけど……何かあるの？」

「ここに置いてある乾パンが、もう古いのよ。食べてしまわないと」

「いただいていいの？」安恵が遠慮がちに言った。

「もちろん。そうだ、缶詰も開けましょうか」

「おいおい」高峰は思わず口を挟んだ。「もう少し緊張しろよ」

しばらくは静かだった。しかしすぐに、ドン、ドンという高射砲の音、そして爆撃音が響く。B29が飛ぶ音も、遠慮なく防空壕の中に入りこんできた。それほど近くはないようだが、とにかくB29の轟音が途切れない。高射砲は役に立っていないのか……食欲が失せ、高峰は防空壕の扉を少し押し開けた。何となく空気が熱い。近所で火災が起きている気配はないものの、それほど遠くない場所が燃えているのかもしれない。

今の状態で動きたくはなかったが、どうにも気になり、止める和子を無視して防空壕から這い出し、二階に向かう。物干しから、西の空が望める。

燃えている——空が赤くなっていた。まるで夜の闇が赤に入れ替わったように……方角からして、池袋《いけぶくろ》や中野——西の方が被害が大きいようだ。距離はあるはずなのに、頬に熱さを感じるほどだった。近所の人たちも防空壕から出てきて、不安そうに遠くの空を見守っている。ここまで燃え広がることはないだろうが、火事はとにかく人を不安にさせるものだ。

「兄さん！」

庭を見ると、防空壕の扉が開いて和子が顔を突き出している。

「危ないから！　中へ入って！」

「すぐ戻る！」

叫び返したが、今の高峰は素早くは動けない。どうせ防空壕へはゆっくり戻るしかないのだからと思い、空いた一升瓶に水を入れてぶら下げていった。水なしで乾パンを食べるのは困難だ。

腹が減っていた様子の安恵も、ひっきりなしに続くB29の攻撃に食べる気をなくしてしまったようだった。高峰は構わず、がつがつと乾パンを食べ、水を飲んだ。缶詰は、鰻《うなぎ》の蒲焼《かばや》きで、思わず笑ってしまった。いったいいつ、こんなものを手に入れていたのだろう。街の鰻屋で食べるものと比べることなどできもしないが、栄養が体に染みこむようだった。

依然として空襲は続き、高峰は時々外に出て様子を確認した。もしも家が燃え始めるようなら、防空壕に隠れたままではむしろ危険である。ありったけの金だけ持って、風向きを読みながら逃げるしかない。今のところ、風は東から西へ吹いているから安全だが……いざとなったら、この家の南にある京橋署に逃げこもう。

高峰は神経質に外の様子を窺い、ラジオに耳を傾けていたのだが、うんともすんとも言わない。これでは役立たずのただの箱だ。

和子と安恵は、互いの体を支え合うようにして居眠りを始めた。この状況下でよく眠れるものだ……とはいえ、少しでも休んでくれたほうがいい。駅は常に混み合い、殺気立った乗客の流れをさばくだけでも一苦労だろう。男でも大変な仕事を、若い女性が中心になってやっているのだから、本当に可哀想だ。

結局、空襲警報が解除されたのは午前三時過ぎだった。高峰は二人を残したままゆっくりと防空壕を出て、家の安全を確認した。近くで火災もなかったし、爆弾も落ちなかったようで、大きな被害はなかった。表に出ると、やはり防空壕から出てきた近所の人たちと無事を確認し合う。ひどい目に遭った……警報を聞いて防空壕に飛びこむのは、何度やっても慣れるものではない。ましてや今日は、かなりの重傷を負っていて、本当は静かに寝ていたかったのだ。

しかし今夜は、これで終わりではない。安恵を家まで送っていかないと。空襲についてはもう心配ないだろうが、高峰の頭には二件の殺人事件のことがあった。一人で家に帰すわけにはいかない。

二人が防空壕から出て来たので、高峰は安恵に「家まで送ろう」と申し出た。

「兄さん、それどころじゃないでしょう」和子が反論した。「今夜は早く休んだ方がいいんじゃない？」

「大丈夫だ」

「安恵は私が送っていくけど」

「それじゃ、帰りにお前が一人になる。意味ねえだろう」

「兄さん、心配性過ぎるわよ。だいたい、そんな怪我してたんじゃ、いざという時に何もできないでしょう……私も一緒に行くわ。そうしたら、帰りも二人だし」

「……そうだな」情けないが、この提案は呑まざるを得なかった。

家の近くでは空襲の被害はないようだ。心配して起きていた海老沢に安恵を引き渡し、ゆっくり歩いて自宅へ引き返す。歩く度に肋がギシギシ音を立てるようだった。

「本当は何があったの？」和子が訊ねた。

「だから、転んだんだよ」高峰は同じ説明を繰り返した。

「お願いだから、危険なことはしないでね……」

「もちろん」

実際は、非常に不可解な状況に首を突っこんでいるのは間違いないのだが。それでも、高峰は引く気にはならなかった。この件の背後には、大きな闇がある。そこには迫れなくても……殺しの犯人だけは絶対に捕まえなくてはならない。

9

怪我の痛みで高峰はろくに眠れないまま、翌朝午前六時には布団を抜け出した。新聞は来ていない。ラジオも、昨夜の空襲を伝えていなかった。

今日は休みだという和子を家に残して、高峰は署に行くことにした。

「兄さんも休みじゃないの？」和子が目を見開く。

「休んでおれんよ。うちの管内にも被害が出てるかもしれねえし」

「そんな状態で……」和子が心配そうに高峰を見る。

「もう問題ない」強がりを言ったが、まだ痛みは鋭く重い。鏡を見ると、顔も腫れている。右の脇腹にサロメチールをたっぷり塗って、和子に包帯をきつく巻き直してもらい、何とか家を出る。

東京はまた大混乱に陥っていた。中央線はほぼ不通。山手線の上野《うえの》回りも動いていないし、バスも運休。それでも人出は多い……罹災者もいれば、見舞いに行くような人もいて、ざわついた空気が流れていた。

刑事課に顔を出すと、下山がうなずきかけてきた。休みとはいえ、空襲の翌日だから来るのが当然、と思っているのだろう。休まなければ休まないで、人間は慣れてしまう。

「どうした」高峰の顔を見た瞬間、下山が怪訝そうな表情を浮かべる。

「昨夜、ちょっと……いろいろありまして」

「空襲か？　お前の方は無事だっただろう」

「いや、その前に……」

適当に言葉を濁したが、下山は解放してくれそうになかった。

「他にも怪我してるのか？　歩き方がおかしいぞ」

「たぶん、肋骨をちょっと」

「何をやらかしたんだ」

「転んだんです」結局、昨夜和子に説明したのと同じ台詞を繰り返すしかなかった。

「転んでそんな怪我をするか？　人様に迷惑はかけてないだろうな？」

「自分が痛いだけです」

下山がふいに表情を緩める。喧嘩でもしたと思ってくれればいい。

「それより、昨夜の後始末の応援は……」高峰は刑事課の中を見回した。課長の下山の他には若い刑事が一人残っているだけで、課内はがらんとしている。

「朝一番で引っ張られていった。今回は、城北地区の被害がひどいようだ」

「課長のところは大丈夫だったんですか？」下山の自宅は目白《めじろ》で、城北地区に入る。

「被害といえば、寝ていないことぐらいだ」下山が気丈に言ってニヤリと笑った。そう言えば目が真っ赤である。

「相当な被害だったようですね。私の家からも、火事がはっきり見えました」

「非公式な話だが、B29が百七十機、帝都上空に侵入したらしい。焼夷弾千発だそうだ。明治神宮の本殿が焼失したという情報もあるし、宮城《きゅうじょう》の一部まで焼けたらしいぞ」

「本当ですか？」全身に緊張感が走る。まさか、天皇陛下の足元に焼夷弾が落ちるとは……いったい帝都の守りはどうなっているんだ。

「この件は公表されるかどうか分からないそうだから、内密にな」下山が厳しい表情でうなずく。

「わかりました。一般の被害は、どの辺に集中しているんですか？」

「大塚《おおつか》、赤羽《あかばね》、中野の一部だ」

その瞬間、嫌な予感が背筋を走り抜けた。中野——稲葉節子の家が中野ではないか。ここにいても情報は入ってこない。所轄は被害状況を摑んでいるはずだが、そもそも所轄自体が被害を受けている可能性もある。

「……やっぱり失礼させていただいてよろしいでしょうか？　それとも、ここで何かやることが……」

「今のところは何もない」

高峰は、左手を伸ばして右の脇腹を押さえた。

「あまり具合がよくありません。よろしければ、今日は予定通り休みにさせていただきたいんですが」

「それは構わんが、医者へは行ったのか？」

「この程度の怪我を診てくれる医者は、いないと思います。それに、ちょっと確認しておきたいことがありまして」

「例の件なら駄目だぞ」

下山が素早く釘を刺した。もしかしたら、昨夜の一件も既に耳に入っているかもしれない。人通りがない場所だからこそ襲われたのだろうが、誰がどこで見ているかは分からない。高峰にしても、今は誰を信用していいか、分からなかった。

「中野に知り合いがいるんです。もしかしたら、空襲の被害に遭っているかもしれません」

「無事を確認したい相手か？」

「ええ」

「女か？」下山がニヤリとした。「このご時世、本来なら不謹慎だと雷を落とすべきだ」

「分かっています」高峰はうなずいた。「ただ……確認したいんです」

「構わん。行ってこい。ただ、向こうへはかなり行きづらくなってるぞ。たどり着けるかどうかも分からん」

「何とかします」

許可が出たのでほっとして、高峰は早々に署を出た。脇腹の痛みは昨夜に比べれば薄れていたが、一歩踏み出す度に軽い衝撃が走ることに変わりはない。中央線はしばらく不通になるだろうし、都電やバスが使える保証もない。となると、永田に借りた自転車を使うしかないだろう。歩くよりも体に響くかもしれないが、そんなことは我慢できる。

何故こんなに気になるのだろう？　たまたま防空壕で一緒になっただけの人なのに。

高峰はこれまで、ほとんど女性と縁のない生活を送ってきた。仕事、それに芝居見物や映画――それで十分満ち足りていた。それに何より、徴兵の心配があった。戦争が長引くにつれ、帝都の治安を守る警察官からも、徴兵される人間が増えていった。高峰もいつ戦場へ送られるか分からない。そんな状態で女性とつき合っても、辛いだけではないか。

節子は……惚《ほ》れたのか、と自問自答してみた。答えは出てこない。というより、出すつもりもない。戦火の東京で誰かを好きになるなど、やはり無駄としか思えなかった。

焼け跡——まだ燻《くすぶ》っている場所も少なくない——を自転車で行くのも心配だった。タイヤがパンクしたら、自転車は単なるお荷物になってしまう。

足場の悪いところは自転車を押したり、必死で担いだりしながら、何とか中野まで辿り着いた。この辺りの被害はひどい。都心部と違い、鉄骨造のビルなどが少ないので、一面が焼け野原だった。煙が薄く低く漂い、足元が熱い。鼻をつく刺激臭のせいで、涙が止まらなくなってしまう。そこで瓦礫を掘り起こしている人、呆然と座りこんでいる人、大八車を引いてのろのろと歩く人……少し立って観察しているだけでも、様々な人間模様が透けて見えた。

歩いているうちに、道に迷ってしまった。警察官という、街を歩くのが本業のような仕事柄、初めて歩く街でも迷うことはないのだが、自分がどこにいるかさえも分からないのだ。一帯が焼けていて目印になるものが何もない。道路も瓦礫で覆われ、どこにどう通じているのか分からなかった。

それでも何とか、節子の家を探し出した。辛うじて焼け残っている一画に近づくと、ようやく記憶が蘇ってくる。節子は、防空頭巾をかぶり、瓦礫を片づけている。家は無事な様子だが、近くで爆弾が落ちると、爆風が吹きこんで家の中が滅茶苦茶になったりするのだ。

「稲葉さん」声をかけたが、情けないことにしゃがれてしまう。同時に、ひどく喉が渇いていることに気づいた。水も飲まずに、京橋からここまで来てしまったのだから。

節子が顔を上げ、防空頭巾をはね上げる。途端に大きく目を見開き、「高峰さん……」とつぶやいた。まるで幽霊でも見るような目つきだった。

「あの……ええと、無事だったんですね？」

「はい、何とか。この一画は奇跡的に焼け残って」

「大変な空襲でしたね」

「ええ……わざわざ来てくれたんですか？」

「はい、その……心配で」言葉にすると、ひどく間抜けな感じがした。

「高峰さんこそ、怪我してるじゃないですか」節子が自分の顔を触った。

「大丈夫です。これは空襲のせいじゃないですから」

「そうですか」節子が溜息をついた。「もう、何が何だか分かりませんね。この辺の本格的な空襲は初めてだったんですけど、怖くて怖くて。家がなくなるかもしれないと思うと、本当に怖いですね」

「分かります」都心に住む多くの人は、家は借りているだけだ。だから仮に空襲に遭っても財産を失うことにはならないのだが、住む場所がなくなれば、途方に暮れるのは間違いない。

「ご家族は？」

「全員無事でした」

「それはよかった」ここで初めて、高峰の胸に暖かいものが流れた。何となく、足から力が抜けてしまう。「とにかく、疎開を急いだ方がいいですね」

「それが、父がまた強情になってしまって」節子の顔が渋くなる。「空襲ごときに負けるかって、昨夜から怒りが収まらないんです」

「お気持ちは分かりますけど、焼夷弾には勝てませんよ」

「そうでしょう。でも、私が言っても母が言っても、まったく聞かないで……弟が戦地にいるんですけど、『あいつが頑張ってるのに、自分たちが逃げてどうする』なんて」

説得しましょうか、という台詞が喉元まで上がってきた。自分なら冷静に、落ち着いて話ができるはずだ。しかし、まだ二回しか会っていない女性の父親に、いきなりそんなややこしい話をするのは不自然だろう。

「とにかく、無事でよかったです」高峰は笑みを浮かべた。

「あの、お茶でもと言いたいんですけど……」

「お構いなく。家の中は大変でしょう」

「爆風で窓が割れて、砂だらけなんです。壁も少し崩れたので、とにかく掃除が大変で」

「だったら、お邪魔はしません。無事が確認したかっただけですから、今日は失礼します」高峰はうなずき、自転車の向きを変えた。

「あの」

声をかけられ、振り向く。節子は戸惑いの表情を浮かべ、両手を組み合わせていた。

「ああ、ええ……そうですね」高峰は彼女の気持ちを読んだ――読んだと思って賭けに出た。「また会えるでしょうか。できれば、空襲の危険がない時に。昼間か夕方がいいですね」

「ええ」

「普段は何をされているんですか？」

「家の手伝いです。人手も足りないので」

「何か商売でもされてるんですか？」

「前は――床屋だったんです。でも今は、ほとんど仕事になりません」

「そうですか」高峰はうなずいた。ここで決めてしまわなければ。今は連絡を取ることすら難しい。「片づけが落ち着いたら、またこちらに伺ってもいいですか」

「でも、この辺は何もない――ほとんど焼け野原になってしまいましたよ」

「それでも、話ができる場所ぐらいはあるでしょう」ちょっと前なら、銀座で落ち合ってカフェーパウリスタでお茶を飲み、資生堂《しせいどう》パーラーで食事ができた。その後は映画に行ってもいいし、芝居を観てもいい――今や、そんな楽しみも不可能だ。

「明日……いや、明後日、もう一度ここへ来ます。何時ぐらいならいいですか？」

「私は、夜がいいと思います」

「夜は危ないですよ。空襲は、だいたい夜だ」

「この辺、もう焼け野原ですから」節子が寂しげな笑みを浮かべる。「一度焼けたところは狙われないんじゃないでしょうか」

それも一理ある。だったら、自分の家の辺りはまだ危ないということになるが……あれこれ心配してもきりがない。

「分かりました。明後日の夜に……七時ぐらいには来られると思います」

「雨だといいですね」

「ああ……確かに」B29も、天気が悪い時には飛ぶのが難しいはずだ。飛べたとしても、地上の目標が上手く確認できないのだろう。「雨も悪くないですね」雨は嫌いだった――かつては。しかし節子に言われた途端、雨のおかげということもあるのだと考えが変わっていた。

10

保安課では、検閲官本来の仕事は少なくなるばかりで、海老沢は暇を持て余していた。内務省の「自由にやっていい」という通達があったので、今後の検閲基準を変えるかどうか、上層部では検討していたようだが、そもそも物理的に芝居や映画を作る余裕すらなくなっている。都内の劇場も被害を受け、映画用のフィルムの割り当てはどんどん少なくなり、役者たちは軍需工場の慰問に回ったり、地方で巡業をしたりして糊口をしのいでいる。移動演劇の劇団に関しては、今後は疎開して、その地で活動を続けるようにという指示が出されていた。

東京から劇団が――演劇が消える。そうしたら、自分の仕事もそして唯一の楽しみも完全になくなるわけだ。

一方、海老沢の本籍がある特高の方も、何となく暗く沈んだような雰囲気になってきた。特高が依《よ》って立つ「治安維持法」は、文字通り治安を維持するために不穏分子を排除する法律なのだが、ここまでの非常事態になると、不穏分子が活動する余地すらなくなっている。共産党の活動家たちはほとんどが獄に繋がれているし、外にいる協力者たちも、事を起こす余裕などないはずだ。

城北地区に大空襲があった三日後、海老沢はいきなり見知らぬ男に声をかけられた。警視庁の中だから、相手が警察官なのは間違いない。雰囲気からして、特高の人間ではないとすぐに分かった。何と言うか、目つきが鋭い。特高の人間は、こういう目をしないものだ。自分の存在を隠して、陰から対象を観察するためには、できるだけ目立たないようにするのが肝要である。

「あんた、海老沢だな？」

いきなり乱暴に言われ、海老沢はついむっとした表情を浮かべてしまった。突然失礼ではないか……相手は四十歳ぐらい、ほっそりとした体つきをしている。

「どなたですか？」

「言う必要はない」

「だったらこちらも話す必要はないですね」

吐き捨てて踵を返したが、すぐに背後から肩を摑まれた。予想以上に力強く、指が肩の肉に食いこむ。振り切る余裕もなく、結局また男と正面から向き合う。

「京橋署の高峰を知ってるな？」

「さあ」突然高峰の名前が出てきて、海老沢は戸惑いを覚えた。

「とぼけるな。中学の同級生で、警察に入ったのも一緒だろうが」

「それがどうしたんですか？　そちらが誰かも分からないのに、話はできないですね」

「いいから……あいつに会ったらよく言っておけ。余計なことはするな、と」

「何の話ですか」実際、まったく分からない。高峰が何か、命令違反でもしているというのだろうか。

「それだけ言えば分かる」

「意味が分かりません。そちらの身分を明かしてくれなければ、納得できませんね」

「余計なことは考えずに伝えておけ。これ以上痛い目にあいたくなければ、もう少し賢くなれ、と」

　高峰は何かされたのか？　そんな話はまったく聞いていなかったが。

「いいな」男が海老沢の額に向かって人差し指を突きつける。

「約束はできません」

「いや、ここで約束しろ」

「あなたの言っていることは滅茶苦茶だ。だいたいあなたには、私に直接命令する権限はないはずだ」

「これは命令じゃない」男が邪《よこしま》な笑みを浮かべる。「お願いしただけなんだがね」

男が踵を返す。尾行して正体を確かめてやろうかとも思ったが、そんなことをしても無駄だろう。相手はおそらく刑事だ。事件捜査に慣れている人間は、自分が上手く姿を消す術《すべ》も知っている。

何なんだ……しかし、ピンとくるものがあった。この前酒を呑んだ時、高峰は「殺人事件が揉み消された」と言って憤っていた。捜査させてもらえない、と。確か、三月十日の大空襲の日に起きた事件と言っていたな……あいつ、もしかすると命令を無視して勝手に捜査して、上から睨まれているのか？

あいつは、法とも組織とも関係ない正義を信じていてもおかしくない。

これは、話をしないと駄目だな。あいつの信念についてはともかく、危険な目に遭わせるわけにはいかない。ちょうどいい——今日は夕方にあいつと会って、小嶋の見舞いに行く約束だ。その時に話そう。


小嶋は復員して、そのまま渋谷の病院に入院していた。高峰が家族から聞いてきた話だと、マラリアを患《わずら》った上に爆弾の破片で肩を負傷し、散々な目に遭ったそうだ。傷病兵が多く入院している病院は、普通の病院よりもずっと暗い雰囲気だった。小嶋がいる六人部屋は、空気を嗅いだだけで体調が悪くなるような感じだった。

小嶋は苦しそうだった。顔は土気色になったのか日焼けしているのか、日本人とは思えないほど黒い。目を閉じて静かに寝ているのに、額には汗が滲んでいる。悪夢でも見ているのか、と海老沢は心配になった。

二人が近づくと、小嶋がゆっくりと目を開ける。顔を覗きこんで、「痩せたな」と海老沢は思った。海老沢の中にある小嶋の印象は、小太りの体型に常に笑顔──小学生の頃は、映画や芝居だけでなく相撲《すもう》も大好きで、校庭で相撲を取ると、上級生にも負けないぐらいだった。その後背は伸びなかったが、出征するときは、がっしりした体に軍服がよく似合っていた。それが今はすっかり痩せ、頬がこけているほどである。布団から出た右腕からも肉が落ち、文字通り骨と皮だけになってしまったようだった。

立ったまま見下ろしているのも何なので、近くの丸椅子を持ってきて二人は座った。それがきっかけになったように、小嶋が目を開ける。

「ああ……」絞り出す声にも力がない。

「大丈夫か？」高峰が声をかけた。

「大丈夫じゃないね」

それでも小嶋は、何とか上体を起こした。負傷した右肩はまだ自由が利かないようで、布団の中でもがくようになってしまう。海老沢は思わず手を貸そうとしたが、何故か動けなかった。

「大変だったな」高峰が言った。

「お前らには想像できまい」

その言葉を聞いただけで、海老沢は異変に気づいた。小嶋は本来、どこまでが冗談でどこからが本気か分からない男で、それは出征するまで変わらなかった。出征直前、三人でエノケンの舞台を観て、その後で酒を酌み交わした時には、エノケンの真似をする小嶋に散々笑わされたものだ。あの時は、「俺は怪我一つしないで帰ってくるから」と自信たっぷりに言っていたのだが……。

「マラリア、まだ治らないのか」高峰が訊ねる。

「医者は治ったって言ってるんだが、時々熱が出る。それに、足に力が入らないんだ。ちゃんと歩けるようになるかどうか、分からない」

「後遺症なのか？」

「だろうな」小嶋の表情は暗い。

「肩は？」

「上がらない。上がるようになるかどうか……これでもう、野球はできないな」

海老沢は少しだけ表情を緩めた。こういう軽口は、昔の小嶋のそれである。しかし小嶋の顔つきは険しく、海老沢を睨みつけた。

「何がおかしい？」

「いや……」思わず言葉を呑む。

「俺を見て、楽しいか」

「よせって」高峰が割って入った。

「友だちの顔を見たら、懐かしくて笑うのは当然だろう」

「俺はもう、まともに動けないかもしれん。これからどうしたらいいんだ？」

「それは、これから一緒に考えようぜ」高峰が言った。

「この戦争がどうなるかなんて、分からんだろうが」小嶋は後ろ向きだった。「戦地にいるとよく分かるよ……俺たちにはもう、何もないんだ。食料も、武器も。こうやって帰って来られたのは奇跡だね」

「お前が苦労したのは分かるけど、俺たちも大変なんだ。毎日空襲警報が出て——」

「戦場では、それどころじゃない」

「いや、比べるのが間違ってるだろう」高峰が反論した。

「俺はお国のために戦場へ行った。ところが……」小嶋が声を潜める。「戦場で何が起きてるか、内地には伝わってないだろう。あれを見たら、そんなことは言えなくなる」

小嶋は、日本が負けると確信しているのだろうと海老沢は思った。現地で肌で感じた戦況——それを拡大すれば、これから日本がどうなるか、想像できるのかもしれない。

「海老沢は、相変わらずか」小嶋が急に話を振る。

「あ？　ああ……最近はそんなに仕事もないが」

「お前ら特高に仕事がないのは、いい世の中だな」

小嶋の皮肉は痛烈だった。海老沢は何も言えなかった。戦場できつい——死にそうな思いをしたせいで、小嶋はすっかり人が変わってしまったようだった。高峰は小嶋の言葉にカッカしている様子で、今にも嚙みつきそうだったので、海老沢は国民服の袖を引いて引き止めた。

「今日は帰ろう。小嶋も調子が悪いみたいだし」

「しかし——」

「小嶋、また来るよ」海老沢は立ち上がった。

「俺を笑いに来るのか？」

「小嶋！」高峰が鋭い声を上げた。

「俺の人生は終わった……」

言葉が虚《むな》しく漂う。病室に満ちる濃厚な絶望の臭いに、海老沢は打ちのめされていた。

病院からの帰りに、渋劇の前を通りかかる。今日は演し物がないようで、人気《ひとけ》はなかった。ここにも、三人で何度通ったことか……小嶋との想い出は、全て笑いの中にある。しかしそれは、今日の見舞いで完全に打ち砕かれた。あいつが笑うことは、二度とないのではないか。

「あんなにいじけた小嶋を見たのは初めてだ」高峰が零す。

「そうだな」

「苦労したのは分かるけどよ、自分だけがひどい目に遭ったと思ってたら、大きな勘違いだろう」

「ああ……」

「元に戻るかな」

「分からん」

仕事も含めてだ。小嶋は出征前、映画雑誌『映画評論』の編集部で働いていた。最初はお茶汲《く》みから始まり、数年後に編集部員に昇格して、映画スターへのインタビューや、海外の映画紹介などの記事を書いていた。その頃から、海老沢とは微妙な関係になっていたと思う。いわば映画制作側に近い立場だった小嶋からすれば、海老沢は「敵」に近い存在になっていたかもしれない。海老沢は、映画の脚本を検閲することはなかったのだが。

二人はそのまま駅に向かった。海老沢は、今日のもう一つの用事を思い出した。

「時間はあるか？　少し話したいことがあるんだが」海老沢は切り出した。

「いや、ちょっと忙しいんだ。これから人と会わなくちゃいけない」

「殺人事件の捜査か？」

高峰が目を見開く。しかし次の瞬間には、ゆっくりと首を横に振った。

「個人的なことだ。中野まで行くんだ」

「中野？」

「そうだ。ゆっくり話している暇はない……ここで話せねえか？」

「実は今日、本部で脅しをかけられた」海老沢は低い声で切り出した。

「お前を脅す？　ずいぶん度胸のある奴がいるんだな」

「お前に忠告がある――その男が言っていた。余計なことはするな、と」

途端に高峰の顔が真っ赤になった。「どんな奴だった？」と低い声で訊ねる。海老沢は男の外見を仔細に説明した。話していくうちに、高峰の表情がどんどん暗くなっていく。

「心当たりはあるか？」海老沢は訊ねた。

「だいたい見当はついてるけど、調べるつもりはねえよ」

「そうか。とにかく、お前に忠告するように頼まれた」

「それでお前は、犬みたいに尻尾を振って、俺に忠告してるってわけか」高峰が皮肉を吐いた。

「違う、違う」海老沢は慌てて釈明した。「心配してる。お前、いったい何に首を突っこんでるんだ？　例の殺人事件か？」

高峰が無言でうなずく。やはり……しかし、訳が分からない。そもそも「殺人事件の捜査をするな」というのがおかしな話だ。

「実は、あの事件だけじゃねえんだ」高峰が打ち明けた。

「何だと？」

「その後、霊岸島でも同じような事件が起きた。俺は、同一犯による連続殺人だと思う」

「そんな、探偵小説みたいなことが本当にあるだろうか」

「俺はこの目で二人の遺体を見た。絶対に、同じ犯人による事件だぜ」

「その件は……」

「本部の連中が遺体を引き取って、捜査はしないように釘を刺された。遺体がどうなったかは分からない」

「嘘みたいな話だな」

「しかも俺は、城北空襲の日に襲われた」

「襲われた？」海老沢は思わず立ち止まった。警察官が襲われるとはどういうことだ？

高峰の説明を聞いているうちに納得した。襲ったのが誰かも分かる――間違いなく、今日、海老沢に声をかけてきた男だ。

「襲われようが、お前を使って脅しをかけられようが、俺には関係ねえからな。やるべきことをやる」

「ちょっと待て」海老沢は声を潜めた。「怪我したらつまらないぞ」

「もう怪我してる」

海老沢は思わず笑ってしまった。高峰がむっとして言い返す。

「お前はどう思った？どうやら本部の中に、俺がこの事件の捜査をするのが気にくわない人間がいるようじゃないか」

「ああ」

「実はな……」高峰も一段声を低くした。「俺は、警察官が犯人じゃねえかと思っている」

「どうして」

「空襲の中でも、怪しまれずに動き回れるからさ」

「いや、まさか……」

「脅しをかけてきた人間は、仲間を庇ってるんじゃねえか？　しかも犯人は平《ひら》の警察官じゃなくて、もっと上の方の人間とか」

「よせよ」海老沢は首を横に振った。「いくら何でも、それはないだろう」

「言い切れるか？」

「それは……言い切れないが」海老沢は言葉を濁さざるを得なかった。どう考えても異常事態なのだから、何があってもおかしくない。

「お前の方で、今日声をかけてきたのが誰か、調べられねえか」高峰が言った。

「難しいな」

「特高の力でも？」

「今の僕は保安課の人間だよ」

「こういうやり方は卑怯だぜ」高峰が憤然と言った。「正面から対決してぶん殴ってやりてえよ」

「京橋署長が絡んでいるって言わなかったか？　それならまず、署長と話してみればいいだろう」

「署長に迷惑はかけたくねえんだ。正しい人だし、いろいろ世話になってるからな」

「そうかもしれないけど……とにかく、無理はしない方がいいんじゃないか。別に悪気があるわけじゃないと思う」

「悪気のない人間が、何人もで一人を襲うか？」高峰の顔が怒りで蒼褪《あおざ》めた。「卑怯者を許すわけにはいかねえ」

「無理するなよ」高峰はカッとなりやすい上にしつこい。信念を貫くから、相手が音を上げるまで食いつくだろう。それは刑事としての美点でもあるのだが、今回は、それがいい方向に働くとは思えなかった。

「僕には僕で考えていることがある」海老沢は慎重に切り出した。「とにかく、少し調べてみるから」

高峰が黙りこむ。唇を噛み、うつむき、必死で考えている様子だ。いつも全力疾走する男であるが故に、壁にぶつかると大怪我する恐れがある。

「暇ができたらゆっくり話そう。だいたい、こんな場所でする話でもない」駅に近づくにつれ人でごった返してきた。

「これから、そんな暇ができると思うか？」

「なければ作るだけだ――それよりお前、どうして中野なんかへ行くんだ？　知り合いが焼け出されたのか？」

「いや、家は無事だった」

「見舞いじゃなければ何なんだ？」

「お前もしつこいな」

見ると、高峰の耳は赤くなっている。それを見て、海老沢は思わずニヤリと笑ってしまった。

「女だな」

「うるせえな」高峰がムッとした口調で言った。

「別に隠すことないじゃないか。しかしいつの間に……このご時世に、よくそんな機会があったな」

「男と女のことには、戦争も関係ないのさ」

「知ったようなことを言うじゃないか」

「悔しかったら、お前も早くいい人を見つけろ」

「まあ、せいぜい頑張るよ……とにかく、十分気をつけろよ」

「お前がいろいろ教えてくれれば、それだけで安全になるんだが」

海老沢は首を横に振った。適当な推測で物を言うわけにはいかない。推測……一番大事なのは社会の安定、そのために、この戦時下に何をすべきか、特別な判断をした人間がいるのではないか。

高峰は近視眼的だ。一歩引いて、物事の裏を想像したりはしない。

親友だからこそ、海老沢は弱点も十分理解している。普段なら、その弱点が長所になるかもしれないが、今の状況では通じない――そういうことが読めないのが、高峰の最大の弱点なのだ。

無茶するなよ。

省線の改札の向こうに消えた高峰の背中に向かって、海老沢は心の中で声をかけた。

第四景

第三景と同じ街角。夕方。瓦礫の中を、国民服の男が二人、うなだれて歩き去る。その直後、井澤が上手《かみて》から姿を現し、電柱の陰に身を潜める。やがて下手《しもて》から女が登場。疲れきった様子で、足取りには元気がない。

井澤　失礼ですが。

女　（はっと顔を上げ、立ち止まる）

井澤　（素早く女に近づく。女は一歩、二歩と下がる）怪しいものじゃありません。ちょっとした商売を――店を持たない商売をしている者です。何のことか分かりますね？

女　（戸惑ったまま――）

井澤　米がありますよ。いりませんか？

女　（ようやく顔を上げる）

井澤　安くしておきます。いい伝手《つて》がありましてね。ちょっと間違って仕入れてしまったので、早く処分したいんですよ。ですから安く……どうですか？

女　今、お金がないんです。

井澤　あるだけでも構いませんし、後払いでもいいですよ。私はとりあえず、ある分を早く処理したいだけなんです。本当に、安くしておきますよ。

女　……いくらですか？

井澤　一升二百円です。普通、この倍は取られますよ。

女　知ってます。闇米の値段を知らない人はいません。

井澤　とりあえず二升、都合できます。まとめて買ってくれたら、三百五十円でいいですよ。

女　食べられる米なんですか？

井澤　私も試しましたから。美味い米ですよ。今年は不作だそうですが、それでもいい米ができるところはあるんです。私は、そこに、特別な伝手があるので。

女　（黙りこみ、しばし後にまたうつむく）

井澤　（笑顔）心配いりませんよ。こんなご時世だから、お互いに助け合わないと。あなたも私を助けると思って、買ってくれませんか。二升、重いようだったらどこか適当なところまで運びます。
女　この近くなんですか？
井澤　歩いて五分です。どうですか？　あなたが買ってくれないなら、誰か他の人を探さないといけないので……もう夜になりますしね。
女　（毅然と顔を上げ）案内して下さい。
井澤　よかった……本当に助かりますよ。
女　申し訳ないんですけど、もう少し何とかなりませんか？　帰るお金もなくなってしまうので。
井澤　もちろんです。二升を担いで歩いて帰るわけにはいきませんからね。その辺は、お渡しする時に相談しましょう。いやあ、本当に助かりますよ。
井澤、歩き出す。女、躊躇《ちゅうちょ》して立ち止まっていたが、やがて井澤の背中を追い始める。井澤、振り返って女を確認。優しい表情を浮かべるが、前を向いた時には邪悪な笑みに変わっている。

11

節子は家の前で待っていてくれた。さすがに家に上がりこむわけにはいかないし、どこで話をするか、何も考えずに来てしまった自分に嫌気がさしたが、節子の方で考えていてくれた。近所の神社。高峰は、自宅からシャンペンサイダーを一本、それに抜かりなく、栓抜きとコップ二つも用意してきた。サイダーを飲むような季節ではないのだが、食べ物も飲み物もなしでは、話が詰まった時に困るだろう。

「よかったら飲みませんか？」高峰は、さっそくサイダーを取り出した。

「あら、嬉しい」節子が顔を綻《ほころ》ばせる。「大好きなんです」

節子にコップを渡し、栓を開ける。こぼれないように慎重に……温まっていると、サイダーは泡ばかりになってしまうのだが、今日は気温が低いのでほとんど泡は溢れなかった。よしよし——慎重に二つのコップに注ぐと、瓶は空になった。瓶を足元に置いて、節子からコップを受け取った。一口飲むと懐かしい味——ぬるいのは残念だが、酸味も炭酸も強く、口の中で何かが弾け、一気に眠気が吹き飛ぶような味だ。高峰が一口飲んだのを見て、節子も口をつける。

「ああ、美味しい」心底嬉しそうに節子が言った。「こんなの、よくありましたね」

「母親が、物を溜めこむ人なので……両親は、今は疎開していますけどね」

「うちの母もそうです」笑いながら、節子が斜めがけしたカバンから紙包みを取り出した。「これ、食べませんか?」

「何ですか?」

「どんぐりのビスケットです」

「ああ……」近所で拾ってきたどんぐりを和子が料理したことがあったが、渋みが抜けず、とても食べられたものではなかった――それを思い出してしまった。

「渋みは完全に抜けてますから」高峰の心を読んだように、節子が言った。「結構美味しいですよ」

「じゃあ、いただいてみようかな」高峰は恐る恐る手を伸ばした。かなり大きな丸いビスケット。噛んでみるとボソボソした感じだが、渋みはなく、甘みが感じられるだけでも嬉しい。最近食べる甘い物といえば、サツマイモぐらいなのだから。

「美味いです」

「よかった」節子が笑みを浮かべる。そうすると、急に子どもっぽい表情になった。

二人は互いの身の上を話し合った。高峰の方は、それほど話すこともないのだが……節子の方が苦労している。生活がというより、精神的に。節子は三人きょうだいで、上には兄も一人いた。この兄が、実家の床屋を継ぐことになっていたのだが、兵隊に取られ、去年乗っていた船が南方で撃沈されて戦死の報を受けた。

「今でも信じられないんですけどね」節子が淡々と言った。「船が沈んでも、必ず死ぬわけじゃないですよね？　何とか生き残って、陸地にたどり着いたかもしれません。兄は水泳が得意だったんです」

「そうですね……」そんな可能性はまずないだろう。船が沈む時はかなり大きな渦ができる。救命ボートに乗れたとしても、そのボートが船と命運を共にしてしまう可能性も高い。

「兄が戦死と知らされてから、父も母もがっくり元気をなくしてしまって。しかもその後すぐに弟を兵隊に取られたものですから……私ぐらいしっかりしなければと思っています」

「兵隊に取られても、必ずしも死ぬと決まったわけじゃないです。むしろ今は、東京にいる方が危ないかもしれませんよ」

「そうですよね……空襲があると、すぐ救助に行くんでしょう？」

「最近はそれが主な仕事です」高峰は認めた。

「じゃあ、普通の人よりずっと危険ですね」節子の眉間に皺が寄った。

「東京は、火に弱い街だって、つくづく分かりましたよ。関東大震災で学んだはずなのに、教訓は活かされなかったですね」

「本当に、毎日どうなるのか、心配で病気になりそうですよ」節子が右手で頰を押さえる。

「疎開の話、やっぱり進みませんか？　お父さんは相変わらず意地になってますか？」

「そうなんです」節子が心配そうに言った。「そのうち落ち着くと思いますけど……高峰さんとお会いした時に訪ねていった親戚——叔父《おじ》なんですけど、父を説得しようとしてくれています。叔父の知り合いが福島《ふくしま》にいるので、そこに一緒にどうだと勧めてくれているんです」

「福島なら安心でしょうね」東北で狙われるとすれば、もっと大きな仙台《せんだい》辺りだろう。

「はい。ですから、できるだけ早く東京を離れたいんですけど……高峰さんは、そういう訳にはいかないんですか？　ご両親が疎開されているなら、そこへ……」

「警察官が、東京を放り出すわけにはいきませんよ」高峰は薄く笑った。

「高峰さんは、どうして警察官になったんですか？」

「親父も警察官だったから……それに、人の役に立てるでしょう。そういう実感が大きいんです。警察官は、正義の味方じゃないといけないと思うんです。泥棒や人殺し——そういう奴らはいつの時代でも同じ、絶対的に悪い人間ですよね？　悪いことをした犯人を捕まえて世の中を綺麗にしたいんです。ちょっと格好つけ過ぎですか？」

「そういうことをちゃんと言えるのは、素晴らしいことだと思います」節子が真顔でうなずく。「普通は照れて言えないですよね」

「図々しいってよく言われますよ」

二人は笑みを交わし合った。ビスケットを一口。後からサイダー。本当に最近、こんなに甘みを味わったことはない。歯が溶けてしまいそうだ。

節子もようやくビスケットを口に入れた。

「これ、実は私が焼いたんです」

「何だ、節子さんも料理は上手じゃないですか」

「美味しくなかったら、母のせいにしようかな、と思って」

「それは親不孝だなあ」

「母は、そういう冗談が分かる人です。父には、冗談はまったく通用しないんですけど……あれでよく床屋ができると思いますよ。お客さんと話すのが仕事みたいなものでしょう」

確かに。高峰が子どもの頃から通っていた近所の床屋は、いつも最初から最後まで喋りっぱなしだった。こちらが返事しようがしまいが関係なし。あんなことを一日中続けていて、喉が嗄《か》れないのかと心配になるほどだった。煩《うるさ》いが腕のいいあのオヤジ

――疎開先の甲府《こうふ》でも喋りまくっているだろうか。

「非国民と言われるかもしれないですけど、今はとにかく、身の安全を考えるのが一番です」

「そうですね……」節子がビスケットを持った右手を顎に当てた。「でも私、東京以外の街を知らないんです。ここで生まれてここで育って。疎開して、帰ってきた時のことが心配なんです」

「ああ……分かります」高峰も暗い気分になった。

「戻ってきたら一面焼け野原で、自分の家の場所も分からない――そんなことを想像しただけで、泣きそうになるんです」

「でも、仮に東京が全部燃えても、大丈夫ですよ」

「何でそんなことが言えるんですか？」節子が目を見開く。無責任な――非難しているようにも見えた。

「関東大震災の時も、大変な被害でしたよね？　でも、東京は見事に復活しました。変な喩《たと》えかもしれませんけど、芝居小屋はすぐに満員になったそうです。あなたが考えているよりもずっと、東京の人間は強いはずです。何度壊されても、東京は必ず蘇ります」

「そうだといいんですけど……」

「落ち着いたら、芝居でも観にいきませんか」

「もう、芝居なんかやってないでしょう」

「必ず再開しますよ。その時は……私、昭和座の芝居が大好きなんです」

「観にいける世の中になるといいですね」

節子が根本的なことを言い出した。確かに……空襲騒ぎが続く限り、東京で芝居を観ることなどできなくなってしまうだろう。自由に芝居が観られる世の中――それはどんな世の中なのだろう。

この苦境を盛り返して日本が勝利する世の中なのか、それとも――「それとも」の方を考えると、鬱々《うつうつ》たる気分になった。

襲われようが、友人を通じて忠告を受けようが、高峰の心は折れていなかった。この世でたった一つ、絶対に許されないことがあるとしたら、それは殺しだ。

実際には、捜査は難渋を極めた。聞き込みをしようにも強制疎開、縁故疎開が進み、街から人が消えつつあるのだ。霊岸島の目撃証言を頼りに、明け方に張り込んでみたこともある。しかしこれは、毎日続けてできることではなかった。午前四時ぐらいに現場に行き、それから夜明けまで……体力には限界があるし、通常の仕事も待ってはくれない。

ことも、ある。

諦めるな、と自分を叱咤《しった》しても、どうしようもなかった。気持ちだけではできないこともある。

そんなある日、永田が京橋署を訪ねてきた。どこかすっきり——あるいはほっとした表情を浮かべている。

「実は、やっと疎開が決まりましてね。家族はもう、東京を出ました」

「そうですか……」趣味を同じくする知り合いが、また一人いなくなるのは寂しい。しかし公務員、しかも帝都の安全を預かる自分はここを離れるわけにはいかない。寂しさを感じながら、永田から借りた自転車がそのままになっていることを思い出した。

「いつ出発するんですか？　自転車をお返ししないといけないですね」

「ああ、あれは……預かっておいて下さい。疎開先へ持っていくわけにもいきませんしね。あなたも足があった方が何かと便利でしょう？　省線も都電も当てにならないし」

「そうですか……では、ご厚意に甘えさせてもらっていいですか？」

「もちろんです。役立ててください。道具は使ってこそ意味がありますからね」

高峰は永田を送って署の外に出た。永田が急に声を潜め、「怪我の具合はどうですか」と訊ねる。

「おかげさまで、何とか」あれから一ヵ月近くが経つ。本当に肋骨が折れていたかどうかは分からないが、今では日常生活には支障がないぐらいに回復していた。

「あの時、本当は何があったんですか」

「分かりません」高峰は誤魔化した。「刑事失格ですよ。恥ずかしくて、おおっぴらに捜査もできません」

「捜査といえば、あの事件はどうなったんですか」

永田の口調は穏やかだったが、高峰は詰問されているような気分になった。

「捜査はなかなか進んでいません。何しろこういう状況ですから、人手も足りないんです」

「霊岸島の方でも同じような事件があったとか？」探るように高峰の目を見る。

「事件に関しては、おおっぴらに喋るわけにはいかないんです」高峰は、顎の辺りが引き攣《つ》るのを感じた。こんなご時世でも噂は止められないのか……。

「喋れないということは、何かあったんですね？」

「揚げ足を取らないで下さいよ」高峰は苦笑した。

「いや、これは失礼……しかし、こんな近くで同じような事件が二件も続いたとなると、不安になりますよね」

「心配することはありませんよ。後のことは——東京は、残った我々が守りますから」

「警察官というのも因果な商売ですなあ」永田が溜息をつく。「こんな危ない街に残っていないといけないんだから。本土決戦になったら……上手く生き延びて下さいよ」

「普段から鍛えてますから、米兵には負けません。ちゃんとこの街を守りますよ」

何と空疎な台詞だろう……そんなことができないのは、腹の底では分かっているのに、口に出せない。

「自転車は返してもらいますよ」永田が笑みを浮かべた。「東京へ帰ってきたらね……その時はまた、一緒に芝居を観にいきましょう」

「自転車のお礼に、私が奢《おご》りますよ」

「いいですね。楽しみにしてます」

高峰はさっと一礼した。永田はまだ何か話したそうにしていたが、高峰は踵を返した。別れは辛い——ここ数年、高峰は何度も別れを経験してきた。出征していく近所の人、死んだ友、疎開で東京を離れる知り合い……ずっと生まれ育った東京を離れざるを得ない永田の気持ちを考えると胸が痛むが、これはどうしようもないことなのだ。

自分は残る。残って東京を守る。

最近、何もない時は早寝をする習慣が身についた。夜中に空襲警報で叩き起こされることも多いので、少しでも眠っておきたかった。その日——五月二十五日も、高峰は夜十時には床に入った。眠ったかと思った瞬間、まどろみから引きずり出される。空襲警報だ。体が勝手に反応し、布団を抜け出す。すぐに国民服に着替え、二階の物干し台に出てみた。

もう街が燃えている。敵機の音もすぐ近くに聞こえてくる。これは近い。空襲警報なんか何の役にも立たないじゃないかと思いながら、高峰は妹の和子を起こしにいった。寝ていなかったようで、既に防空壕に入る準備が整っている。

「近いな」

「そうなの？」

「ああ。必要なものは防空壕に全部揃ってるな？」

「大丈夫よ」

本当は、防空壕に入るのも不安だった。三月十日の大空襲の被災地に行った時、高峰は防空壕に入ったまま死んでいる家族を何組も発見していた。外が焦熱地獄になり、出るに出られず、中で蒸し焼きになってしまったのだ。あるいは煙で窒息したか。一刻も早く逃げるべきだが、B29がこれだけ大挙して襲ってきている状況では、逃げるのはかえって危険だった。とりあえずは防空壕の中に身を潜め、空襲が去るのを待つしかないだろう。

先日、防空壕の中にも電気を引いて、灯りだけは点くようにしておいた。ろうそくの火はあまりにも頼りなく、薄暗さが不安を加速させる気がしたからだ。狭い防空壕に電球の光はかなり強力で、部屋にいる時よりも明るいぐらいだった。

念のため、一升瓶に入れた水を二本、余分に持ちこんだ。

ずん、と重苦しい衝撃がくる。近くに焼夷弾が落ちたのだと分かった。直後、灯りが消える。電柱もやられたか——高峰は扉を押し開け、火の手がすぐ近くまで迫っているのを確認した。外はオレンジ色に明るく染まり、熱を持った空気が満ちている。

「見てくる」

高峰は庭へ出た瞬間、ぎょっとした。向かいの家が燃え上がっている。向かいだけではない。隣の家の屋根にも火が点き、炎が上がり始めていた。これはまずい。隣の家が燃えたら、間違いなくうちにも延焼する。

「和子！」

叫ぶと、防空壕から和子が首を出した。外の様子に気づいたのか、慌てて外へ飛び出してくる。

「ここも危ない。貴重品だけ持って逃げるぞ」

「家は……」

「それどころじゃねえ！」

高峰は一度防空壕に戻り、貴重品を入れた鞄を二つ持って出てきた。一つは和子用。どちらの鞄にもありったけの現金を入れてある。たとえ焼け出されても、金さえあればしばらくは生き延びられるはずだ。

一つを和子に渡して、もう一度家を見ると、既に屋根に火が移っていた。炎が間近で、顔が焼けるようだった。バリバリと、何かが裂けるような音がする。ああ……家は借家だからそれほど惜しいとは思わないが、本が。防空壕に避難させた分だけでも助かってほしい。

今はそんなことを考えている場合じゃない。大事なのはどこへ逃げるかだ……高峰は通りに出て、近所の火事の様子を確認した。風は北から南に向かって吹いている。焼夷弾は近くに何発も落ちたようで、あちこちに火の手が上がっていた。さらに、宙に走る無数の炎の筋——焼夷弾は、空中でいくつもの子弾《しだん》に分裂し、尾翼がわりのリボンが燃え上がりながら落ちてくる。空が火の海のようだ。唯一、炎で明るくなっていないのは駅の方——まさに、和子が普段勤めている駅である。空気が熱せられ、高峰は額に汗が浮き、喉が渇くのを感じた。夏とは違う、肌を直に焼くような熱さ……。

「とりあえず駅の方へ逃げるんだ」

「駅は狙われるかもしれないわ」和子は渋い表情だった。

「あの近くは、もう燃えて空き地になっている。一度焼き払ったところに、もう一回焼夷弾を落とすような無駄なことはしねえよ」

「兄さんは？」

「駅の近くまでは一緒に行く。それから――」自分は署に行かなければならない。京橋署の方向でも火の手が上がっているから、署を守る必要もあるし、避難者の誘導も必要だ。

思いついて、高峰は玄関に入れておいた永田の自転車を取ってきた。まだ瓦礫で埋もれていない道なら、歩くより自転車の方が圧倒的に速い。

「乗れ」

「大丈夫なの？」

「自転車の方が速《はえ》えよ」

高峰はサドルに跨《また》がり、和子もすぐに荷台に横座りになった。最初の踏み出しには力がいったが、すぐに楽になって速くなる。駅に向かって、少しだけ下り坂なのだ。

やはり駅の方は、まだ火災に見舞われていなかった。これで何とか助かる……空襲は概《おおむ》ね、二時間から三時間続く。出動できるB29の数、航続距離、搭載できる焼夷弾の量などで、これぐらいが限界なのだろう。Ｂ29が焼夷弾を落とし尽くしてしまえば、その後は何とかなる……強制疎開で住宅街は「歯抜け」状態になっているから、空き地で類焼は止まるのだ。

しかし、自分たちの家も類焼を免れまい。あの辺は空襲被害を免れていたが、今回ばかりはどうしようもない。命さえあればそれでよしとしなければ。

途中、走って逃げる人、大八車を引いて逃げる人を追い越す。早く駅に着けば助かる可能性が高くなるわけでもないのだが、何となく気が急く。とりあえず駅舎が無事だったのでほっとしたが、人が多いので戸惑う。まだ電車が動いている時間帯に始まった空襲だから、そのまま駅に閉じこめられてしまった人も多いのだろう。

「駅の方、手伝わないと」自転車を降りた和子が言った。

「無理するな。今入っていっても、何もできねえぞ。頼むから、大人しくしていてくれ。そこの焼け跡にいれば安全なはずだ」高峰は、駅前――元々何があった場所だったただろう？――の焼け跡を指差した。街灯の光もなく、広大な穴が開いているような感じさえした。「俺は署に行く」

「大丈夫なの？」

「大丈夫かどうか分からねえから、行くんだ。気をつけろよ。空襲が終わって、火事が落ち着いたら、家で落ち合おう」

「分かった」

その時、家が残っていればだが。

家──家の残骸に帰り着いたのは、翌日の夕方だった。和子は見当たらない。京橋署管内には大きな被害はなかった──既にほとんどの場所が空襲で焼け野原になっていた──ものの、近隣署での応援に駆り出され、帰宅できなかったのだ。本当は、そのまま署に泊まりこんで応援を続けねばならないところだが、署長の富所は自宅が被災した署員に対しては、一時帰宅を許した。

覚悟はしていた。しかし、門柱しか残っていない家の跡を見ると、さすがにがっくりする。まだ白煙が漂う中、焼け跡を歩き回ってみると、わずかに焼け残った本が何冊か見つかった。しかし、全滅に近かった。ずっと集めていた『映画評論』はどこにも見当たらない。完全に燃えてしまったか、瓦礫に埋もれたか。小嶋との記憶が消えてしまうような気がした……。

瓦礫を掘り起こして、使えるものがないかどうか確認しなければならない。防空壕にスコップがあるはずだから、それを使えば──しかし防空壕自体も大きな被害を受けていた。木製の扉は、火災の炎を防ぎ切れなかったのだ。扉が燃え落ち、防空壕の中にまで火が回っていた。持ちこんでいた服、本……扉を鉄で作り変えられないかとずっと考えていたのに、鉄不足で実行に移せなかったことを悔いる。

電気を点けようとしても、点かない。五月の夕方、射しこむ夕日も頼りなく、高峰は辛うじて焼け残ったベンチに腰を下ろした。中にはまだ煙の臭いが漂っている。薄暗闇に目が慣れてくると、何が焼けて何が残っているかが分かってきた。ベンチの下を見ると、そこに置いてあった保存食は無事だ。唐突に、今日は丸一日何も食べていなかったと気づく。

乾パンがあった。昨夜持ちこんだ一升瓶二本も無事。和子の分を残して、乾パンを三つ、立て続けに口に放りこんで嚙み砕き、一升瓶の生ぬるい水で流しこむ。それで何とか一息ついた。貴重な氷砂糖を口に含み、また一升瓶に口をつける。たっぷりの水を含んだままにしておいて、氷砂糖が溶けるのを待つ。甘くなった水を飲み下す――甘露、甘露だ。こんな些細《ささい》なことで喜びを覚えるようになるとは。

「兄さん」

声をかけられ、立ち上がる。和子がしゃがみこみ、中を覗きこんでいた。

「よかった。無事だったか」

「何とか。駅も再開したわ」

「今までどうしてた？」

「駅で避難誘導を手伝ってたの」

「休んだか？」

「少しだけ」

「乾パン、食べておけよ」

「残ってたの？」煤《すす》で汚れた和子の顔が綻ぶ。

「ありがてえことに、な」

「ずいぶん燃えたのね。家もなくなってしまった……」降りてきた和子が、溜息を漏らす。

「ああ」

和子は立ったまま、乾パンを齧《かじ》った。高峰はましな湯呑み茶碗を見つけ出し、水を注いで渡してやった。

「兄さんの方、どうだった？」

「うちの管内はほとんど被害はなかったけど、山の手はずいぶんやられたそうだ」

「あと、東京で残ってるのはどこかしらね」和子が皮肉っぽく言った。

「なあ、本当に長野に疎開してくれねえか？」

「そうねえ……」今までずっと強気な態度を押し通してきた和子が、今回ばかりは折れかけていた。「兄さんはどうするの？　寝る場所もなくなっちゃったし」

「とりあえず俺は署の方に泊まる。同じように家を焼かれて、泊まりこんでる奴が何人もいるんだ。お前は、駅に泊まりこむわけにはいかねえだろう？」

「それは無理ね」

「だったら、親父たちのところへ行くしかない。二人の面倒をみてくれねえか？」

「そうねえ。東京には帰る場所もなくなったし、しょうがないわね」和子が溜息をつく。

「頼む。俺もその方が安心できる。切符を確保できるか？」最近は、疎開のための切符を買うことさえ難しくなった。

「それは何とかなると思うけど……でも兄さんも、一回疎開先に行った方がいいんじゃない？」

「ああ。でも今は、東京を離れられない。お前に任せるよ」

「分かったわ。でも、すぐには行けないけど……それまでどうしよう」

「この中で寝られるようにしよう。燃えた本や服を片づければ、何とかなるだろう。扉を作り直して、鍵もかかるようにする。あるいは、海老沢の家に世話になるかだな」

「安恵のところも燃えたのよ。半分ぐらい焼け残ったみたいだけど」

「そうか……」

高峰の東京が目の前で消滅していく。昨夜までは強気だった高峰も、急に自信を失ってきた。自分はこの街で、生き残ることができるのだろうか。

殺された二人に、頭の中で手を合わせた。この状態では自分たちが生きるだけで精一杯で、とても捜査などできない。だけど、絶対に諦めないからな。いつか東京が蘇り、普通に捜査ができる日が来る。

その日が来たら、必ず二人の恨みを晴らす。俺は諦めたわけじゃないんだ。ただ待つだけ。必ず環境は変わる。その時、絶対に犯人を見つけ出してやる。

第二部　暴かれたもの

第五景

井澤の部屋。明け方。井澤が下手の引き戸から入って来る。誰もいないのでほっとしてあぐらをかき、ゆっくりと煙草を吸い始める。ちゃぶ台に頬杖をつき、物思い——朋子が上手から入って来る。憂鬱そう。

朋子　また朝帰り？
井澤　放っておいてくれ。
朋子　いったい何をしているの？
井澤　君には関係ない。
朋子　いつもそう言うけど、おかしいわ。こんなことばかり続いて、私、心配で仕方がないの。
井澤　君が心配する必要などない。俺個人の問題だ。

朋子　問題はあるのね。
井澤　揚げ足は取らないでくれ。
朋子　毎晩毎晩出かけて……体にも悪いし、仕事にも差し障ります。
井澤　仕事はちゃんとしている。その後で何をしようが、君には関係ないことだ。
朋子　でも、気になるの。
井澤　黙れ。
朋子　私、安田《やすだ》さんに相談したのよ。あなたの様子がずっとおかしいって。安田さんも心配してらしたわ。安田さんに話しにくいなら、私が聞きます。
井澤　余計なことを……。
朋子　余計なことじゃないわ。私は本当にあなたを案じているだけ。安田さんも同じなのよ。
井澤　安田さんは関係ない！　どうして俺の邪魔をするんだ！
　井澤、いきなり立ち上がり、朋子の肩を摑《つか》む。朋子は逃げようとするが、井澤の力は強く、逃げられない。二人、しばし睨み合う。
朋子　あなたからはいつも血の匂いがする。どうして？

井澤　しつこい！　俺は自由なんだ。好きにやる。戦争は終わった。人間は誰でも、自由に生きていいんだ。
朋子　だったら私も、自由に生きていいはずじゃない？　だから私はあなたに聞くわ。いったい何をやっているの？
井澤　こういうことだ。
　井澤、いきなりナイフを取り出す。朋子の背後に回りこむと、まったく抵抗させずに、首筋にナイフを当てる。井澤が解放すると、朋子、その場に崩れ落ちる。
井澤　余計な詮索をするな。黙っていれば、お前のことは受け入れられたんだ。お前が悪いんだ！　自業自得だ！　俺は好きに生きる！

1

　短期間に、あまりにも多くのことが起きた。八月十五日、終戦の玉音放送。八月十七日には東久邇宮《ひがしくにのみや》内閣が発足し、全軍に停戦命令が出た。十九日には警視総監が交代。各地で暴動が起き、それに対処するので手一杯になっている警察署も多いようだが、京橋署管内は平穏だった。世の中は急激に変わり、自分の立ち位置が分からなくなっている……しかし二十日の新聞を見て、高峰は胸の中に灯りが灯ったような明るい気分になった。灯火管制も検閲も中止、娯楽機関の復興を急ぐ——天皇陛下のお言葉は、暗い気分を一気に吹き飛ばしてくれた。陛下のお墨つきが出たなら、もう大丈夫。戦争前の明るい時代が戻ってくるのだ。

九月の声を聞く前に、高峰自身にも変化があった。京橋署から警視庁本部への異動が決定。捜査一課で、殺人事件の捜査に当たることになった。そして同じ日付で、富所が署長を辞する——警察を辞めることになった。

嫌な予感を抱いて、高峰は異動前日の八月三十一日、署長室に出向いた。相変わらず恐れ多い存在だが、挨拶ということなら、話をしてもいいだろう。

署長室は、半ば倉庫になったままだった。富所は雑然とした雰囲気の中で、少ない私物をまとめていた。

「失礼します！」高峰は署長室に入る前に大声を張り上げた。

「ああ、入りなさい」富所が少しだけ穏やかな口調で言った。

「失礼します」もう一度一礼し、中に入る。「明日から本部捜査一課に異動になりますので、ご報告に参りました」

「おめでとう。栄転だな。捜査一課は本部の中でも特別大事な部署だ。二十八歳なら働き盛りだし、君なら十分力を発揮できるだろう……座りたまえ」

「失礼します」三度目の「失礼します」。我ながら堅いなと思いながら、高峰は丸椅子を引いて署長の机の前に座った。

「煙草があるぞ」

富所が引き出しを開けたが、高峰は断った。

「煙草はやめようと思っています」

「どうして」

「けじめと言いますか……時代も変わるでしょうし」

「そうか。そうだな」富所がうなずく。「時代は変わるんだろうな」

「はい……署長、一つお聞きしてよろしいでしょうか」

「何だね」

「どうして辞められるんですか」

富所は答えなかった。高峰の顔を凝視したまま、唇を堅く引き結ぶ。高峰はにわかに緊張した。富所がふっと息を吐いて笑みを浮かべ、その場の緊張を解《ほぐ》す。

「そのうち、言うこともあるかもしれん。ただ、今は言えない」

「そうですか……これからどうされるんですか？」

「何も決めていない。どこかで働くかもしれんし、隠居して田舎に帰るかもしれん。

わしにはしばらく、考える時間が必要だ」

「そうですね。今は日本中がそんな感じだと思います」

「君は立ち止まるな。自分が信じる通りに仕事をすればいい」

「はい」高峰は背筋を伸ばした。

「誰にも邪魔させるな」

「署長、それはどういう――」

「わしからは何も言えん。とにかく時代は変わったんだ。これからは、君たち若い世代が主役になる。邪魔をする人間がいたら、どんどん戦え。叩きのめしてしまえ」

「署長……」

「君が事件を解決したことを、新聞で読む日を楽しみにしているよ。もっとも、今のように毎日二ページしかないと、事件の記事が載る余裕もないだろうが」

　高峰は立ち上がり、一礼した。富所は明らかに何か隠しているが、この場で聞ける感じではない。しかし今、時代が変わったことを初めてはっきりと意識した。八月十五日以降、混乱したまま頭を低くしていたのだが、何となく「お墨つき」を得た気分になっていた。邪魔をする人間がいたら、どんどん戦え――その時、高峰の頭に浮かんだ人間の顔は一つだった。

高峰が警視庁本部で正式に仕事をするのはもちろん初めてだった。さすがに出勤初日は緊張する。中に入る前に、桜田門《さくらだもん》の庁舎の周りを一周してみた。五階建ての建物の上には特徴的な塔――本当はこの上にドームが作られる予定だったというが、「皇居を覗きこむような高さはけしからん」という理由で中止になったと聞いたことがある。

アメリカは、警視庁はあえて空襲で狙わなかった、という噂もあった。占領後、東京の治安維持のためには、警視庁を残しておく必要があるから、というのがその説の根拠だ。いかにもありそうな話ではあるが、真相は分からない。実際、焼夷弾は落ちてきたのだし。

意を決して、お濠《ほり》に面した正面玄関から庁舎に入る。京橋署刑事課長の下山から、「本部の捜査一課は猛者《もさ》ばかりだ」と聞かされていたこともあり、庁舎に足を踏み入れた瞬間、緊張は頂点に達した。しかし、実際に刑事たちの顔を見ると、気が抜けてしまう。

一課にいる全員が国民服を着ているせいか、まだ戦時の疲れ切った雰囲気が流れていた。薄汚れ、日々を生き抜くだけでも疲弊し、とりあえずここに座っている。この人たちに比べれば、俺の方がよほど元気だ。高峰はまず胸を張り、捜査一課の空気を存分に吸った。今日からここが、俺の主戦場になる。

近くにいた刑事に声をかけると、まず庶務を担当する一係に案内された。そこで細かい注意事項を受け、いよいよ捜査一課長との面会になる。

今日付けで、五人の刑事が新たに捜査一課に配属になっていた。その五人が一緒に、捜査一課長の前に立つ。

この人は間違いなく猛者だ、と高峰は確信した。背の高さは人並みだが、がっしりした体型で、服は胸の辺りが苦しそうだ。短く刈り上げた髪。四角張った顎に大きな目、分厚い唇と、全体に意志の強さを感じさせる顔立ちである。特に目は強烈で、凝視されたら、悪いことをしていなくても謝ってしまいそうだった。

「ご苦労。今日から諸君らには、捜査一課で刑事として活躍してもらうことになる」

一旦言葉を切り、一人一人の顔をじっと見た。高峰は目を逸らさないことだけを意識した。逸らしたらそこで負け、という感じがしている。

「終戦以降、都内の治安状態は悪化している。戦時中と同様に、偽刑事も横行している始末だ……もちろん我々は、怪しい人間を予防拘禁するわけではない。その根拠となっていた治安維持法も、遠くない将来に廃止されるだろう。そもそも我々の仕事は、犯罪を予防することではなく、起きてしまった犯罪を解決することだ。その原則は、時代や法律が変わっても変わらない。この大原則に鑑み、我々は常に変わらぬ刑事の仕事を続ける」

いいぞ――演説と言ってもいい説明を聴きながら、高峰は胸が高鳴るのを感じた。これは、戦時中に俺がずっと考えてきたことだ。この人なら間違わないだろう。上手くいけば、戦時中の――数ヵ月前の二件の事件も、正式に捜査できるかもしれない。

「とにかく、こういう状況では犯罪が増加するのは当然とも言える。事件を一つもとり逃がすな。悪いことをすれば捕まり、罰を受ける――そういう当たり前のことを犯罪者どもに思い知らせてやれ」

「はい」五人の声が揃った。

その後、庶務の係長から配属の発表がされた。五人全員が、殺人事件を捜査する係に一人ずつ配属された。高峰は四係で、末席を与えられた。俺が一番下っ端か……しばらくはお茶汲みをやらされるだろう。捜査一課では、一番年齢が若い人間が、毎朝係全員のお茶を用意する決まりがあると、所轄の刑事課長・下山から教えられていた。全員の好みを完全に覚えろ、間違って出すとえらいことになるぞ、という脅しつきで。

「相良《さがら》です」横に座る小柄な刑事が先に声をかけてきた。

「高峰です。よろしくお願いします」

「あ、高峰さん、私の方が下なんで……本当は席も替わった方がいいんですが」

「俺はここで構わねえよ――君が最年少か」

「そうなりますね。なかなか脱出できないみたいです」

相良が苦笑した。最年少も当然というべきか、まるで十代の少年のような幼い顔をしていた。地肌が透けて見えるほどの丸刈りにしているせいかもしれない。

「君、どこで髪を切ってもらったんだ？」

「うちの近くですけど、何か？」相良が不審げに答えた。

「紹介してくれねえかな。髪が伸びて、鬱陶しくてしょうがない」行きつけのお喋りな床屋は、まだ疎開先の甲府から戻ってきていない。節子の父親の店にでも行ってみるか……。

「分かりました。あの、先輩たちにご挨拶を」

「ああ、そうだな」うなずき、高峰は立ち上がった。相良の手引きで、係の刑事全員に丁寧に挨拶していく。一人、京橋署の先輩――在籍時期は重ならず、一緒に仕事をしたことはないが――がいたので、少しだけ気が楽になる。係長の近藤《こんどう》は無愛想な感じがしたが、そもそも愛想のいい刑事などいない。

「仕事の手順は相良に聞いておけ。ただし、これまでの開店休業状態とは違うからな。忙しくなるぞ」近藤が指示した。

「戦時中は、やはり……」

「毎日空襲警報が出ている状態で、悪さをしようとする人間なんかいないだろう。急に平和になって、悪い連中が動き出したんだよ」

「はい、分かります」例の二件の事件について、近藤は知らないのだろうか。捜査一課でもまったく捜査せず、遺体は無縁仏として処理されたかもしれない。「最近は忙しいんですか？」

「うちが出ていくほどの事件はあまりないが、所轄は忙しいようだな。京橋署もそうだっただろう」

「いえ——銀座辺りはまだ焼け野原ですから。新橋の方で、闇の店がぽつぽつ出てきただけで、まだ管内は全体が死んだみたいです」

「まったく、あれだけの空襲があったなんて、悪夢みたいだな」

「はい」

「ま、過ぎた話だ」近藤がうなずく。「お前はこれからのことだけを考えろ。大忙しになるから、覚悟しておけよ」

「望むところです」

「近藤！」

いきなり誰かが声を張り上げた。見ると、先ほど挨拶した庶務の係長である。近藤は何も言わず、すぐに向かっていった。高峰は自席に戻り、荷物の整理を始めた。とはいっても、整理するほど荷物もない。筆記具ぐらいで、それを引き出しに入れると、もう手持ち無沙汰になった。

捜査一課の仕事はゆっくりと動き出すのだろうか——そう思った次の瞬間、近藤が駆け足で席に戻ってきた。

「出番だ。殺しだ」

その一言で、刑事たちが一斉に立ち上がる。近藤は高峰に視線を向けてきた。まさか、新入りはここで待機じゃないだろうな……違った。近藤が声をかけてくる。

「京橋署の管内だ。お前、現地で道案内を頼む」

「分かりました」言ってはみたものの、緊張で声が上ずってしまう。

また殺し——京橋署管内では、この半年で三件目だ。いや、そもそも前の二件は数のうちに入っていないわけで……近藤は知っているのだろうか。

余計なことは考えるな。今は現場だ。目の前に事件があるなら、全力で取り組むべきだ。

昨日まで歩き回っていた街に逆戻り——不思議な感じがした。よく知っている街なのに、何だか感覚が違う。立場が変わったせいなのか。とにもかくにも、誰にも邪魔されずに殺人事件の捜査ができると考えただけで、身が引き締まる。

宝町《たからちょう》一丁目。京橋署の足元と言っていい場所であり、「よりによってこんな場所で」と、高峰は啞然とした。そして、捜査中止を命じられた二つの事件と同じだ、と早くも確信する。

死体遺棄現場が防空壕。

ビルの脇にある大きめの防空壕。こういうところには、家を焼かれた人が住み着いたりしているものだが、この防空壕は無人のままだった。そこに女性の遺体。

相良を含む数人の刑事が防空壕に入ったが、高峰はしばらく外で待機した。考えろ……この件が、三件目の連続殺人事件である可能性は？　死体遺棄現場はいずれも防空壕、発見の状況も同じだ――今朝、防空壕の見回りに来た人が発見したのだった。あとは傷が問題になる。首の傷が致命傷で、似たような形状だったら……高峰は慌てて階段を駆け下りた。

普通の光景だった。数人の刑事が遺体を取り囲んで調べ始めている。霊岸島の現場では、ろくに調べもしないうちに、遺体を「盗まれて」しまったな……そうだ、あの時、そして銀座で見つかった遺体についても、写真を撮影したのだった。フィルムはそのままで確認している余裕もなかったが、現像に出そう。傷はきちんと写っているはずだから、今回の事件との比較対象になるはずだ。

高峰は、「すみません」と声をかけ、手刀を上下に振りながら遺体に近づいた。罵《ば》声《せい》を浴びせられるかと思ったが、そういうこともない。

高峰は遺体の傍にしゃがみこんだ。またも、二十歳ぐらいの女性……そしてやはり首の右側に刃物傷がある。じっくり見ずとも、揉み消された二件の殺人事件で被害者が負った傷そっくりだと分かった。首の右側に、後ろから前に向かって走る傷。そして顎と鼻にも、擦れたような赤い傷ができていた。

失礼しました、と言って遺体から離れる。ついで防空壕の中を見回した。やはりと言うべきか、血痕も被害者のものらしき荷物もない。被害者は別の場所で殺され、ここに遺棄されたのだ。

宝町一帯にも、まだ平常の生活は戻ってきていない。夜中から夜明けにかけてなら、ここへ遺体を運びこむことは十分可能だっただろう。

「何だ、高峰。まさか知り合いか？」近藤が声をかけてきた。

「いえ、違いますが……」

どう説明したらいいだろう。近藤は、二件の事件を知っているのか知らないのか。それによって対応がまったく変わってくる。

近藤が鼻をひくつかせる。日本人には珍しい鷲鼻《わしばな》で、普通の人が気づかない臭いも嗅ぎつけそうな感じだった。

「あまり異臭はしないな」

「はい。遺体は新しいと思います」

「通報があったのが、一時間ほど前だ」

「昨夜のうちにどこかで殺されて、すぐにここへ遺棄されたものと考えていいと思います」

「そんなところだろう。被害者はこの辺の人間だろうな」

「それは……分かりません」

「どうして」

近藤が目を細める。途端に高峰は、厳しく尋問を受けているような気分になった。

「この辺りにはまだ、人が戻ってきていません。つまり、住んでいる人が少ないんです」

「なるほど……しかし、犯人はかなり大胆に殺したようだな」

「はい。自分もそう思います」

「どうしてだ？」

「おそらく背後から抱きつくようにして、左手でナイフを使ったんだと思います。つまり、犯人は左利き……」

「えらく簡単に言い切るな」

「観察した結果です」

「そうか。その観察眼が正しいことを祈っているぞ」

間違いない。同じような遺体を見るのは、これが三回目だ。

一日中、近所の聞き込み。夕方には歩き回ってくたくたになり、腹も減っていた。戦争が終わったとはいえ、食料事情が好転したわけではなく、高峰もずっと腹を空かしていた。今年は米が大不作と予想されており、もしかしたら新しい年を迎える前に、東京には餓死者《がし》が溢《あふ》れるのではないかという不穏な噂も流れていた。

夜、京橋署で捜査会議が開かれた。刑事課長の下山と顔を合わせると「久しぶりだな」と冗談を飛ばされた。昨日までは京橋署にいたのに……。

「しかしお前は、重石《おもし》になっていたわけだ。お前が京橋署にいた間は、事件なんかなかったからな」

「課長……なかったわけじゃないですよ」

下山が急に居心地悪そうに体を揺らした。

「お前、その件は……どうするつもりだ？」

「どうすべきか、考えています。課長は、あのままでいいと思いますか？」

高峰は声をひそめて話した。捜査会議が行われる会議室の外の廊下なので、大声は出せない。

「お前が密かに捜査を続けていたことは知っている」

下山の指摘に、高峰は唇を噛み締めた。所詮、秘密行動などできなかったわけだ。となると、自分を襲った人間は、下山と通じていたのか——下山をスパイにして高峰の動きを探っていた可能性もある。

「だが、あの件は——肝心の遺体ももうない。お前以外の人間は調べていない。今さら、どうしようもないだろう」

「今からでも捜査は再開できます」

「いや、しかしな……」下山は弱気だった。終戦前だったら考えられない。不思議なもので、立場が上の人間ほど、敗戦後は気が引けているのだ。逆襲を恐れて、後ろに下がっているように見える。

「課長、あの時、本当は何があったんですか？」

「俺も知らないんだ。署長から指示を受けただけだから」

「じゃあ、京橋署で真相を知っているのは富所署長だけなんですね？」

「そうだと思う」

「捜査をしないように本部から指示が出た——そういうことなんですよね？」高峰は念押しした。

「そんなところだろう」

「あの指示を調べようと思います。今日出動している一課の面子《メンツ》の中に、事情を知っている人がいるかどうかは分かりませんが……時代は変わりましたよね？」

「ああ、そうだな。それに終戦と同時にかなりの人数が入れ替わった」

「戦時中に下された命令は、もう無効になったと考えていいんじゃないでしょうか」

「……お前には、それを言う権利はあるだろうな。ただし、二件の事件について最初から説明しなくてはならないし、今からその捜査をするのは実質的に不可能じゃないか。さっきも言ったが、肝心の遺体がないんだから。発見現場も、あの時のまま残っていないだろう」

「何とかします。犯人が野放しになっている——だからこそ、今回の事件も起きたんですよ」

「連続三件の殺人事件か……うちの管内でとんでもないことが起きているわけだ」

その「とんでもないこと」を、署全体で隠蔽していたのだ。高峰は、本部への異動を言い渡された時に、一つの決意を固めていた。暴力を使ってまで俺を止めようとした人間を割り出し、必ず土下座させてやる。そして真相を摑むのだ。

捜査会議が始まった瞬間、高峰の願いは叶えられることになった——あの男が、会議室の前に設けられた幹部席に座っていたのだ。近藤係長、捜査一課長、下山と並び……年齢からして、管理官というところだろうか。

今すぐにでも飛びかかって首を絞めてやりたい——そう思ったが、何とか堪《こら》える。

かなり前に座っている高峰にも、向こうは気づく様子もない。高峰を認識していないのか、分かっていて無視しているのか……分かっていて無視しているとしたら、大した神経の持ち主だ。そう考えて改めて顔を見ると、いかにも憎々しげで図太そうな顔つきである。だが、怯《ひる》むことはない。こんな好機がこれだけ早く巡ってくるとは、俺はついている——。

捜査会議は熱を帯びて進んだ。戦時中にはついぞなかった熱気。高峰は必死に手帳に書きこみ、他の刑事たちが摑んできた情報を頭に叩きこんだ。

しかしほぼ一日動き回ったのに、手がかりは皆無と言ってよかった。一番肝心な遺体の身元に関して、まったく情報がない。周辺での目撃証言もなし。このままでは捜査は難航する、という予感を抱く。

この会議で、戦時中の二件の事件についても説明すべきだろうか？　それであの男——途中の発言で、管理官の北見《きたみ》だと分かった——の様子を見るのも手だ。

しかしこの場の雰囲気を考えると、話を持ち出す感じでもない。いいだろう、会議が終わってから接触し、問い詰めてやる。その時の反応次第で、明日の捜査会議で二件の問題をぶち上げる。

会議が終わった時が、高峰の本当の戦いの始まりだ。高峰は素早く外に出て、部屋の前方に向かって廊下を移動した。開いたドアから、幹部たちの様子を観察する。一課長を中心に何か話し合っていたが、それもすぐに終わり、一斉に立ち上がる。

北見が出てきたのを見て、高峰は素早く近づき、声をかけた。

「北見管理官」

北見が振り返る。虚《うつ》ろな目で高峰を見るだけだった。高峰は「お久しぶりです」と言った。頭を下げず、目を凝視したまま——反応はない。動きもしない。

高峰は一歩踏みこみ、「平然と仕事をしてるんですか」と皮肉をぶつけた。「戦時中は、人を襲ったり脅しをかけたりしていたのに」と続ける。

「何の話だ」

「とぼけるんですか？　あんた、管理官だか何だか知らねえけど、あんなことをやって許されると思っていたら大間違いですよ。二つの遺体はどうしたんですか？　どうやって処分したんですか？　まさか、空襲被害者の遺体に紛れこませたんじゃないでしょうね」

「知らんな」

高峰は、鼻と鼻がくっつきそうになるぐらい北見に近づいた。目の焦点が合っていない。

「誰かに命令されたんですか？　それともあなたの判断ですか？」

「そんなことをお前に言う必要はない」

「この殺人も揉み消すつもりですか？　いったい何のためにそんなことをするんですか」

「お前と話す事は何もない」北見が目を逸らした。声は震えている。

「いいか、よく聞け」高峰はさらに声を低くして迫った。「あんたは法律と社会に対する裏切り者だ。今日の事件の捜査をしていけば、必ず二件の事件も明るみに出る。そうなると、あんたが何をしたかも問題になるんだよ。どうする？　今のうちに懺悔《ざんげ》した方がいいんじゃねえか？」

高峰はすっと引いた。下がりながら、北見の肩を押す。力は入れていないのに、北見は揺らいでよろけた。

踵を返し、振り返らずに歩いていく。この後北見がどんな反応を示すか分からないが、一応鼻を明かしてやったと思う。

翌朝の捜査会議に、北見は顔を出さなかった。「休職した」とだけ説明された。どうしたのか気になり、近藤に確認する。

「病気だとしか聞いていないが」近藤も首を捻《ひね》った。

「昨日は休職するほど体調が悪かったようには見えませんでしたが」

「俺に聞くな」近藤がぶっきらぼうな口調で言った。「まあ、いろいろ噂もある人だから……戦時中には、警察官も全員真面目に働いていたわけじゃない」

「物資の横流しとかですか？」

近藤は口の前で人差し指を立て、周囲を見回した。

「そのうち話してやるが、今はまだ早い。お前は一課に来たばかりだからな」

無言でうなずき、引き下がった。北見は逃げ出したのかもしれない。この件は、これで終わりにはしない。あの捜査を中止させたのが誰か、必ず探り出す。

まず、他の刑事たちを納得させて協力を得ないと。

朝の捜査会議で、高峰は思い切って戦中の二件の事件について発言した。刑事たちは全員が初耳だったようで、矢継ぎ早に発せられる質問——ほぼ怒声だった——に、高峰は気圧《けお》され、おどおどした答えに終始してしまった。その間、捜査一課長の様子を確認する。彼自身、驚いた表情を浮かべっぱなしで、二件の連続殺人事件について何も知らなかったのは明らかだった。

こんなことがあるのだろうか。都内の殺人事件捜査に全ての責任を持つ捜査一課長が、事件が起きたことさえ知らない、などということがあり得るのか。

もしかしたら演技かもしれない。だとしたら、この一課長は相当の食わせ物だ。

真相がどこにあるかは分からない。しかしこれで、ここにいる刑事全員が情報を共有したわけだ。連続殺人事件だと考えた方が、解決の可能性は高くなる。何度も同じことを繰り返すうちに、犯人はどこかで失敗するものだ。

俺はそこを突いていく。逃しはしない。

2

僕が何をやったって言うんだ……海老沢は部屋の壁に背中を預けたまま、だらしなくあぐらを崩し、煙草をふかした。戦争中は煙草もやめていたのに、また吸い始めてしまった。

五月の空襲ではこの付近も大きな被害に遭い、海老沢の家も半分焼けた。しかし土台がしっかりしていたので、残った部分を補修して何とか雨露をしのいでいる。ただし、とても快適とは言えず、母親を呼び戻せる状態ではない。

いっそのこと、こちらが母親の疎開先へ行ってしまおうか、と考えることもある。向こうで仕事があるかどうかは分からないが、少なくとも自分のことは知られていない。東京にいると、いつ戦時中の仕事がばれてしまうか分からない——様々な話を聞くと、東京で仕事を続ける勇気が湧いてこなかった。

あの日——八月十五日に警視庁本部で玉音放送を聞いて以来、海老沢は何をする気もなくなってしまった。

「朕深く世界の大勢と帝国の現状とに鑑み非常の措置を以《もっ》て時局を収拾せむと欲し

……」

初めて聞く天皇陛下の声。少し甲高く頼りない声は、海老沢の不安を膨らませた。これで日本は終わる——少なくとも、僕が信じて守ろうとしてきた日本は終わる。これまでの仕事は全否定された。これからは、やることがなくなる。

宮城の前では、多くの人が地面に身を投げ出すようにして頭を下げているのを見た。自分もその輪に加わるべきではないかと思った。でも、天皇陛下に頭を下げてどうなる？　自分はこれから、どこを向いて生きていけばいい？

九月になり、海老沢は「自宅待機」を命じられた。

それを命じたのは、海老沢の「本籍」である特高一課の課長、堀川だった。堀川は憔悴しきって、一気に白髪が増えたように見えた。その堀川自身も自宅待機……。

「身の振り方を考えておけよ」という台詞《せりふ》にも、まったく力がなかった。彼自身、もしかしたらGHQに逮捕されるのではないかと怯《おび》えていたのだと思う。

どうやらGHQは治安維持法を廃止する方針のようで、それと同時に特高自体も存在を「消される」ようだ。依って立つ法律がないのだから、確かに特高の存在意義はなくなる。保安課で仕事をしていたとはいえ、海老沢の本籍は特高であり、この先他の仲間たちと同じ処分を受けることになるだろう。

時代は変わりつつあるのだ。民主主義という言葉が一人歩きし、世の中には「戦前にはなかった自由な時代がくる」という期待感が充満している。戦前のように、国家が個人を監視したり、事前検閲で情報を統制したりすることはなくなる——そういう過去は全て「悪」ということになりそうだ。

つまり僕は、「悪」の側の人間だと決めつけられるだろう。

数日前、特高で同僚だった男が密かに家を訪ねてきて、最新の情報を教えてくれた。左翼関係の取り締まりに当たっていた特高一課の刑事が、街を歩いていて突然襲われ、意識不明の重体になっているという。犯人は共産党関係者と見られているが、裏は取れていない。そして所轄では、ろくに捜査していないらしい。

その話を聞いて以来、海老沢は外へ出るのが怖くなった。

夕方、安恵が帰ってきた。終戦後もまだ、駅での勤務を続けているが、最近はしきりに、「早く次の仕事を探したい」と言っている。男手がないから駅員として雇われていただけで、復員してくる人が増えれば、駅員は徐々に、昔のように男性に切り替わるだろう。元々働いている人が戻ってくるなら、そういう人に仕事をあげるべきでしょう、と安恵は言っていた。

「お腹空いたでしょ、すぐ何か作るから」

「ああ……配給の缶詰があるぞ」

「今日は何？」

「鮭缶だ」

「じゃあ、それを食べてしまいましょうか。もう他におかずがないから」

「そう言えば、お袋から手紙が来ていた」

「何ですって？」

台所にいた安恵が飛んできた。すぐに座りこむと、ちゃぶ台の上の手紙を手に取り、顔をくっつけんばかりの勢いで読み始める。読んでいるうちに涙が滲《にじ》み、最後はちゃぶ台に落ちた。

「お母さん、早く帰りたいのね」

「向こうの暮らしが合わないんだな。根っからの東京の人だからしょうがない」

「ねえ、そろそろこっちへ呼べないの？　一応家は残ってるんだし、寝るだけなら三人でも大丈夫でしょう」

「そうだけど、何となく申し訳なくてね。こんな家じゃ……」

「そんなの、どうしようもないじゃない。焼夷弾からは逃げられないんだから」

「うむ……」

あっさり言い負かされた気分になり、海老沢は黙りこんだ。戦争が終わって以来、安恵は人が変わったように強くなった。戦時中の不安から解放された反動でこうなったとも言えるのだが……それにしても極端だった。本当はまだ、安心できるような状況ではない。東京に進駐してきた米軍は、表面上は紳士的に振る舞っていると言われているものの、実際には物騒な事件がかなり起きているようだ。ついこの間まで殺し合いをしていたわけで、倫理や道徳観を求める方が間違っているだろう。

慎ましい夕食を終えると、安恵がまた母親を呼び戻す話を蒸し返した。こんな時にラジオでもあれば気が紛れるのだが……何か結論めいたことを言わない限り、妹のお喋りからは逃れられそうにない。

「兄さん、一度母さんの疎開先へ行ってきてくれない？　私は仕事があるけど……」

「好きで家にいるわけじゃない」さすがにむっとして言い返した。「これから仕事も探すつもりだし」

「そうね。早く働いた方がいいと思うわ」安恵が真顔で言った。「兄さん、ずっと魂が抜けたみたいな顔をしてるもの。戦争に負けて状況が変わってしまったのは分かるけど、私たち、ちゃんと生きていかなくちゃいけないのよ」

「そんなことは分かってるよ」

しかし、どうすればいい？　自分は警察――特に検閲の仕事しか知らない。今から何か、新しい仕事に就くとしても、何があるだろう……一番簡単なのは土木工事だ。東京はこれから、関東大震災後よりも大規模な復興工事の時期を迎える。いくらでも働き口はあるはずだ。しかしそれでいいのか……これまでとあまりにも違う仕事をする気にはなれない。中学時代の友人で目端が利く男は、新橋で闇の食べ物屋を始めるつもりだと言っていた。そういう仕事をしたこともないのに、やけに自信満々だった。今は、どんな食べ物でも出せば売れる、値段なんか関係ない、と。

　自分にああいう図々しさがあれば、と思う。しかし、それができない性格なのは、自分が一番よく分かっていた。

　本当にやりたいのは——夢のような話だが、芝居や映画に関わる仕事なのだ。子どもの頃から高峰や小嶋と一緒に芝居や映画に通い詰め、その面白さは骨身に染みている。ああいうものが、自分を作ってくれたのだ。しかし、実現は難しいだろう。台本の検閲を通して盛んに遣り合った芝居や映画の関係者に仕事を紹介してもらうなど、どう考えてもあり得ない。

　食後の一服をしながら、酒が吞みたいな、とつくづく思う。以前はつき合いで吞む程度だったのだが、最近はアルコールへの渇望に全身を支配されている。とはいえ、家には酒もなく、外へ出かけたところで手に入る当てもない。

「おい、いるか？」玄関の扉が開く音がすると同時に、高峰の声が聞こえた。

「あら、高峰さんだわ」安恵が立ち上がった。「久しぶりね」

「ああ」

　玄関の方へ消える安恵の姿を見送った。自分が出迎えるべきなのだが、そんな気にさえならない。

ほどなく姿を現した高峰を見て、海老沢は目を見開いた。背広姿……街にはまだ国民服、軍服を着た人が多いので、久しぶりに見る背広は新鮮だった。しかもくたびれていない。どうやら新調したようだった。

「お前、その背広はどうした」

「何だよ、第一声がそれか？」高峰が不満そうに言った。

「いやいや……背広姿の人間なんか、久しぶりに見たよ。どうしたんだ？」

「知り合いの呉服屋が、安く作ってくれたんだ」

「呉服屋？」

「疎開先から戻って来てな。和服の時代は終わる、これからは洋服が主流だって言い出して、商売替えするらしいんだ。それで、とりあえず最初にこの一着を作ってくれた」

「呉服屋から洋服屋へ？　そんなに急に商売替えできるものかね」海老沢は首を傾げた。

「その辺は俺には分からないが……疎開先でいい職人を見つけたらしい。呉服屋と言っても、本人は大店の主人で、自分で作るわけじゃねえからな」

「なるほどね……しかしお前も、羽振りがよさそうだ。本部に異動になったそうじゃないか」何だか置いていかれたような感じだった。

「給料が変わるわけじゃねえぞ」

「そうか」会話を交わしながら、海老沢の視線は高峰の土産――一升瓶に向けられていた。何と、待望の酒だ。念ずれば通じるものか。

「土産だ」高峰が一升瓶をちゃぶ台に置いた。

「メチルじゃないだろうな」メチルアルコールを呑んで失明した、という話をよく耳にする。

「心配すんな。ちゃんとした酒だ……戦争が終わると、いろいろなことがあるんだな」

「どういう意味だ？」

「心境の変化というかね。終戦を機に、酒をやめた知り合いがいるんだ。捨てるのももったいねえから貰ってくれと言ってきてね」

「それはついてたな……安恵、湯呑みをくれないか」

言われる前に安恵は動き出していた。湯呑み茶碗を三つ、ちゃぶ台に置く。

「何だ、お前も呑むのか？」海老沢は安恵に疑いの目を向けた。

「いいじゃねえか」高峰が鷹揚に言った。「皆で一緒に呑もうと思って、持ってきたんだからさ」

高峰が湯呑みに日本酒を注ぎ分ける。一滴もこぼさないように慎重に……注ぎ終わると、すぐに蓋をきっちり閉めた。少しでも緩んでいると、あっという間に蒸発してしまうとでもいうように。

三人で同時に湯呑み茶碗を持ち、目の高さに持ち上げて乾杯の仕草をする。ひと舐《な》め……いい酒、ちゃんとした酒だ。ほっとして、海老沢はたっぷり一口含み、しばらく口中で転がした。甘みと旨味がじんわりと粘膜に染みこんでいくようだった。

「美味《うま》いなあ……」思わず声が出る。

「本当に美味そうに呑むねえ」高峰が感心したように言った。

「酒は久しぶりなんだ」

「そうか」

高峰はあまり突っこんでこなかった。海老沢ら特高が、危うい立場に立たされていることは、当然知っているだろう。戦争が終わるまでは、存在自体が機密扱いに近かった特高も、今では単なる警察の一組織、しかも消滅の危機に瀕《ひん》した組織でしかない。

「ごめんなさい、つまみらしいつまみもないんです」安恵が謝った。

「そうだろうと思って、こいつを持ってきたぜ」ニヤリと笑って、高峰が紙袋を鞄から取り出す。そこから出てきたのは、小さく不揃いな、数本のキュウリだった。

「どうしたんだ、こんなもの」海老沢は目を見開いた。

「うちの庭で作ってたんだ。家は燃えたけど、こいつは無事で……出来は悪いけどな」

「いやいや、立派なものだよ」海老沢はキュウリを一本取り上げ、鼻先に持っていった。青臭い匂いが心地好く鼻を刺激する。

「安恵ちゃん、塩揉みでどうかな」高峰が袋ごと安恵に渡した。

「じゃあ、すぐ作りますね」

安恵が台所に消えたところで、高峰が切り出した。

「これからどうするんだ」

「分からん」海老沢は首を横に振った。

「警視庁へは全然行ってねえのか」

「自宅待機中だし、そうでなくても行きにくいよ。もしかしたら、軍事裁判に引っかかってくるんじゃないかな」

「まさか」高峰が声を上げて笑った。「特高の軍事裁判なんか始めたら、裁判所がいくつあっても足りねえだろう。警視庁の本部だけで、何人ぐらいいたんだ？」

「五百人ぐらいかな」

高峰が口笛を吹く。驚いた、と言う代わりなのだろうが、何だか調子が軽過ぎる。

「五百人ね……それを、俺たち内部の人間も知らなかったたっていうのはすごい話だな。特高は、まさに秘密組織だったわけだ」

「僕たち自身、全体像が分かっていたかどうか……自分の仕事以外のことには関心を持たないように言われていたしな」

「蛸壺《たこつぼ》みてえなものか」

海老沢はうなずいた。情報統制のためだろうが、その辺は徹底していた。自分以外の人間が具体的にどんな仕事をしていたかは、ほとんど知らない。嫌な噂をたまに聞くぐらいだった。

海老沢は酒をぐっと呑んだ。

「裁判はともかく、公職追放になる、という噂はある」高峰が切り出した。

「つまり、馘《くび》か」

「馘になるだけじゃねえ。今後、公務員をやったり、選挙に出たりもできないということだ」

「そうなのか……」

「あくまで噂だぞ」高峰が慌てて言い直した。「本当かどうか、調べようもねえよ。そんな時間もねえしな」

「本部の仕事にはまだ慣れないか」

「慣れるもクソも」高峰が苦笑した。「行ったその日に殺人事件が起きやがった」

「そうなのか？　気づかなかったな」

新聞はまだ、表裏二ページしかなく、事件の記事などほとんど載らない。ＧＨＱ辺りが規制しているのか、あるいは単純にそういう記事を載せる余裕がないのか。

「例の事件の続きだと思うんだ」高峰が声を低くした。台所でキュウリを刻む包丁の音にも消されてしまいそうな……。

海老沢は、胃がきゅっと締まるような感覚を味わった。二件の連続殺人について高峰から相談を受けたのは、ほんの半年前のことである。あれが物凄く遠い昔――それこそ数年前のことのように思える。

「どうして続きだと思う？」海老沢も低い声で訊ねた。呑んでいるのに、喉がからからだった。

「手口がそっくりなんだ。詳しくは話せねえが」高峰が体を倒し、台所の方を覗いた。安恵に聞かれるわけにはいかない、と考えているのだろう。

「被害者が若い女性――二十歳ぐらいの女性というところもよく似ている」

「つまり、それぐらいの若い女性を狙った連続殺人犯が街を歩き回っているわけか。いい気分じゃないな」

「安恵ちゃんにも、十分気をつけるように言ってくれよ」

「お前が自分で言えばいいじゃないか」

「あれこれ聞かれると面倒臭《くせ》えんだよ」

「ああ……」海老沢は苦笑いしてしまった。たしかにこんな話を高峰がしたら、安恵はしつこく話を聞き出そうとするだろう。

「お待たせしました」安恵がキュウリの塩揉みを載せた皿を持って戻ってきた。

海老沢はさっそく、手づかみで一切れ味わってみた。少し厚めに切ったキュウリの歯ごたえも久しぶりだった。口中に広がる水分と青臭さ。塩気がほどよい感じで、海老沢は過ぎ去ってしまった夏——人生で一番長い夏だった——の名残りを口中で感じていた。

「いいよ、このキュウリ」

「そうかい？」高峰も手を伸ばす。派手に音を立てて嚙《か》み砕きながら、首を傾げた。

「あまり美味くねえなあ。やっぱり出来がよくねえよ」

「あれだけ焼けたところで、無事にキュウリが実っただけでも、僕は感動するね」

安恵もキュウリを口に運んだ。満足したのは海老沢だけのようで、安恵も渋い表情である。

「辛い味噌なんかがあったらよかったんですけどね」安恵が残念そうに言った。

「塩揉みで十分だよ」高峰が愛想よく返す。

場が和み、それからしばらくは中学時代の同級生たちの噂話に花が咲いた。皆やはり苦労しているが、とにかく幸いなのは、今のところ戦死者が一人もいないことだった。外地へ出征したまま帰ってきていない人間が、まだ何人もいるのだが……気になるのは、復員してからずっと療養中の小嶋のことだった。終戦で少しは気分が変わっただろうか。

「和子はまだ戻ってこないんですか？」安恵が高峰に訊ねる。

「まだ疎開先でね」高峰が答える。「両親の具合がよくなくて、看病で手一杯なんだ。治療するなら東京の方がいいんだけど、今は病院も当てにできねえし、何しろ家がね……バラックは建てたけど、四人で暮らすのはきつい」

「本格的に建て直すのは大変ですよね」安恵がうなずく。「うちも、このままだと母に帰ってきてもらえません」

「いっそのこと、一緒にでかい家でも探そうか」高峰が唐突に提案した。「二家族一緒なら、でかい家でも何とか借りられるんじゃねえかな」

「いや、僕は……」海老沢は言葉を濁《にご》した。高峰の家には金があるかもしれない。しかし仕事がない――すなわち稼ぎがない今の状態では、新しい家のことなど考えられない。

　さっさと警察の仕事に見切りをつけて、新しい仕事を探せばいいのだ。その方がいいと、理屈では分かっている。時代は新しくなったのだし、自分はまだ二十八歳、心機一転、人生をやり直すいい機会にもなるだろう。ただどうしても、その気になれない。何というか……今はただ、一人ゴロゴロとしていたい。あれば酒を呑み、煙草をふかして、時が過ぎ去るのを待つだけでいい。

「そう言えば、小嶋はどうしてる？」海老沢は話題を変えた。

「退院して家に戻ったらしい。ただ、相変わらず調子はよくねえらしいな」

「普通に働くのは無理か」

「身体よりも心の問題じゃねえかな。『映画評論』も潰れちまったしな。俺はあいつの記事、結構好きだったけど……。好きな映画を観て、スターに会って。正直、羨《うらや》ましかったよ」

しかし今、小嶋は怪我と病気に苦しみ、戻るべき過去もなくなっている。見舞いに行った時の世を拗《す》ねた態度を思い出すと、暗い気分になった。あんな風でなければ、相談にも乗るし、こちらの話もできるのだが。

「そろそろ失礼するよ」高峰が唐突に立ち上がった。

「もう？」まだ来てから一時間も経っていないのではないか？

「明日も早いんだ。仕事は待ってくれねえからな。残りの酒は進呈するよ」

「そこまで送ろう」

外へ出ると、ほっとする。夜に出歩くのも久しぶりだが、街の様子が少しずつ変わっているのに改めて思い至る。明るいせいだ。終戦と同時に灯火管制も終わり、街に夜の灯りが戻ってきているのだ。街灯は多くが焼け落ちて復旧していないが、ぽつぽつと焼け残った家、新しく建てられたバラックから漏れる光が、街をほのかに照らし出している。

「戦中から続く連続殺人か」少し酔いが回った頭で、海老沢はずっと考え続けていた。

「被害者の写真を撮っておいてよかったよ。とにかく、傷口がそっくりなんだ」高峰が強い口調で言った。

「そうか」

「正直、俺は他にも同じような事件があるんじゃねえかと思っている」高峰が打ち明けた。

「まさか」

「いや、戦中の混乱を考えてみろ。京橋署の管内だけじゃなくて、他の管内でも起きている可能性があるんじゃねえかな」

「それは、お前には知りようもなかったじゃないか」

「そうなんだ」高峰がうなずく。「事件は封印された。直接命令したのは一課の管理官なんだが、理由が分からん。それをほじくり返している余裕があるかどうか……目の前の事件で手一杯だからな」

「だけど、楽しそうだな」海老沢はつい言ってしまった。

「楽しい？　冗談じゃねえぞ」高峰が食ってかかるように言ったが、目は笑っている。

「いや、やっぱり楽しそうだ」

「……まあな」高峰があっさり認めた。

「お前は今まで、散々嫌な思いをしてきたからな。思い切り仕事ができるだけで、楽しいんじゃないか？　とりあえず、俺や小嶋の分まで頑張ってくれよ」

「ああ」

「つくづく、お前が羨ましいよ」羨ましいと言ってしまったことで、惨めさがさらに膨らむ。

「そう言えば、昭和座が復活するらしいぞ」高峰がいきなり話題を変えた。

「本当か？」新しい情報に、少しだけ気持ちが上向く。

「映画の撮影所も動き出しているそうだし、東京は――日本はまたすぐに復活するよ」

「そうだな」

本来ならもっと喜ぶべき情報だ。しかし今の海老沢は、適当に相槌を打つしかできなかった。

3

海老沢は久しぶりに新宿《しんじゅく》に出て、心底驚いた。焼け跡で、地べたに直に物を置いて売り買いする大勢の人たち――こういう「闇市」は、新宿だけではなく、山手線の主要な駅近くにはだいたいできているようだが、新宿が一番早かったらしい。終戦の五日後には、すでにここで売り買いが始まっていたというのだ。

いい匂いが鼻先に漂う。焚き火で料理して、それを振る舞っている人がいるのだ。どんなものかと匂いがする方へ近づいてみると、長蛇の列ができている。どうやら何かの汁のようだ。焚き火の上に真っ黒な鍋が載り、そこで茶色の汁が煮立っている。　汁からはゴロゴロと具材が突き出ているものの、見ただけでは正体不明だ。　しかし海老沢は空腹を覚えて、一杯所望した。恐る恐る口をつけてみると、牛鍋のようなものらしい。肉は内臓か何からしく、不気味な歯ざわりである。それでも甘辛い味が懐かしく、残さず食べ尽くした。できたての物を食べるのは久しぶりで、胃が温まった。

自宅へ近い神田神保町《かんだじんぼうちょう》へ移動する。久しぶりに外へ出る気になったのは、高峰が訪ねて来たからだと思う。安恵は何も言わないが、呆れているのは普段の態度で分かった。高峰さんも自分もちゃんと働いているんだから、兄さんもいい加減——いたたまれなかった。

神田近辺も、他の地域と同じようにひどい空襲の被害に遭った。しかし何故か、古本屋が集まる神保町は無傷のままである。米軍は、古本屋は残す価値があると判断して空襲を避けたのだろうか。もしもそうなら、事前にここが古本の街だという情報も分かっていたことになる。

日本は、丸裸にされていたのか？

「海老沢さんじゃないですか」

声をかけられ、慌てて周囲を見回す。広瀬——昭和座の座付き作家。嫌な感じが全身に広がる。今会いたい相手ではない。しかし広瀬は、ぐんぐん海老沢に近づいてくる。

広瀬は背広姿だった。かなりくたびれて、下に着ているワイシャツは皺《しわ》くちゃ、ネクタイもしめていないが、それでもぼろぼろの国民服を着ている自分に比べればずいぶんましだ。

「どうも」海老沢はさっと頭を下げた。挨拶だけしてさっさと別れよう。この男は、僕に相当の恨みを持っているはずだ。

「仕事ですか？」広瀬が低い声で訊ねる。

「いや……散歩ですね。今は失業者みたいなものなので」

「辞めたんですか？　警察を？」

「自宅待機です」

「ふうん」広瀬が馬鹿にしたようにつぶやいた。少しだけ表情が緩んでいる。海老沢の失業が嬉しいのだろう。「時間があるなら、お茶でもどうですか」

「お茶？　お茶が飲めるような場所があるんですか？」意外な誘いに驚く。

「ここの二階で」広瀬が、目の前の古書店を指差した。

「二階って……ここ、本屋じゃないですか」

「この店の主人とは、昔からの知り合いでね。いったいいくら金を注ぎこんだか……だから、お茶ぐらいは出してくれますよ」

そう言うと、広瀬はさっさと店に入っていく。あきらめて海老沢も後に続く。古本屋独特のカビの臭い……ざっと店内を見回すと、演劇関係の書籍が多いようだった。高峰はこの店が好きだろうな、と思う。あいつは観るだけでなく、演劇や映画関係の雑誌などを集める趣味があった。

「こっちです」

広瀬が、店の隅にある階段の途中で振り返り、声をかけてきた。階段は暗く急で、非常に危ない感じがした。ぎしぎしという音が不安を増幅させる。

二階には陽が射しこんでいた。ここは倉庫のようだが、窓に近い方に大きなテーブル、それに椅子がいくつか置いてある。本を整理したり値札をつけたりする作業用の場所だろう。

本当に、店主らしい老人がお茶を持って現れた。香り高い緑茶……こんなものが手に入るのかと驚きながらも、海老沢は素直にお茶を飲んだ。美味い——お茶を飲むのも久しぶりだった。

「昭和座が復活するようですね」海老沢は眼鏡をかけ直して切り出した。この件は高峰から聞いて気になっていたのだが、確かめる相手もいなかった。

「ああ、そのようです」

「そのようって……広瀬さんは、もう書かないんですか」確か戦中に会った時は、辞めたと言っていた。

「今はそんな気になれなくてね。役者と裏方では意識も違うし」

「広瀬さんの芝居ならまた観たいですよ」

「あなたは私の本当の芝居を観ていたわけじゃないでしょう」広瀬が皮肉っぽく言った。「台本に因縁をつけていただけだ」

「いや、あの仕事をする前からあなたの台本は好きで、昭和座の舞台はよく観ていたんです」海老沢は打ち明けた。

「そりゃどうも」さほど関心なさそうに言って、広瀬が頭を下げる。お茶を一口飲むと、煙草に火を点けた。

「こんなところで煙草を吸ったらまずいでしょう」海老沢はすかさず忠告した。自分は我慢していたのに。

「大丈夫ですよ。ここは湿気っているから。店主だって、よくサボって煙草を吸っているんだ」

言うと、テーブルの下、床に直に置いてあったガラス製の灰皿を取り上げた。音を立ててテーブルに置くと、煙草の灰を神経質そうに落とす。それから、海老沢に向かって煙草を押しやった。

「どうぞ。進駐軍の物資ですけど、気にならなければ」

思わず手に取ってしまう。白地に赤い丸が鮮やかなラッキーストライク。戦前に見たやつは緑色だったのではないか？　まあ、どうでもいい。最近は煙草が手放せなくなっているし、アメリカの煙草を吸ってみたかった。闇市にも進駐軍の横流し物は溢れており、煙草は特に人気だった。

自分のマッチを出して火を点ける。深々と吸いこんでみると、確かに美味かった。味に深みがある。これに比べれば、国産の煙草など、ただ焦げ臭いだけだ。

「本当に、もう台本は書かないんですか？」

「今のところはね」

「好きなことを好きなように書けるでしょう」

「今度はGHQがうるさいんじゃないかな。それに、正直言って疲れてるんですよ」

眼鏡の奥の目がぎろりと動いた。「あなたは、戦争の最後の頃、どうしてました？普通に仕事をしていたんですか？」

「他の人と同じですよ。仕事ができる時は仕事をして、空襲警報が出たら防空壕に入って。結局家は焼けましたけどね」

「検閲する方もされる方も、等しく空襲被害に遭ったわけだ……ま、うちはこれから新しく家を建てますよ。バラックじゃない家を」

その物言いに、海老沢は傲慢《ごうまん》さを感じ取った。

「建築資材を集めるだけでも難しいと聞きますよ」

「金があれば何とかなるものです。金があればね」

「金」をやけに強調する……この男は、金だけは持っているのだろう。戦前、昭和座で毎月のように新作の芝居を書き、さらには映画やラジオの台本も引き受けていたのだから。

自分は何も残していなかった。

広瀬は美味そうに煙草を吸い続けた。まだ長いのに平気で灰皿で揉み消し、すぐに新しい一本を取り出す。節約しながらちびちび吸っているのが惨めだった。

「家が完成して落ち着いたら、また書くんですか？」

「あなたもしつこいね」広瀬が苦笑する。眼鏡の奥の目は笑っていなかった。「書けない——書く気になれない時はあるんだ。俺は機械じゃない」

「でも、あれだけたくさん書いていたあなたが、急に書かなくなるのは理解できません」

「あなたに理解してもらう必要はない」広瀬の表情が急に険しくなった。「戦時中、私がどれだけ神経をすり減らしていたか、あなたに分かるか」

「それは分かりますが——」

「いや、分かっていない！」広瀬がいきなり強く言葉を叩きつけてきた。「内地にいたあなたは、軍のことについて何を知っていた？　警察と軍はまったく違う。警察はクソだが、それ以上のクソが軍だ」

「……何があったんですか？」この強い言葉の裏には、相当ひどい経験があったに違いない。

「昭和十七年に、私は南方へ慰問《いもん》に行く一団に同行した。昭和座とは関係ない仕事だったが、そこで何を見たか……軍人どもが、南方でどんなことをしていたか、あなたは知っているか」

「……いや」知っているのは根拠のない噂だけだ。

「知らない方がいい。私も言うつもりはない。ただ、人間というのはどこまでもクズになれるものだ」

「それで、軍部に対する批判を強めたんですか？」

「そうだ。それを台本に盛りこんで、多くの人に軍の悪行を知ってもらいたかった。しかしその台本は、ことごとくあなたに潰されたがね」

そういえば……広瀬の台本に、激しく「赤」が入るようになったのは、昭和十八年頃だっただろうか。露骨な形で軍部批判、軍人批判を盛りこんできた。

「一つ、聞かせてくれませんか？」広瀬が丁寧な口調に戻って言った。

「何でしょう」急な態度の変化に海老沢はたじろいだ。

「あなたは、自分の仕事は正しかったと、自信を持って言えますか？　子どもや孫に誇りを持って話せますか？」

「それは……」

「あなたはどうして、ああいう仕事をしていたんですか？」

「元々、芝居も映画も好きだったんです。だから、そういうことに関わる仕事がしたいと――」

「関わる？　冗談じゃない。あなたは、我々の邪魔をしていただけだ」広瀬が憤然とした口調で言った。「私たちは、観客に向けて普通の芝居をしていた。その中では、何か言いたいことがあって、そのテーマのために書くこともあったし、純粋に泣かせたり笑わせたりしようと書くこともあった。しかしあなたはどこを見ていた？　国家じゃないか。あるいは軍なのか？　実際に芝居や映画を観る人のことを考えていたのか」

黙りこむしかなかった。国の為に仕事をしているから当たり前――海老沢としては、芝居の面白さを損じようとしていたわけではないが、広瀬と感覚がずれていたのは当然だろう。広瀬の台本に金を払うのは、国ではなく市民だったのだから。

「あんたたちは、馬鹿だった。そもそも検閲など、何の意味もなかった」

「そんなことはない」むっとして海老沢は言い返した。

「今年の春の、内務省の通達を覚えてますか？　それまで散々、検閲で我々に文句をつけていたのに、突然『ご自由に』ときたものだ。あれは、度重なる空襲でそれどころではなくなり、検閲などどうでもよくなった証拠でしょう。そして日本は、戦争に負けた。あなたたちのように、国の立場に立って何の意味もなく国民を弾圧していた人は、全員責任を負うべきだ」

弾圧……自分の仕事は弾圧だったのか？　左翼担当の特高一課の仕事は、「弾圧」

だったと言えるかもしれない。戦争が終わり、やり口が次第に表沙汰になってきて、海老沢もぞっとするぐらいだった。その被害者の中には演劇関係者もいた。有名なのは、伯爵《はくしゃく》であり、新劇運動の中心にもいた土方与志《ひじかたよし》——一九三三年にソ連に渡って、日本における演劇の弾圧などを報告、そのまま爵位を剝奪《はくだつ》されて亡命生活に入った。一九四一年に帰国した直後、逮捕され、五年の実刑判決を受けた。しかし間もなく釈放されるだろう。彼だけではなく、多くの政治犯が、敗戦で自由を得る。

「私たちも、もう仕事はできなくなりますよ」海老沢は声をひそめた。「あなたの言うように馘——おそらく、公職追放されるでしょう」

「それだけ？」

「それだけとは？」

「どうしてあなたたちは刑務所に入らないんですか？　敗戦は、革命と同じなんですよ。弾圧してきた側は、弾圧される側に回ったんだ。私は、ＧＨＱが思いきり厳しくやってくれることを祈りますね。もしもあなたが服役することになったら、面会に行ってあげましょう。もちろん、同情じゃない。情けないあなたの姿を見て、唾を吐きかけてやるためです」

4

クソ、こんなはずじゃなかった。

高峰は焦りに取り憑《つ》かれていた。年が明け、一九四六年になっても、捜査にはまったく進展がない。戦時中の二件についても同様。当然こちらの方が、状況が厳しかった。何しろ肝心の遺体がいつの間にか処理されてしまい、初動捜査も満足にできなかったのだから。捜査一課でも、揉み消しを問題視して内部調査が行われたが、誰が関わっていたかも分かっていない。ごく一部の人間が極秘に行っていたようだ。富所は事情を知っているはずだったが、事情聴取を拒否して家に籠《こ》もっているという。あの署長も何かに搦《から》め取られているのか、と高峰は鬱々たる気分になった。

捜査は一月四日の金曜日から再開された。年末は大晦日《おおみそか》まで街を歩き回り、仕事納めをした感覚もなく終了。正月の三が日は、久しぶりに東京へ戻ってきた両親と過ごしたが、その後高峰は、しばらく自宅に帰らないことにした。親子四人で寝るにはバラック小屋は狭いし、親から将来のこと——結婚についてあれこれ言われるのも面倒だった。今は仕事を優先したい。実を言うと、元警察官である父の入れ知恵でもあった。高峰家では、父親より母親の方が口数が多く、愚痴《ぐち》っぽい。

和子が元気なのが救いだった。ふと思いついて、小嶋の話題を持ち出してみる。子どもの頃、和子は小嶋が大好きだった……いつも後ろにくっついて遊んでいたものだ。

「お見舞い……大丈夫なの？」和子は心配そうだった。

「俺が見舞いに行った時は、まだ怪我もマラリアの後遺症もあって辛そうだったけど、あれから時間が経ってるからな。お前の顔を見れば、元気を出すかもしれねえぞ」

「そうかしら」和子は不安そうだった。

「まあ、ちょっと時間を作って行ってみようぜ」

しかし、見舞いはすぐには実現しなかった。正月も構わず、ひたすら聞き込み。新年一発目の捜査会議が終わってすぐに飛び出そうとすると、捜査一課長に呼び止められた。直接話をする機会はまずないので、高峰は異常に緊張した。

一課長は、近藤たちに目配せして席を外させた。二人きりと考えるとますます緊張したが、逃げ出すわけにもいかない。

一課長が煙草に火を点け、ゆっくりとふかす。

「北見を覚えてるな？」

「もちろんです」管理官の北見は、高峰と対決した翌日から休職している。

「死んだ」

高峰は唾を呑んだ。喉仏の上下を感じながら、目を見開く。すっかりやめたはずの煙草が急に吸いたくなった。

「病気ですか？」病気で休職、と四ヵ月前には聞いていた。

「詳しいことは不明だ。昨夜遅くに連絡が入ったんだが、暮れに亡くなって、もう葬儀も済ませているそうだ」

「ずいぶん急ですね」

「ああ……お前、前に北見のことを気にしていたな？　戦中の二件の事件について、あいつが揉み消しを図った、と」

「はい」

「結局あの件は、裏が取れていない」一課長の体に力が入り、筋肉が盛り上がる。真冬なのにシャツ一枚なので、怒りが体を膨れ上がらせているのが分かった。

「情けないことに、俺は棚上げ——飛ばされていた。現場から北見に話が入り、あいつは誰かの命令で捜査しないことを勝手に決めたんだ。ただし、その『誰か』が分からない」

「一課長もご存じでないとすると、いったい誰なんでしょう」

「だから、分からん」一課長が不機嫌に繰り返した。「あの頃は、指揮命令系統も無茶苦茶になっていた」

「それはそうでしょうが」

「言い訳にはならんがな」

「私も結局、圧力に負けて——それと空襲に負けて、捜査を続行できませんでした」

一課長が渋い表情でうなずく。もしかしたらこの人も「負け」を意識しているのかもしれない。しかも、自分が試合をした記憶すらないのに、しばらく経ってから「負け」を言い渡されたようなものだ。

「とにかく残念ながら、これで最大の手がかりは手に入らない可能性が高くなった」

「遺体のことですね？」

「ああ。北見が休職している時に、何度か会おうとはしたんだ。しかし『体調が悪い』という理由で毎回断られて、結局は話を聴けなかった。北見は、他の人間も使っていたという話だったな？」

「ええ。霊岸島の現場では、遺体を運び出した人間が何人かいました。それが誰かは、残念ながら不明です。警視庁の中をくまなく見て歩けば分かるかもしれませんが、どれだけ時間がかかるか、見当もつきません」

実際には、遺体を運び出した連中の顔も朧《おぼろ》げな記憶でしかない。あの時はあまりにも衝撃が大き過ぎ、状況をしっかり把握する余裕もなかった。高峰を襲撃してきた人間たちについても同様である。おそらく、同じ人間がやったのだろうが。

「もしかしたら警察官ではなく、外部の人間を使ったかもしれない」

「そんなことが――いや、あり得ますね」ほんの数ヵ月前まで、都内には遺体がごろごろしていたのだ。そのまま放置しておくわけにはいかず、様々な職業の人が遺体の搬送に当たっていた。

「とにかく、残念なことだが、戦前の二件についてはどうしようもないかもしれない」

「簡単には諦められません」高峰は背筋を伸ばした。「三人も犠牲者が出ているのに、犯人が野放しになっているなんて、許せません」

「三件の連続殺人事件である可能性は極めて高い。今回の犯人を見つけ出せば、戦時中の事件も解決するだろう。今は、この事件の捜査に全力を注げ。凹《へこ》んでいる場合ではないぞ」

「承知しました」

一礼して、高峰は一課長から離れた。一課長は、わざわざ自分に気を遣ってくれたのだろう。戦前だったら、上司のこんな気遣いなどなかったはずで、高峰は「民主主義」を感じた。

もしかしたら、この捜査が上手くいかないのは、組織内の人間関係が再構築の途上だからかもしれない。組織がギクシャクしているので、事件を解決できない——そんな馬鹿げた話はない。組織は変わりつつあるかもしれないが、俺という人間は変わらないはずだ。自分さえ頑張れば、必ず良い結果が返ってくるだろう。

高峰は久しぶりに、永田の店を訪ねた。かつての大店は空襲で焼けてしまい、臨時に建てたバラックで営業中で、店名は「永楽テーラー」に変わっている。彼の変わり身の早さには驚くばかりだ。大店の四代目だか五代目で、店を潰さないことだけを心がけてのんびり仕事をしているだけだと思っていたのに、こんなに目端が利くとは。

店内は客で賑わっていて、とても話ができるような雰囲気ではなかった。

接客中の永田が気づいて目礼してくれたが、やはり話を聴くのは無理そうだ。仕方がない……立ち去ろうとした時、「こんにちは」と元気な声で挨拶された。

「おお、三郎。元気か？」

「はい」

最後に三郎に会ったのは、最初の遺体が発見された時だ。あの時はわざわざ通報しに来てくれたのだった……数ヵ月後の今、表情がぐんと明るくなっている。それに、ずいぶん背が伸びていた。

「学校はどうだ？」

「何だかよく分からない感じで……困ってます」

「困ってる？　またどうして」

「教科書がちゃんとしてないから」

「ああ、そうか」黒塗りの教科書の話は、高峰も聞いていた。戦前の授業をそのまま続けるわけにもいかず、かといって新しい教科書を用意するような余裕もなく、古い教科書の都合の悪い部分を墨で黒塗りにして授業が行われているのだという。

「すぐ慣れるよ」無責任だと思いながら、高峰は言った。「それより、自分の頭で考える癖をつけた方がいいな」

「え？」

三郎にはちょっと難しかったかと思いながら、高峰は説明を続けた。

「大人が教えてくれることが、絶対に正しいとは限らないだろう。先生だって、常に正しいことを言うわけじゃない。教科書に書いてあることだけがすべてじゃないんだ。だから何が正しいかは、自分で考えるようにしないと」

「難しいですよ」

「大事なことだぜ。俺も、自分の頭で必死に考えるようにしてる」

「高峰さんもですか？」

「ああ。戦争中は、いかに何も考えてなかったか、よく分かったよ」

しばらく三郎と立ち話をしてから、京橋署に戻ることにした。夜の捜査会議が待っている……残念ながら今日は、報告すべき情報がない。事件発覚から四ヵ月、まだ身元も分からないというのはどういうことだろう。もちろん、戦中・戦後の混乱の中、身寄りを全員失ってしまった人も少なくないはずだ。家族がいなければ、行方不明になっても誰にも気づかれない可能性もある。しかし、知り合いや友だちすらいないのだろうか……。

夜の捜査会議が終わると、近藤が近づいて来た。何かヘマでもしたのだろうかと身構えたが、意外な誘いだった。

「今夜、うちへ来い。一杯やろう」

「ご迷惑じゃないんですか？」

「大丈夫だ。少し緊張を解いて、次へ進むための下準備だ。張り詰めてばかりじゃ、切れちまうからな」

「分かりました」考えてみれば、この四ヵ月、ほとんど休みもなかった。手がかりがないから動き続けるしかないのだが、精神的にも肉体的にも追い込まれている感じはする。何より辛いのは、節子と会えないことだった。

戦中から、節子とは何とか時間を作って会ってはいた。高峰にとって唯一の、心安らげるひと時。しかし今は、会うことさえ叶わない。

三件目の殺人事件が起きた直後、しばらく会えないかもしれないと手紙で知らせてはおいた。節子からはすぐに返事がきて、それ以来、何とか手紙のやり取りだけは続けている。二人とも都内にいながら会えないのは何とも歯がゆかったが、こればかりは仕方がない。手紙のやり取りが途切れることはないから、関係は何とかなるだろうと楽天的に構えていた。

神保町にある近藤の家は焼け残っていた。この界隈は何故か空襲の被害を受けておらず、古書店なども昔のままの姿で残っている。小さな二階建ての家に入ったが、人はいない……家族はまだ疎開先から戻っていないのだという。

「上の子が小学三年生でな」近藤が打ち明ける。「こっちへ戻るにしても、新学期からの方がいいだろうと思ってるんだ」

「疎開先はどちらなんですか？」

「金沢《かなざわ》の近くだ。俺も女房もそこの出でな。嫁の両親のところで暮らしてる」

「それならまだ楽ですね」

「いや、なかなか難しい……まあ、いいから上がれ。男一人だから、ろくなものはないが」

日本酒と缶詰、それに塩豆。男二人でちゃぶ台を囲んでの酒宴はどこか侘しいものだったが、それでも近藤の意外な顔を見られただけでもよかったと高峰は思った。

「実は、明日の新聞にでかく記事が出る」近藤が打ち明ける。

「動きがないのに、何か書かれるんですか？」

「今回の事件についてだけじゃない。戦時中の二件もだ」

鼓動が速くなった。事件は確かにあった。しかし、どう記事に書くのだ？

「どんな感じで出るんですか？」訊ねる声がかすれてしまう。

「今回の事件の関連記事として……戦時中にも同様の手口の事件が二件あった、という内容だろう」

「まずくないですか？」

「どうして」目を細めて湯呑みを口元へ運びながら、近藤が訊ねた。

「いや……犯人に警戒されてしまうのではないでしょうか」

「確かに」近藤が認めた。「しかしこの状況では、少しでも情報が欲しい。犯人とは言わない。少なくとも被害者の身元に関する情報……そうしないと、捜査はいつまでも進展しない」

「それはそうですが……」被害者が誰なのか分かっても、犯人に消えられたら意味がない。

「まず、様子を見よう。それでどうなるかだ。情けない話だが、この際、使えるものは何でも使う」

「新聞に書かせるなんて、できるんですか？」

「一課長が、東日《とうにち》だけに情報を流したんだ。あの連中は、自分のところだけが書く──特ダネだと思えば、記事の扱いを大きくするからな。よく覚えておけ」

「そんなに簡単なものですかね」高峰は首を捻った。まあ、新聞記者など、少し脅しつければ言うことを聞くものだが──いや、それは戦時中の話か。散々軍部に協力して戦争を煽《あお》った新聞各紙は、敗戦後に急に論調を変えた。軍部の暴走を暴いて批判し、アメリカ万歳の記事が紙面を飾り……要するに連中は、時の権力者に媚《こ》びているだけなのだ。三郎が言っていた教科書の問題もそうだが、かつて「権威」と信じられていたものの弱さと脆《もろ》さが、どんどん明るみに出ている。

警察も、かもしれない。

「新聞も上手く使うんだ。人々は情報に飢えていて、新聞は読まれているからな。明日の東日に出れば、他紙も後追いするだろう。ラジオも流すかもしれない。そうなったら情報が殺到しててんてこ舞いになるぞ。明日は、捜査本部で待機する人数を増やす」

「ええ……」

高峰は素直に期待できなかった。むっつりと酒を呑んでいると、近藤に咎《とが》められる。

「何だ、何か気にくわないのか」

「戦時中の二件の捜査を止めさせたのが誰かは、まだ分かっていません」

「そうだな」近藤が表情を引き締める。

「それがばれたら、どうするんですか」

「一課長は、その件には触れていない。警察の失態……揉み消しの事実を知られないように、上手くやれ」

「分かりました」

「とにかく、情報が集まるのを待とう。これで何とか事態が動き出してくれるといいんだが」

近藤が、どこか遠いところを見るような目つきで言った。もはや市民からの情報頼り……自分たちで何とかしたいが、手づまりだった。

「係長、ちょっと聞いていいですか」

「何だ」

「北見管理官なんですが、どうして亡くなったんですか」

「病気だ、と聞いている」

近藤は目を合わせようとしなかった。何か知っている、と確信して高峰はさらに突っこんだ。

「本当なんですか？　揉み消しの件で責任を感じて自殺したということはないんですか？」

「俺は何も聞いていない」近藤は完全に否定はしなかった。

「北見管理官は、二件の事件を揉み消した張本人です。あの人の周辺にも、そういうことが得意な人がいたんじゃないですか」

「さあな。ただ、そういうことを大きな声で言うなよ。結局、警察が批判を浴びるんだから」

「はい」

「事件を解決することだけに集中しろ」

正論に対して返す言葉はない。だが、どうしても納得できなかった。

5

「武井《たけい》良子《よしこ》？　何者ですか？」

近藤が椅子を蹴飛ばす勢いで立ち上がる。隣にいた高峰も、つられて立ってしまった。目の前にいる情報提供者、桜井《さくらい》貞《さだ》が怯み、背中を反らすようにして二人と距離を置こうとする。高峰は近藤と視線を交わしてから、ゆっくりと腰を下ろした。興奮するのも当然……初めて被害者に関する情報が出てきたのである。

東日新聞に記事が出た当日、捜査本部の置かれた京橋署には近藤の見込み通り続々と情報が入ってきた。そのうちの一人、直接署を訪ねて来た貞が、武井良子という名前を持ち出したのである。落ち着け、と高峰は自分に言い聞かせた。これで決まりというわけではない。まだこの情報が信用できるかどうかも分からないのだから……それを吟味するために、目の前にいる貞の様子を確認した。四十歳ぐらい。落ち着いた雰囲気で、古びてはいても上等な着物を着ている。いいところの奥さん、という感じだった。

近藤が目配せしたので、高峰は手帳を広げて被害者の写真を取り出した。人に見せて回るために刑事たちに配られた写真——遺体の写真である。ただし、首の傷が見えない角度で撮られている。

「こちらの写真で確認できますか？」

高峰はテーブルに写真を置いた。貞が「ああ」と声を漏らし、目を閉じる。顔からは一気に血の気が引き、白くなっていた。

「大丈夫ですか？」高峰は訊ねた。

「この人は……」

九月一日に見つかった遺体だとは言えずに、高峰は「間違いないですか」と念押しした。貞が無言でうなずく。一見、被害者は目を瞑《つむ》って寝ているだけのようにも見える。白黒写真だからかもしれないが……実際に高峰が見た遺体は、もっと生々しかった。

「あなたとはどういう関係ですか」まだ衝撃から立ち直る様子がない貞を急かすように近藤が訊ねた。「ご家族ですか？」

「違います。昔うちで働いていた子です」

「ご商売は？」近藤が突っこむ。

「牛鍋屋です……浅草の『ながと』という店です」

「浅草寺《せんそうじ》の裏手の方の？」高峰は思わず身を乗り出した。かつて一度か二度、海老沢と行ったことがある。「常盤座《ときわざ》」で「笑《わらい》の王国」を観た帰りだったか……。

「そうです」

「今もやられているんですか」

「店は燃えました。でも、その前に商売は畳んで、家族は疎開していたので……全員無事でした」

「それで、この武井良子さんというのはどういう方なんですか？」

「店を閉めた時に辞めてもらいましたけど、去年の秋に店を再開しましてね」

「ずいぶん早いんですね」高峰は素直に驚いた。店舗が残っていればともかく、焼けてしまったのに。戦前から続く老舗《しにせ》でも、まだ商売を再開できないところが多い。

「何とか新しい店が用意できたので……それで、去年の八月——終戦から少し経った頃に、昔の従業員全員に連絡を取ったんです。無事を確認するのと、店を再開する時に働いてもらえるかどうか、聞くために」

「武井さんにも会ったんですね？」高峰は念押しし、改めて手帳を広げた。

「八月三十日でした」

「武井さんという人は、東京出身なんですか？」

貞が記憶をひっくり返して話す内容を、高峰は必死で手帳に書きつけた。大正十四年、東京生まれ。ということは、今年二十一歳になる。年齢は、高峰たちが予想していた通りだった。四人きょうだいの三番目で、十六歳の時に「ながと」で働き始めた。それまでは家で母親の手伝いをしていたが、上の二人の兄が兵隊にとられ、家計が苦しくなったので、自分でも仕事をして家を助けようと決めたようだ。その頃——昭和十六年の十二月には、もうアメリカとの戦争が始まっていて、飲食店もかなり苦しい状態だったと思うが。

仕事ぶりは真面目。戦争の影響で従業員が一人辞め、二人辞めても、最後まで残ったうちの一人だった。それ故、「ながと」を再開させる時にも、真っ先に声をかけることに決めていたのだという。

「実は、終戦後に向こうから連絡がきたんです」

「疎開先に？」

「ええ。私の疎開先に電報が届きました。何か仕事はないかって……こちらも商売は再開するつもりだったので、八月三十日に会って様子を聞いたんですが、家は空襲で焼けて、ご両親と妹さんが亡くなったそうです。焼け跡で暮らしながら、お兄さん二人が戦争から帰ってくるのを待っている、ということでした。店を再開したら、すぐに働いてもらう約束をしました」

「その時の連絡先は？」

「焼け跡の――元々の住所でした。何とかバラックは建てたという話でしたけど、物騒だから怖いと言ってました」

「そうでしょうね……それで、八月三十日に会った後はどうなりました？」

「十一月に仮店舗でお店を再開できることになったので、十月に入って電報を打ちました。でも返事がなくて。こちらも開店準備が忙しかったので、会いに行く時間もなかったんです」

「お店は、正確にはいつ再開したんですか？」

「十一月三十日です。神田の方で」

「それで、武井さんは……」

「先月末になって、ようやく時間に余裕ができたので、直接家を訪ねて行ったんです。本当に小さなバラックで……」貞の表情が曇る。「誰もいませんでした。近所の人に聞いてみたんですけど、ずっと姿を見ていないっていう話でした。今朝の新聞を見て、もしかしたらと思って……特徴がよく似ていましたから」

「九月の頭には、どこにいらっしゃいました？」そもそもこの事件の第一報は、九月二日の新聞に載っている。貞はそれを見逃していたのだろうか。

「九月一日に、一度疎開先の盛岡《もりおか》に戻りました」

「じゃあ、当時の新聞は読んでいなかったんですね」

「ええ……それで今回、初めて気がついて。申し訳ないことをしました」貞が目尻を指先で拭った。

「仕方がないですよ」同情しながら高峰は言った。「とにかく、本人だと分かれば助かります。念のためですが、他に確認できる人はいますか？」

「店の人間ならば……」

「分かりました。これからすぐ、確認に伺います」近藤が切り出した。「卒業した学校とか、友人関係とかは分かりますか？」

「ある程度は」

「だったら、それも教えて下さい」

近藤の声には張りがあった。事態は一気に動き出すぞ、と高峰も胸が高鳴るのを感じた。

実際、捜査は一気に進んだ。刑事というのは実に単純な生き物だ、と高峰は我ながら呆れていた。どんなに疲れていてもだれていても、手がかりさえあればいきり立ち、全力疾走を始める。

手分けして事情聴取を始めた刑事たちが、被害者は武井良子だと確認した。それを受け、高峰は武井良子の自宅近くで聞き込みを始めた。相棒は京橋署の竹島《たくま》。戦時中は、どこかおどおどして頼りない感じだったのだが、このところ急に逞しくなったようだ。戦争が終わって精神的に独り立ち、というところだろうか。

「武井さんねえ……確かにずっと見てないな」近くのバラックに住む、村田《むらた》という中年の男が証言した。

「最後に見たのはいつですか？」

「終戦後……九月には見たかな」村田が首を捻る。記憶に自信がないようだった。

「いや、はっきり憶えてないな」

「八月三十日には会った人がいるんですが」

竹島が勢いこんで話し出す。高峰は、彼の胸を拳で軽く叩いて黙らせた。こういう聞き方は誘導尋問になりかねない。代わりに高峰が訊《き》く。

「ご両親と妹さんは亡くなったそうですね」

「ああ、可哀想にねえ。亡くなったのは、この町会では四人だけなのに、そのうちの三人……逃げ遅れたんだね」

「娘さん――良子さんだけが無事だったんですね」

「たまたま、近くの知り合いの家に行っていて、そこの防空壕に避難して助かったんだ。ご両親と妹さんは、家の焼け跡から見つかってね。妹さん、まだ十四歳だったんだよ」村田の顔に暗い影が差した。焼死体というのは、黒い枯れ木に似て……言ってしまえば即席のミイラのようなものである。空襲の後で、嫌というほど見た光景だ。

「辛いですね」高峰は相槌を打った。

「そうですね……良子ちゃんには見せられなかったなあ」村田が拳で顎を擦《こす》った。

「可哀想なことをしましたよ。それでも良子ちゃんは、気丈に振る舞っていたけどね」

「お兄さん二人が、まだ戦地から戻っていないそうですね」

「そう。それで、二人が帰る家を残しておかないといけないって、ずっと言ってました。それだけを心の支えに、空襲の後も頑張ってきたんだねえ。でも、バラックが建った後は引き籠もりがちになってしまって……衝撃が大きかったんだろうね」

「分かります」

「近所の人が声をかけても出てこなかったり……元々明るくていい娘だったのに、戦争が終わる頃にはほとんど話もしなくなってね。あれは辛かったな。近所の犠牲者は少ないのに、よりによって自分の家族は亡くなって――そう考えると、やりきれなかっただろうねえ」

それでも良子は、立ち直ろうとしていたわけだ。貞の求めに応じて仕事に復帰しようとしていたのだし……働くことで生活を立て直し、兄二人を待つ「家」をきちんとしておこうと気持ちを固めたのかもしれない。犯人に対する怒りが一気に湧き上がる。

「姿が見えなくなったことは、分かっていたんですよね？」責めるような口調で竹島が割って入る。

「それはまあ……最近見ないな、とは思ってたけど、こういうご時世だからね。何も言わずにいきなり引っ越す人だって多い」

「そういうことだと思ってたんですか？」竹島はしつこかった。

「私はね」村田が、居心地悪そうに体を揺する。「とにかく、別に不思議だとは思わなかった。そういうことは、あの時期にはよくあったから」

「ちゃんと見てないと駄目じゃないですか」

「竹島、もういい」

高峰は思わず口を挟んだ。不満そうな表情を浮かべたまま、竹島が引き下がる。

「何か思い出したら、署の方へ連絡していただけませんか？　ちょっとしたことでも、大きな手がかりになります」

村田のバラックを辞して、高峰はすぐに竹島に説教した。

「お前、あんな風に威圧的に接して、どういうつもりなんだ」

「昔と同じようにやってるだけですよ」

「それじゃ駄目だ。もう戦争は終わったんだぞ」

「捜査のやり方が変わるわけじゃないでしょう」竹島が平然と反発する。

「馬鹿野郎、戦前と同じように威張っていたら、市民から協力してもらえなくなるぞ」

「馬鹿馬鹿しい。こっちは仕事でやってるんですよ」

こいつも、今流行《はや》りの「アプレ」なのだろうか。突然流行り始めたこの言葉は、「戦後派」ぐらいの意味だそうだが、一般的には生意気で無軌道な若者を指してよく使われている。竹島は、戦前と同じような捜査手法を貫こうとしている点では「戦前派」なのだが、平気で先輩に逆らう気風は明らかに「アプレ」だ。竹島と大して年齢も変わらない自分は、先輩たちからどう見られているのだろう……。

不機嫌になってしまった竹島とは会話を交わさないまま、京橋署に戻る。夜の捜査会議にギリギリ間に合った。

捜査会議は、久しぶりに活気づいていた。被害者が特定され、これから捜査は一気に進展するはずだ——しかし刑事たちの報告を聞いているうちに、膨らんでいた希望が一気に萎《しぼ》んでいく。

被害者の身元が特定されてすぐに犯人に辿《たど》りつけるのは、顔見知りによる犯行の場合だけである。この犯行は、顔見知りによる事件とも、通り魔的な事件とも考えられる。通り魔事件だったら、犯人に辿り着ける可能性は一気に低くなる——他の刑事も同じように考えているのか、会議が進むに連れて興奮はしずまり、報告する刑事の声が淡々と響くだけになった。

しかし、捜査会議の最後に出てきた報告は「爆弾」になった。

「被害者に、交際していた男がいた、という情報があります。ただし、既に別れていたそうですが」報告したのは、所轄で高峰の後輩だった刑事である。

「もしかしたら、別れ話のもつれじゃないか？」近藤が指摘した。急に目が輝き出す。「何者だ？」

「店の客だったそうです。名前も割れています」

「別れたのはいつだ？」

「去年の初めぐらいです。だいぶ年の離れた相手だったようです」

「いや……そこは確認できていないんですが、にわかには信じられないこともありまして」

「どういうことだ？」

「昭和座という劇団がありますよね？」

高峰の背筋が自然にピンと伸びた。おいおい、まさか贔屓《ひいき》にしていた劇団の関係者が、被害者の交際相手だというのか？

「相手は、座長の霧島だというんです」

会議室の中に、呻《うめ》くような声が満ちた。霧島といえば、舞台と映画の大スター。そういう人物だから女性にモテるのは当然とも言えるのだが、こんなところで名前が出てくるのは場違いだった。

「間違いないのか？」

「店員の目撃証言があります。霧島は、若い女性が好きなようですね」

「別れた理由は？」

「そこまでは分かりません。被害者は、詳しいことは同僚にも話していなかったそうです」

高峰は、頭の中で霧島の経歴をひっくり返していた。明治三十五年生まれの四十四歳。まだ十代の頃に新派《しんぱ》で初舞台を踏み、その後トーキーの登場で映画へ進出し、国民的な人気者となった。さらに自分の劇団・昭和座を旗揚げし、真面目な文芸劇からコメディまで、幅広い演目と演技力でさらなる人気を博した。

私生活では、二度の結婚を経験している。トーキーに出演し始めた頃に最初の結婚をしたものの、数年後に妻は病死。さらに昭和座を立ち上げた後に、座の若手女優と結婚したが、この相手とは二年ほどで別れてしまった。その後は独身を貫き、劇団の運営に全精力を注ぎこんでいた――しかしあれだけの役者だから、女性には不自由していなかっただろう。そういう人が、牛鍋屋に勤める女性とねんごろな関係になるというのは、にわかには信じられない。

「よし、明日、霧島に事情聴取しよう」近藤が話をまとめた。「相手は大スターだ。簡単に犯人と決めつけるわけにはいかないが、被害者をよく知る人間であることは間違いない。まず、所在と予定を確認して、それから接触だ」

高峰はほぼ無意識のうちに手を上げた。霧島の予定は頭に入っている――活動再開した昭和座を観にいこうと、予定は確認していた。

「霧島は、渋谷劇場に出演中です」

「お前、何でそんなことを知ってるんだ」近藤が不審げに訊ねる。

「いえ、あの……」ファンです、とは言えずに高峰は言葉を濁した。「芝居を観にいこうと思って、たまたま予定が頭に入っていました」

「よし……ついでだからお前も行け。四人で乗りこむことにする」

これは異例だ。普通、刑事は二人一組で動き、事情聴取も同じように行う。しかし今回、相手は大物——こちらが気圧されてしまう可能性もあるので、数で押すことに決めたのだろう。この情報をつかんだ後輩も指名された。

指名されて緊張しつつ、高峰は興奮してもいた。長年銀幕の中、あるいは舞台でだけ観ていたスターに直接面会できるのだ。事情聴取でなければ大喜びしている。


まだ世の中が混乱しているせいか、昭和座の公演は変則的になっていた。戦前は基本が夜の公演で、時にマチネーがある感じだったのだが、この日はマチネーだけになっている。四時過ぎには終わると踏んで、高峰たちは三時には渋劇に到着していた。

渋劇を訪れるのは数ヵ月ぶり……しかし、何年も来ていなかったような気がする。空襲で建物の一部は焼けたのだが、いち早く補修され、すぐに芝居は上演された。何だかそこだけ戦前——戦中と繋《つな》がっている感じがして、高峰は複雑な思いに駆られた。自分の中にある変わらないものの象徴のようだった。

劇団の幹事に話を通し、終演後の事情聴取を約束させた。急に刑事が四人も押しかけたので驚いた表情だったが、拒絶することもできない——何しろ霧島は舞台に出ずっぱりなので、こちらも本人に確認も取れなかったのだ。しかし警察が来ていると知っても、霧島は逃げないだろう、と高峰は踏んでいた。何しろ明日以降もここで芝居がある。座長が警察から逃れるために行方をくらましたりすることはできない。

待つ間、ちょっと客席に入って芝居を観たい誘惑に駆られた。覗いてみると補助席も出きって、立ち見が出るほどの盛況ぶりである。渋劇はそれほど大きな小屋ではなく、高峰も立ち見したことがあった。芝居見物は諦めて事情聴取に専念しよう。芝居が終わり、幹事が霧島の楽屋に案内してくれた。最初に霧島に事情を話すと言ってきたが、高峰は「その必要はない」と拒絶した。変な知恵を吹きこまれても困る。

事前の打ち合わせで、高峰は事情聴取を任せてくれるように先輩たちに頼みこんでいた。「贔屓の役者ならやめておいた方がいい」「客観性が保てない」と先輩たちは難色を示したが、そこは何とか押し切った。「お前もアプレだな」と面と向かって言われて嫌な気分を味わったが……。

渋劇には足繁く通っていたものの、「裏側」を見るのは初めてだった。芝居を終えた役者たちが、衣装も化粧もそのままに廊下を歩き回っているので、一気に非現実的な雰囲気に放り込まれる。しかし「これから何を食うか」などと談笑しながらだらだら歩いているのを見ると、何だか奇妙な感覚に襲われた。

霧島の楽屋は、上手に一番近い場所にあった。畳敷きの六畳ほどの部屋は綺麗に片づいており、浴衣《ゆかた》姿の霧島が鏡台の前で正座している。後ろ姿でそれと分かったのは、鏡に顔が映っていたからだ。こんなに間近で見る機会がくるとは……霧島は化粧を落としている最中だったが、やけに手早かった。

幹事が背後から声をかける。

「先生、警察の方がお話ししたいと……」

「警察の人ね……ちょっと待ってもらえますか。化粧ぐらい落とさないと失礼でしょう」

予想もしていなかった訪問者のはずだが、霧島はまったく動揺していなかった。聞き覚えのある、深みのある声。手早く化粧を落とすと、すぐに体の向きを変え、正座したまま高峰たちに向き直った。実際には、座って正面から対峙しているのは高峰だけ。他の刑事たちは部屋に入りきれず、廊下に待機している。しっかり耳は澄ましているだろうが。

正面から向き合うと、高峰はまず軽い失望に襲われた。四十四歳——舞台や映画では化粧と照明で何とでもなるのかもしれないが、やはり年相応に皺も目立つのだ。若い頃、輝くようだった顔が明るさを失い、落ち着いてきた感じだろうか。

「警視庁捜査一課の高峰です」

「警察の方が何の用事ですか」霧島が軽い口調で言った。「最近は、楽屋の盗難もありませんが」

「窃盗関係の仕事はしていません。私は、殺人事件の捜査専門です」

途端に霧島が目を細める。事の重大さを悟ったらしい。それでも、「殺人事件……」とぽつりとつぶやく様子は、まるで台詞を喋っているように見えた。

「武井良子さんという方をご存じですね？　戦前、浅草にあった『ながと』という牛鍋屋で働いていた女性です」

「ああ、『ながと』か……懐かしいですね。あそこが閉店した時は、本当にがっかりしたな」

「常連だったんですか」

「浅草の舞台に出ている時は、よく通いましたよ」

認めたが、高峰は一気に攻め入ることにした。

「ぶしつけですが、武井さんを愛人にしていたそうですね」

「失礼な」突然霧島が色をなした。「愛人というのは、こちらが結婚している場合に使う言葉ではないか？　私は独身だ。彼女も独身だ。何も問題はないだろう」

「いつ別れたんですか？」

「去年……そう、去年の初めぐらいだったか」怒りは消え、霧島があっさり認めた。

「理由は？」

「何なんだ？」目を細め、霧島が高峰を睨みつける。「彼女がどうかしたのか？」

「亡くなりました」

「空襲か？」霧島が身を乗り出した。

「空襲で亡くなったら、私たちは出動しません——殺されたんです」

「殺された？」

霧島がゆっくりと言った。後ろに体重がかかり、正座が崩れる。それまでは、どことなく演技のような感じがあったのだが、呆けたような顔つきになり、一気に年老いてしまったようだった。

「殺されたのは——遺体で発見されたのは、去年の九月一日でした。身元が分かったのが、つい昨日です」

「まさか……」

「これは事実です」高峰は背中をすっと伸ばした。ここからが正念場だ。霧島は大きな衝撃を受けているようだが、もしかしたらこれすら演技かもしれない。役者がいかに熱心に役に入りこむか、高峰は戦前の雑誌の記事などで散々読んでいた。彼は一流の役者で、特に今は、自分の身を守る必要もあるわけで、普段よりもよほど必死になるのではないだろうか。

「どうして武井さんと別れたんですか？」

「私が東京にいられなくなったからだ」

「去年というと……地方への慰問が多かったですね」

「東京では芝居ができなくなっていたし、映画も作れなかったからね。地方で芝居をするしかなかったんだ。あれはあれで、喜んでもらえたが……それまでは、芝居を打つにしても、東京と大阪、名古屋《なごや》ぐらいだったけど、去年は北海道《ほっかいどう》にまで行ったよ」

喋り過ぎだ、と高峰はかえって警戒した。都合が悪くなると、関係ないことを喋り続けて本筋から逸れようとする人間もいる。

「会えなくなって別れた、ということですか」

「ああ。自然に……と言っていいですな」

「彼女の家が、空襲で焼けたのはご存じでしたか？　両親と妹さんが亡くなって、バラックを建てて一人で暮らしていたそうです」

「そうか……知らなかった」姿勢を正し、霧島が腕を組んだ。「残念なことだった。彼女はどうして殺されたんだ？」

「それは犯人に聞いてみないと分かりません」

「私が犯人だとでも？」

「そうなんですか？」

無言——しばらく後に、霧島がふっと笑った。唇を歪《ゆが》めるような皮肉っぽい笑いは、やはり魅力的だった。銀幕の中で観た記憶がある。大勢の敵に囲まれ、絶体絶命になった時に、いよいよ剣を抜く——今がまさにそうではないか。

「別れる時に、何か問題はなかったんですか？」

「何とも言えないな。私は申し訳ないと思ったが、彼女がどんな風に考えていたかは分からない。納得してくれたとは思うが」

「その後は会いましたか？」

「いや、一度も会っていない。その直後から、私は一ヵ月ほど慰問の旅に出ていたから。その後は……あの混乱だ」

それからしばらく、高峰は質問を変えて霧島に斬り込み続けたが、答えは一貫していた。武井良子とつき合っていたのは事実だが、別れた後は一度も会っていない。会おうという気もなかった。あんなに空襲ばかりが続いた日々に、そんなことはできないでしょう——。

最後の説明には、高峰は納得できなかった。毎日のように空襲警報が鳴り響く中でも、自分と節子は出会ったのだ。

あっという間に一時間が経っていた。こういう時は「引き」も大事である。一度引いて、相手がほっとしたところでまた攻める。終わったと思って相手が油断したところを狙うのだ。例えば日を変えて。高峰は既に、霧島を大スターではなく重要参考人と見ていた。

「お忙しいところ、ありがとうございました」高峰は頭を下げた。

「いえいえ、警察に協力するのは市民の義務ですからな」

「今回は――今月一杯ですか？」

「入りを考えると、日延べはないでしょう」

「来月はどうなっていますか？」

「私と、座員何人かは映画の撮影に入る予定です」

「お忙しいですね」

「ありがたい話です」霧島が笑みを浮かべてうなずく。「皆、娯楽に飢えてるんでしょうね。精一杯やらせていただくだけですよ」

「機会があったら観にきます」

「どうぞ、どうぞ」霧島が愛想よく言った。「表に入場券を用意しておきますから、名前を言っていただければ――」

「芝居は自腹で見る主義です」馴れ合いになるわけにはいかない。

「刑事さんは、さすがに真面目ですね……そうそう、今度ぜひ、お話を聞かせて下さい」

「どういうことですか？」

「実は、本格的な推理劇をやろうかと思っているんですよ。ちょっとおどろおどろしい物をね……登場人物の一人は刑事になる予定です。普段どんな風に仕事をしているのか、ぜひ教えていただきたい。うちで台本を書く広瀬も一緒にお会いしますよ」

「広瀬さん、また書くんですか？」

「ずっと休んでいたけど、そろそろ働いてもらわないとね」

「そうですか……では、今日のところはこれで失礼します。ちなみに、刑事の仕事についてお話しできるかどうかは分かりません。秘密も多いので」

劇場を出た刑事たちは全員無言だった。この状態では何とも言えない。霧島は真面目に答えてくれていたようだが、果たして本当のことを喋っていたのかどうか——何しろ役者である。刑事を煙《けむ》に巻くぐらいは簡単だろう。しばらくは監視が必要だ、と高峰は思った。再度の事情聴取も。

憧れのスターに会えた興奮はもう微塵《みじん》もなかった。

6

何でお前が警察官になるんだ。

何度反対しようと思ったか分からない。しかし言えなかった。海老沢は相変わらず何もせず、ぐずぐずした毎日を送っている。妹のやることに口を出す資格などないと思っていた。

警視庁が初めて婦人警官を募集すると決まった時、安恵は間髪《かんはつ》を入れず「応募する」と決め、試験勉強を始めたのだ。

それにしても、どうして警察官なのか。安恵の方では、試験を前に警察官の仕事についてあれこれ聞きたがっているようだが、自分の経験を話しても何にもならないだろう。むしろ、嫌な顔をされる恐れがある。

今では世間の評価が変わった。戦前の思想弾圧を象徴するような存在である特高。自分がその一員だったとは絶対に言えない。特高がなくなっても、過去は消せないのだ。

GHQの人権指令で、特高と治安維持法が廃止されたのは、昨年の十月四日。それで海老沢たちは、正式に警察を辞めることになった。戦争犯罪人として追及されることはなかったものの、居心地の悪い日々は続いている。しかし、復職する機運はないでもなかった。早くも去年の十二月には、特高の実質的な後継組織である「警備課」が警視庁に設置され、海老沢のところにも、「この課に来ないか」という誘いがあった。特高にいた事実を隠し、保安課の元警察官として——ただし、主な仕事は左翼勢力の監視と情報収集で、検閲ばかりやっていた海老沢は、そんな仕事ができるとは思えないし、それでは戦前と何が違うのか分からなかった。

とにかく、燃え尽きた。燃え尽きたまま、時間だけが過ぎていく。生活を立て直すためにやらねばならないことは山積みだったが、まったく手をつけられなかった。安酒を呑み、やたらと煙草をふかし、本を読むだけの毎日。芝居や映画のために外出する気にもなれなかった。

家のことは、安恵が全てやっていた。母親と連絡を取り合い、四月には疎開先から戻ってもらうことになった。幸い、世田谷《せたがや》の方に狭いが新しい家も見つかり、一足先──安恵の試験が終わって合否が決まる頃には、引っ越すことになっている。

午後十時……海老沢は酔いが回った頭で、ぼんやりと外を歩き回った。最近、外へ出るのは夜の散歩の時だけである。家で試験勉強をする安恵の姿を見るのが辛かった。

安恵は新しい仕事に夢を持ち、高峰も充実した毎日を送っているようだ。去年の九月に発生した殺人事件はまだ解決の糸口もないままで、毎日都内を駆けずり回っているようだったが、あろうことかその忙しい中、恋人までできた。一度彼女を連れて、海老沢のバラックまで遊びにきたこともある。家族を支えて奮闘している女性のようで、控え目ながら力強い感じのする人だった。高峰にはお似合いだと思う。たぶん、あの二人は結婚するだろう。それはめでたい話なのだが……。

一時間ほど、家の周囲を歩き回る。これがすっかり最近の日課になっていた。まるで、他にやることのない老人のようだった。

家に帰ると、安恵はまだ勉強していた。裸電球の光量は乏しく、こんなところで参考書に首っぴきになっていると目を悪くしそうだ。安恵は一度「やる」と言い出すと徹底するタイプである。頼もしい限りではあるが、極端まで突っ走る癖が、いつか何かを引き起こすのでは、と怖くなることもあった。

「兄さん、警視庁の中ってどんな雰囲気？」安恵が唐突に訊ねる。

「中？　庁舎の中か？」

「建物じゃなくて、人」

「ああ」海老沢は安恵の向かいにゆっくりと腰を下ろした。「まあ、いろいろな人がいるよ。何しろ人が多いし、業務も様々だ」

「何だか怖そうな感じがするんだけど、どうなの？　戦前のお巡りさんは怖かったじゃない？」

「僕も高峰も警官だぞ。それに、本部と所轄は全然違う。お前たちは、合格したら所轄に回されるんじゃないかな。何しろ所轄は人手が足りないんだ」

「交通整理とか？」

「それは大事な仕事だよ。いったいどこに、こんなに車があったのかね」

戦前はガソリンの統制などで、白タクもハイヤーも次第に姿を消していった。ところが戦争が終わると、どこからか車が溢れ出し、交通事故があちこちで起きている。

「どんな仕事でも文句は言えないぞ。警察官は、命令には従うものだからな」

「兄さんも？」

「ああ」海老沢はこれ以上話が続かないようにと、ごろりと横になった。

「そんなところで寝ると風邪引くわよ」

「ああ……」とはいえ、部屋はここともう一つ、四畳半しかない。海老沢は、夜には四畳半で寝ることにしていた。台所に近いこの六畳間が普段の生活の場であり、安恵が寝る場所でもある。

昔の話を聞かれなくてよかった……ほっとしながら自室に戻り、すぐに布団に入りこむ。半焼した家は、応急修理を施しただけなので、隙間風が辛い。布団に潜りこんでも、顔が寒くてなかなか寝つけないほどだ。これでよく風邪を引かないものだと不思議に思う。栄養だって足りていないのに。

何とかしないといけない。母親は経済的にあてにできない。安恵が無事に警察官になれたとしても、その稼ぎに頼って一家が生きていくのは難しいだろう。自分も何とかしなくては。その思いを行動に移せない。

何という人生だろう。戦争のせいで、自分のように気力を失っている人は多いはずだ。皆、どうしているのか……。

翌日、安恵は珍しく遅くなった。高峰のところ——彼の妹の和子に会いにいくと言っていたのだが、十一時を過ぎても帰ってこない。戦時中、駅で働いていた頃は帰りが深夜になることも珍しくなかったし、自分のことは自分でする妹だから大丈夫だとは思ったが、何故か嫌な予感がする。このところ、試験勉強で家にいるのが普通になっていたからかもしれない。和子も事情は分かっているから、そんなに引き留めないはずだ。

日付が変わる頃になると、さすがに心配になって外へ出た。駅の方へ歩いていく……酔いもすっかり醒《さ》めていた。

そのまま、何となく高峰の家まで行ってしまった。遅い時間だと思いながら、高峰のバラックの前に立って声をかける。

すぐに高峰が出てきて、びっくりしたように目を見開いた。

「こんな時間にどうした」

「いや……安恵が来てなかったか？」

「とっくに帰ったぞ」

「帰った？　何時頃だ？」

「十時前だった……何だ、まだ帰ってないのか？」

「ああ」

「おかしいな。ちょっと待て」

高峰が家の中に引っこみ、すぐに出てきた。和子も一緒で、その後ろには父親の姿も見える。正式に疎開先から帰ってきたのか……海老沢は素早く頭を下げて挨拶した。

「安恵、まだ帰っていないんですか？」和子が心配そうに訊ねる。

「ああ。どこかへ寄るとか言ってなかった？」

「いえ」和子の顔に翳《かげ》が差す。

「ちょっと捜しにいこうか」高峰が気軽な調子で言った。「着替えてくるから待っててくれ」

「兄さん、私も――」和子が申し出てくれた。

「いや、危ないからお前は家にいろ」

危ない、という高峰の言葉が胸に突き刺さった。現役の刑事にそんな風に言われると、ドキリとする。

高峰が着替えるために引っこんでいる間、海老沢は和子と話した。今日も特に変わった様子はなく、警察の試験のことなどを話しただけだったという。

「普段と変わった様子はなかったわけだ」

「そうですよ」自分に言い聞かせるように和子が言った。「いつもと同じです。やる気満々で」

「そうだよな……」

「心配です」和子が両手をきつく握り合わせ、胸のところに持っていった。

「大丈夫でしょう」海老沢はわざと気楽な調子で言った。「僕が心配性なだけだから」

「待たせたな」高峰が出て来た。分厚くて重そうなコートを着ている。こいつもも う、国民服とは完全におさらばしたようだ。月給取りは、確実に収入が期待できる……自分も追い出されていなければ、何とか人生を立て直せたはずなのに。

「すまん」海老沢は頭を下げた。

「いや、いいんだ」

二人は並んで歩き出した。何となく、足は駅の方へ向いている。どこかへ寄るにしても、そもそも寄り道する場所すらない。この辺で、夜でも明るい場所というと駅ぐらいだ。そこから始めるのがいいだろう。こういうのは高峰の方が得意なはずだから、指示に従うつもりだった。

「最近、遅くなるようなことはなかったのか？」

「ない」海老沢は即座に答えた。「毎晩試験勉強してるからな」

「頼もしいな」高峰が嬉しそうに言った。「婦人警官は、これからの時代の主役だよ」

「ああ」

「それにしても、ちょっと心配だ」

「どうして」

「最近、事件が多いから。やっぱり、世間はまだまだざわついてんだよ」

「そうか……そうだろうな」海老沢は唇を噛んだ。「街は暗いし、物騒な連中も多いし」

「まあ、あまり心配しても仕方ねえだろう」高峰が明るい声を出した。「転んで怪我して休んでいるだけかもしれないし、逆に、転んで怪我している人を介抱しているのかもしれないし」

「お前、転んで怪我する話が好きだな」

「それぐらいで済めば御《おん》の字じゃねえか」

二人は駅を中心にして街の細い路地を歩き回った。この辺には闇市もないので、夜になって出歩いている人もほとんどいない。聞き込みをするにも、その相手が見つからない。

結局、何も分からないまま午前一時になってしまった。高峰が「一度自宅へ戻った方がいい」と提案した。

「……そうだな」

「戻ってきていたら、叱り飛ばしてやればいいんだよ」

「今の僕には、そんなことはできないよ。あいつを叱れるような立場じゃない」

「叱れるように頑張ればいいじゃねえか」

「それも何だかな」

高峰は何か言いたそうだった。お前も、いい加減にしっかりしろ、やる気を出せ──つき合いは長い。高峰が何を考えているかはすぐに分かった。こいつは真っ直ぐな男だし、真面目に仕事をしていれば何とかなると思っているのだ。仮に自分と高峰の立場が逆でも──高峰は公職追放されたとしても、今頃は新しい仕事を見つけて猛烈に働いているだろう。

安恵は帰っていなかった。

海老沢は眠れぬまま徹夜し、夜が明けると同時に、また安恵を捜しに街に出かけた。今度は聞き込みができる人がいるので、昨夜安恵を見かけなかったかとひたすら聞いて回る。手がかりはなかった。

昼前にくたくたになって一度帰宅すると、高峰が待ち構えていた。

海老沢の姿を見ると、高峰は突然涙を流し始めた。この男が泣くのを見るのは初めてで、海老沢は訳が分からなくなった。どうしてお前が――しかし、痺《しび》れたような判断停止状態から抜け出した瞬間、海老沢は最悪の事態を悟った。

「すまん」高峰が頭を下げる。

「ああ……」

「申し訳ないが、愛宕《あたご》署まで来てくれないか」

「どうなっているんだ？」

「俺のせいだ！」高峰が突然叫んだ。「俺が早く犯人を捕まえていれば！」

それで海老沢は全てを悟った。

第六景

暗い路地。街灯の陰に隠れて井澤の家を監視する脇谷。そこへ若い刑事（田代《たしろ》）がやってくる。握り飯の包みを渡すと、脇谷はすぐに頬張《ほおば》り始める。その間も、井澤の家からは目を離さない。

やがて朋子が、風呂敷包みを抱えて戻ってくる。脇谷に気づいてはっと顔を上げるが、結局無視して家に入っていく。

田代　いい女ですね。あれが井澤の情婦《おんな》ですか。

脇谷　ああ。

田代　結婚してないんですね？　何なんでしょう。

脇谷　世間体もあるんじゃないか。奴が結婚したら大騒ぎだろう。女どもが悲鳴を上げるよ。

田代　そういうものですかねえ。男には分からない感覚だなあ。女ってのは、不思議ですよね。

脇谷　余計なことを考えるな！　（握り飯の包みを突きかえす）黙って監視しろ。

田代　はいはい。

脇谷　「はい」は一回でいい。お前もすっかりアプレだな。昔は直立不動で俺の命令を聞くだけだったくせに。

田代　時代は変わったんですよ。今や民主主義、民主主義だ。日本国民は全員が平等なんです。俺も主任も、平等ですよ。

脇谷　まったく、やってられんな……。

田代　あの女、朋子って言いましたっけ？　どんな女なんです？

脇谷　正体はよく分からん。いつの間にかこの家に入りこんで、一緒に暮らしていたようだ。

田代　長いんですか？

脇谷　かれこれ十年ぐらいになるそうだ。奴が兵隊から帰ってきた直後かららしいぞ。

田代　ああ、井澤は中国へ行ってたんですね。あんな仕事の人でも、兵隊に取られていたんだな……アメリカとの戦争が激しくなるまでは、そんなことはないと思ってましたよ。

脇谷　その辺の事情は知らん。とにかく、中国へ出征して、無事に帰って来てからは昔通りの仕事を続けている訳だが、どうも分からんことが多過ぎる。

田代　手を突っこみにくい世界ですよね。だからこうやって監視して、奴が尻尾《しっぽ》を出すのを待つしかない……非効率的なやり方ですねえ。

脇谷　効率とか能率とか、余計なことを考えるな。俺たちの仕事は、無駄を積み重ねることで成り立っているんだからな。

田代　はいはい。しかし、たまらんな……。

脇谷　無駄口を叩くな！

7

まさか、こんなことが。

刑事として、遺体を見るのには慣れている。空襲ではさらに多くの遺体を見て、死に対する感覚は麻痺していたと思う。しかし、目の前に横たわる安恵の姿は、高峰に痺れるような衝撃を与えた。海老沢を現場へ案内して、二度目の対面でも衝撃が薄れることはなかった。できることなら、今すぐにもここを立ち去りたい。他の刑事に任せて、自分は捜査から手を引きたい。

無理だ。

自分が安恵を殺したも同然ではないか。早く犯人を捕まえていれば、こんな事件は起きなかった。その責任を忘れないために、安恵の無残な姿を目に焼きつけておかねば。そして……防空壕の中で立ち尽くす海老沢の恨みを晴らさねばならない。

「……苦しんだのか?」掠《かす》れる声で海老沢が訊ねた。

「いや」高峰は自分の声も掠れるのを意識しながら答えた。「一瞬だったと思う。たぶんすぐに意識を失って、まったく苦しまなかったはずだ」

「乱暴されたのか?」

「詳しく調べていないが、それはないと思う。着衣の乱れはなかった」

この一連の事件の最大の特徴だった。これで犠牲者は四人。最初の二人については検死できなかったが、性的暴行を受けなかったのはほぼ間違いない。となると、犯人の目的は物盗り……全員が所持品を持っていなかったことからも、その説が裏づけられる。女性が犠牲者になった場合、性犯罪を疑うのが常道だが、戦時下、そして物資不足の今は、性欲よりも食欲、そして金の方が欲を高める。自分が生き残るために、体力的に弱い女性を襲ったとしたら、この犯人は極めて悪質だ。殺害の手口も同じで、犯人は左利きと見られる……高峰は静かに説明した。

「お前が見つけたのか？」海老沢が訊ねる。視線は、安恵に向けられたままだった。

「いや……通報を受けて、もしかしたら連続殺人の犠牲者かもしれないと現場へ行って……そこで」

「そうか……すまなかったな」

「どうしてお前が謝る？」高峰は顔から血の気が引くのを感じた。

「僕にも分からない」海老沢が首を横に振った。「昨夜、だな？」

「昨夜から今朝にかけてだろう」

「しかし、まだ防空壕が残っているとはな……」

「埋めきれねえんだろうな」

淡々とした会話が、どこか現実離れして聞こえた。妹を亡くした兄と、みすみす殺しを許してしまった刑事。どうせなら、海老沢には暴れて欲しかった。俺を殴りつけ、それで怒りを発散させて欲しかった。しかし海老沢は、静かに怒りを嚙み締めている。必死に自分を抑えている感じだった。

「これからどうなる？」

「申し訳ないが、解剖が必要だ」

「ああ……」

妹の体が切り刻まれる事に対しても、反応は薄い。まるで、別の世界で起きた出来事を遠くから観察しているような……海老沢は空っぽになってしまったのかもしれない。魂が死に、肉の器だけが取り残された——。

「お袋に電報を打たないと」

「そうだな」

「葬式の段取りもしないといけない」

「ああ——なあ、俺も手伝うよ。お袋さんに謝らないといけねえし」

「お前が謝る？　どうして？」海老沢が暗い穴のような目を高峰に向けた。

「いや……これは俺のせいでもあるんだ」

「お前が、警視庁の事件全てに責任を負っているわけじゃない。大丈夫だ。一人でやれる」

「申し訳ない……」

「いいんだ」

高峰がこれまで聞いた中で一番空疎《くうそ》な「いいんだ」だった。

高峰は、新橋の死体遺棄現場から京橋署まで歩くことにした。地下鉄銀座線を使うのが早いのだが、どうしてもそんな気になれない。早足で、自分に無理を強いるように歩いていく。

日比谷《ひびや》から有楽町《ゆうらくちょう》にかけての様子も大きく変わった。戦時中は風船爆弾を作る工場に使われていた東京宝塚《たからづか》劇場は「アーニー・パイル劇場」と名前を変えていた。建物はそのままなのに、看板が変わっただけでまったく違う雰囲気になるのが不思議だ。高峰は宝塚歌劇を観る趣味はなかったが、今となっては一度ぐらいは観ておけばよかったと思う。

　有楽座は、去年の十一月に営業を再開した。近くの歌舞伎座《かぶきざ》や新橋演舞場は空襲で焼失したまま、まだ再開の見通しが立っていない。戦後にほとんど芝居を観なくなったのは、捜査一課での仕事が忙しくなったせいもあるが、よく通った劇場が消えてしまったことも原因だ。

　銀座に出ると、復興の息吹をより強く感じる。人出が多いせいもあるだろう。もっとも、焼け残っていたビルの多くは進駐軍に接収されていた。中央通り沿いの服部《はっとり》時計店と松屋は駐屯地売店《PX》に。服部時計店の時計台を含め、外見は戦前のままだが、英語の看板がかかり、米兵が群がっているので、そこだけが日本ではないような印象も受ける。ここで、本国への土産を買いこむ米兵も少なくないようだ。つまり、進駐軍を相手にした商売が、しっかり成立している——かつての敵国相手に尻尾を振るとは何事かと怒るべきなのか、あるいは奴らの懐から金を搾《しぼ》り取る商人気質を褒《ほ》めるべきなのか、高峰には分からない。

松坂屋《まつざかや》の地下には、キャバレー「オアシス・オブ・ギンザ」ができて賑わっているそうだ。そこでは、二百人を超える女性が働いているという。占領軍向けの売春に比べれば、一緒に酒を呑んでダンスをするぐらいはどうということもないが、そういう話を聞く度に高峰はもやもやした思いを抱くのだった。

服部時計店の前では、米兵が子どもたちに囲まれ、チョコレートやガムをねだられている。こういう光景も、貧乏臭くて嫌だった。

クソ、全てが気にくわない。どこかの壁に頭をぶつけて、死んでしまいたい気分だった。そういう惨めで変わった死に方が、今の自分には相応《ふさわ》しいと思う。

とはいえ、白昼の銀座で服部時計店の壁に頭をぶつけて死ぬのは不可能だ。代わりに、思い切り壁を蹴飛ばす。当たりどころが悪かったのか、脳天にまで痛みが突き抜けた。「MP」のヘルメットを被った米軍兵士が睨みつけてきたが、それも一瞬のことで、青い目が優しげに細まると、小さな笑みが浮かんだ。まるで「お前も大変だな」とでも言いたげに……しかし高峰は笑みを返すことができず、足を引きずるようにして京橋署へ向かって歩き出した。

戻って捜査本部に顔を出すと、近藤が暗い表情で待っていた。

「どこで油を売ってたんだ?」問い詰める声も暗く覇気がない。

「歩いて帰ってきました」嘘をつく訳にもいかず、高峰は正直に打ち明けた。「気持ちの整理が必要でした」

「そうか……座れ」

言われるまま、椅子を引いて座る。近藤の目つきが鋭い。

「被害者の兄は、元特高だそうじゃないか」

「特高ですが、仕事は検閲――保安課で芝居の検閲をしていました」

「お前とは知り合いだそうだな」

「幼馴染みです。中学まで同級生でした」

「最近は何をしていた？」

「公職追放になってからは、何もせず家に籠もっていました。敗戦で燃え尽きたんじゃないかと思います」

「戦前は好き勝手にやっていたんだから、しょうがないだろう」近藤が鼻を鳴らした。「あいつらが、警察の評判を落としたんだ」

否定できない。そういえば近藤は、事あるごとに特高の悪口を言っている。この日本で革命なんか起こせるはずもない共産党の取り締まりをしている暇があったら、本当に悪い奴らを捕まえる方が、よほど治安維持に役にたったはずだ、等々。だったら戦時中にそう叫べばよかったのに。結局近藤も、戦時中は口をつぐんでいただけではないか。

「被害者はどんな人なんだ」

「真面目で明るくて、頑張り屋ですよ。私の妹とも友だちです」

「兄妹揃って知り合いということか」

「知り合いじゃなくて友人です。大事な友人です」高峰は反射的に訂正した。「被害者——妹さんは、婦人警官の採用試験を受けるつもりで、準備していました」

「そうか……それは残念なことをしたな」近藤が一瞬目を瞑る。しかしすぐにかっと目を見開き、高峰を凝視した。「犯人に、完全に舐められているな」

「はい」高峰は背筋を伸ばした。

「ここは踏ん張りどころだ。何としても早く犯人に辿り着かないと……そこでだ、被害者の兄について、何か噂を聞かないか？」

「どういう意味ですか？」

「元特高の人間が襲われる事件も起きている。そういうことが——恨みがきっかけになっている可能性はないか？」

「海老沢が籍を置いていたのは保安課ですよ。一般市民の恨みを買うとは思えません」しかし、舞台関係者なら？ かなりの恨みを買っていたのではないだろうか。考え過ぎかも知れないが、全面的に否定もできない。

「そうか」近藤が顎を撫でた。「まあ、違うだろうな……手口がこれまでの三件と完全に一致している。犯人しか知り得ない事実もある」

傷口に関する情報がまさにそれだ。新聞には流していないから、傷の具合――そして犯人が左利きかもしれないという情報を世間の人は知らない。安恵の傷は、一連の事件とまったく同じもので、それはすなわち、同一犯による犯行と考えていい証拠だ。

「被害者の葬儀なんですが、私も手伝いに行っていいでしょうか。母親も衝撃を受けているはずですし、他に手伝いができる人間もいないと思います」

「友人として手を貸したい、か」

「はい」

高峰はきつく唇を引き結んだ。捜査は初動が肝心――その原則を考えれば、これからしばらくは、とにかく人手が必要なはずだ。「ふざけるな」と怒鳴りつけて、さっさと現場に戻るように命じてもおかしくない。しかし近藤は、結局はうなずいて高峰の要請を受け入れた。

近藤も「戦後」になったのだろうか。戦前の上司は、こんな風に部下の願いを聞き入れることなどなかった。

通夜から葬儀と、高峰はずっと海老沢一家につき添った。妹の和子も……和子の方が、海老沢よりも強い衝撃を受けているようで、話しかけても返事はなし、どこを見ているのか分からない虚ろな目で、与えられた仕事をただこなしているだけだった。そして時折、前触れもなく涙を流す。

涙腺が完全に崩壊したのは、女学校時代の友人たちが揃って顔を見せた時だった。戦後の混乱期とあって、同窓生全員が集まったわけではないが、それでも特に安恵と仲のよかった——ということは和子とも仲がよかった——人たちが集まって来たので、それまで抑えてきたものが溢れ出てしまったようだった。

高峰は、妹を慰めることもできなかった。海老沢もその母親も茫然自失《ぼうぜんじしつ》の体で、寺とのやり取りや弔問客《ちょうもん》の応接に至るまで、ほとんど一人でこなさねばならなかったからだ。こういう時は、親戚や職場の同僚が手伝うのが普通だが、海老沢の場合はどちらもあてにならない。親戚はいないし、かつての同僚はもはやばらばらだ……。

ようやく葬儀が始まる直前、高峰は寺で完全に虚脱状態になった。葬儀は無事に終わるだろうが、海老沢は立ち直るだろうか。

ずっとやめていたのに、無性に煙草が吸いたくなった。手元にはない……どこかで手に入らないだろうかと、寺の外へ彷徨《さまよ》い出た時、高峰は予想もしていない人物に出くわした。

富所。喪服を着ている。

「署長……」

「わしはもう、署長ではない」富所が寂しげな笑みを浮かべた。

「葬儀に来ていただけたんですか？」それも妙な話だ。富所が海老沢と顔見知りだったとは思えない。ましてや安恵とは……いったい何だろう。

「ああ」

「海老沢と知り合いなんですか？」

「いや……しかしわしは、全ての被害者に詫《わ》びを入れねばならん」

「どういうことですか」高峰は目を細めた。もしかしたら、戦時中に捜査を中止させられたことの真相が分かるかもしれない。葬儀が始まるまで時間はないが、ここは何とか聞き出しておかないと。「ちょっと話をさせていただいていいですか？」

「構わんが、葬儀は……」

「少しぐらい遅れても大丈夫です。それより署長、煙草をお持ちじゃないですか」戦時中に配給の煙草をもらったことを思い出しながら訊ねる。戦争が終わって煙草はやめていたのだが、今日は吸わないとやっていられない。

「あるぞ」富所が背広の内ポケットから煙草の箱を取り出し、一本振り出した。進駐軍物資のラッキーストライク。

「どうしたんですか、こんなもの」

「息子が手に入れてきたんだ」

「息子さんは……」

「ありがたいことに、終戦直後に無事に復員した。大和田《おおわだ》通信所にいたんだがね」

「じゃあ、戦地には出なかったんですね」

「ああ……もう、区役所で働き始めている」

「逞しいですね」

「軍隊でひどい目に遭ったわけではないが、あの頃のことは早く忘れたいんだろう。そのためには、今までとまったく関係ない仕事をするのが一番だ。今は防疫の仕事をしている。子どもたちをＤＤＴで消毒しているよ」

富所にマッチを借り、煙草に火を点ける。久々で頭がくらくらしたが、すぐに慣れ、アメリカの煙草の美味さを堪能した。これに比べたら、今の日本の煙草はカスみたいなものだ。

読経《どきょう》が流れてきた。弔問客も引きも切らずやってくる。弔問客を応接しなければならないが……どうしても富所に聞いておきたいことがあった。

「署長、先ほどの——詫びを入れるというのはどういう意味ですか」

「戦時中の二件の事件についてだ」

「捜査をしなかったことですね？　あれは何だったんですか？　捜査一課の北見管理

官が仕切っていたことは分かりましたが」

「ああ。ただ、あの方針を決めたのは、もっと上の人間だ」

「捜査一課長ですか？」一課長もはずされていたと言ってはいたが……。

「別の筋だ。捜査一課長も知らなかった」

「本当にそんなことがあるんですか？」一課長は嘘をついていなかったのだ。

「実際にそうだったんだ」

「何故ですか？　殺人事件の捜査をしない理由など、考えられません」思わず声が上ずってしまった。

「人心を安定させるため。そういう風に上が判断した」

「まさか」

「毎日空襲警報が出るような状況で、凶悪な殺人事件が起きたという話が広がってみろ。市民はさらに不安になる。左翼や無政府主義者がその不安につけ入ったかもしれん。警察の人手も圧倒的に足りなかった。それだったら、いっそ捜査しない、事件はなかったことにしてしまえという判断だったんだろう」

あくまで推測か……当時署長はどこまで真相を知っていたのだろう、と高峰は訝《いぶか》った。だいたい、この方針を決めたのは死んだ管理官の北見ではないという話は事実だろう。確かに署長を訪ねて捜査中止を伝え、高峰の捜査も妨害したが、職制上、北見よりも富所の方が立場が上である。北見は単に、誰かの——富所が逆らえない立場の人間の命令を伝え、捜査の揉み消しを指揮していただけではないか。

「どうしてそれを呑んだんですか」高峰は富所に詰め寄った。「人が殺されて、犯人が野放しになっている——そんな状況は許されません」

「今となってはそう考えるのが当然だ」富所がうなずく。「しかしあの時は——わしは、命令に従わざるを得なかった。市民に不安を感じさせないことは、国家を安定させる一番の基本だ。そう言われると、反論できなかった」

「犯人は、まだ野放しなんですよ！」高峰は思わず強い言葉を叩きつけた。「あの後にも、二人も殺されているんです。もしかしたら、他にも犠牲者がいるかもしれません」

「分かっている」富所がうなずく。「それは全て私の責任だ……私が署長を辞めたのも、捜査するなという上の要請を受け入れてしまったことを反省したからだ。誰かが責任を取らなくてはいけない」

「だったら、辞めるよりも声を上げて欲しかったです」高峰は、なおも富所に詰め寄った。一年前だったら、こんな風に上司に逆らうことなど、まったく考えられなかった。

「分かっている。そこまでの勇気はわしにはなかった」

富所の声が震える。クソ、どうしろというのだ。富所は、辞めてけじめをつけたつもりかもしれないが、それは彼個人の問題である。事件の捜査は一向に進まず、むしろ状況は悪化してしまったではないか。

しかし……いくら富所を詰《なじ》っても、たとえ叩きのめしても、事態は好転しない。だいたい、自分にも責任があるではないか。命令に逆らってでも、しっかり捜査を進めていれば、こんなことにはならなかったかもしれない。他の刑事たちを糾合し、猛抗議して決定を覆すこともできたはず——いや、そういう状況ではなかった。結局あの命令は「大本営発表」のようなものであり、疑問を持つことも、逆らうこともできなかっただろう。

「この件に噛んでいた北見管理官は亡くなりました」

「あれは自殺だった」

衝撃的な告白に、高峰は言葉を失ってしまった。病死という話に疑問を抱き、自殺ではないかと考えたこともあるのだが、本当に自殺だったとは。

「それは、つまり……」声が掠れてしまい、咳払《せきばら》いする。「あの件の責任を感じて自殺した、ということですか」

「わしはそう聞いている。ごく親しい人にしか事情は明かさなかったようだが」

「署長は、仕事以外でも北見管理官とは親しかったんですか？」

「ああ。ただ、誰が北見を使って捜査をやめさせたかは分からない。北見も、ただの伝達役に過ぎなかったんだ」

「北見管理官を殺したのは私です」

たまたま隣を通り過ぎた弔問客が、ぎょっとした表情で高峰を見る。それはそうだろう。いきなり「殺した」などという告白を聞かされたら、無視するわけにはいくまい。高峰は弔問客の視線が全身に突き刺さるのを無視して、富所に説明した。

「捜査一課に配属になってすぐ、戦時中に捜査を止められたことで、私は北見管理官を責めました。管理官はその翌日から休んで、その後亡くなったんです」

「そうか」富所の目は虚ろだった。

「おそらく、私が責めたことを気に病んで、責任を取られたのかと」後悔しかない。単なる伝達役の北見を追い詰めて自殺させてしまっただけで、指示した人間も割り出せなかった。しかも犯人は逮捕できず、安恵は殺された……全て自分の責任ではないか。

「それならわしにも責任はある。戦後に、あの件をどうするか、よく話し合っておけばよかったんだ。正式に捜査を始めると決めれば……」富所が唇を噛む。

「私にも責任があります」高峰はうなずいた。「それを言えば、警視庁の人間全員に責任があります。我々は、市民の安寧を間違って解釈していたのではないでしょうか」

「その通りだ」富所がうなずく。「勝手なお願いだということは分かる……しかしこの事件をしっかり君に託したい。犯人を捕まえてくれ」

「もちろんそのつもりです。それは私の責任です」

「わしはもう辞めた身で、何もできん。臆病だった私や北見の代わりに、君が走ってくれ」

うなずくしかできなかった。自分も無力で、市民を裏切ってきたのだという後悔しかなかった。


葬儀が終わり、高峰は激しい虚脱状態に陥った。午後遅く……遺骨を家に持ち帰る海老沢につき添ったものの、ろくに会話もなかった。高峰は、疲れきった海老沢の母親の世話を和子に任せ、海老沢を誘って外に出た。あの狭い家の中で安恵の遺骨を囲んでいたら、気が滅入ってしまう……戦争を生き延びてあんなに元気だった安恵が、今は小さな骨壺に入ってしまった——その事実が未だに信じられない。彼女が感じたであろう恐怖と無念が、骨壺の周りに漂っている感じさえする。

「座れよ」

高峰は、瓦礫を指差した。元は隣の家の柱か何かだったのだろうか……銀座や日比谷辺りが戦前の賑わいを取り戻しつつあっても、普通の住宅街はまだ焼け跡の方が目立つ。半焼とはいえ、海老沢の家が焼け残ったのは奇跡のようなものだ。

「吸うか？」高峰はラッキーストライクの箱から一本振り出した。結局、富所は箱のまま進呈してくれたのだった。

海老沢がぼんやりした表情のまま引き抜き、自分のマッチで火を点けた。高峰もそれに倣う。二人並んで煙草をふかしながら、ぼんやりと街の様子を眺めた。臭いが消えているな、とふと思う。空襲で燃えた後の街には、火事場ともまた違う、独特の臭いが漂っていた。あれは焼夷弾に使われていたナパーム——固めたガソリンだという——の臭いだったようだ。それと、人が焼けた臭い。まさに死の臭いとしか言いようがなかった。自分が逃げ惑うだけではなく、空襲直後の被災地に何度も入った高峰の鼻には、あの臭いが染みついて離れなかった。

「全部俺の責任だ。そもそも、安恵ちゃんが帰る時に送っていけばよかったんだ」

「そこまで面倒を見る義務は、お前にはないよ」海老沢が掠れた口調で言った。

「戦時中の事件の捜査をしなかったことが発端だ。あの時にもっと必死にやっておけば、犯人は捕まっていたかもしれない」

「あの状況では無理だった」海老沢が、諦めたような口調で言った。

「どうして捜査ができなかったか、今日初めて分かったんだ」

海老沢がゆっくりと顔を上げ、不思議そうな表情を浮かべた。高峰は、富所と会って話したことを説明した。海老沢は特に相槌も打たずに高峰の話を聞いていたが、説明が終わると素早くうなずいた。

「そうか。そういう考えは理解できる」

「どうして」怒ると思っていた高峰には意外な反応だった。

「小さな事件を捜査するより、社会全体のことを考えるのは当然だろう」

「馬鹿言うな！」高峰は思わず強い口調で反論した。「事件が解決しなかったから、安恵ちゃんは――新聞がどれだけおどろおどろしく書き立てているか、お前も知ってるだろう」

「新聞は読まない」

「新聞ぐらい読め」説教してしまってから、場違いな台詞だったと反省する。ここは自分が謝るべき場面なのだ。「――とにかく、俺が事件を解決しなかったからこうなった。だから全部俺の責任なんだ……だけど俺は諦めねえぞ。絶対に犯人を捕まえる。お前にも協力して欲しい」

「僕に何ができる」海老沢が力なく言った。

「実は、三番目の事件の犠牲者が、霧島の愛人だった」

「霧島って、昭和座の？」

「ああ。本人は、被害者を愛人にしていたことは認めている。その後身辺調査を進めているんだが、どうにもはっきりしねえ部分もあって……安恵ちゃんが殺された時の、霧島のアリバイもない」

「いや、まさかあの霧島が人殺しなんて」海老沢が呆然とした口調で言った。

「役者は普通の人間には想像もできない考えや行動をするかもしれない」

「霧島はあの業界では常識人で通っているぞ」

言って、海老沢が黙りこむ。高峰は煙草を道路に捨て、踏み消した。立ち上がり、力なく瓦礫に腰かけたままの海老沢に声をかけた。

「辛いのは分かる。今は動きたくないのも分かる。でも、安恵ちゃんのためにもいつかは動き出さないといけねえんだぞ。お母さんの面倒も、お前がみるんだし」

「分かっているさ……」

「敗戦の衝撃を引きずっている人はたくさんいる。小嶋もそうだ。でも、戦地でひどい思いを味わったのに、復員して、すぐに働き始めた人もいるんだ。強いから働いているわけじゃねえ。嫌なことを忘れるために、必死になってるだけだと思う。生きなきゃいけないんだ。お前もそろそろ、新しい一歩を踏み出せよ。戦争は終わったんだ。俺たちが新しい時代を作っていくんだよ」

8

高峰に発破《はっぱ》をかけられても、海老沢は簡単には動き出す気になれなかった。ぼんやり過ごす日々に変わりはなく、自然に、そしてゆっくり死に近づいているような気分を味わっていた。こうやって毎日枯れていって、ある日眠るように死ねたら楽だろう……。

海老沢の静かな死への行進は、一通の葉書によって断ち切られた。

会いたき用件あり、自宅への訪問を請う。当方、現在は常に在宅中　広瀬

広瀬？　どうして？　神保町の古書店で会った時の、暗い敵意を思い出す。明らかに海老沢を憎んでいて——彼も、戦争を引きずっていた。何の用事か知らないが、会う必要はないだろう。わざわざ不快な思いをすることはないし、こちらは喪中なのだ。

そのまま葉書を破り捨てようかと思った。しかし何かが引っかかる——勘に引っ張られるようにして、海老沢は住所の書かれた葉書を持って自宅を出た。

広瀬は新しい家を建てると言っていたが、その準備はまだ整っていないようだった。空襲で燃え落ちた後に粗末なバラックが建っているだけで、戦前、あれほど売れっ子だった脚本家が住む場所とは思えなかった。

「ごめん下さい」と呼びかけても返事がないのが気に食わない。呼び出しておいて不在とは、これも嫌がらせの一つではないか……鍵がかかっていなかったので、とりあえず扉を開け、玄関に顔を突っこんで、もう一度「ごめん下さい」と声をかけてみた。返事なし——だが海老沢は、異変に気づいた。

臭い。

この異臭は……海老沢は刑事ではなかったから、殺人事件の現場に出向いたことはない。しかしあの戦争を通り抜けてきた人間なら、誰でも知っている死の臭いだった。

誰かがここで死んでいる。

一度扉を閉め、深呼吸した。臭いは遮断されたが、感覚自体ははっきり残っている。警察を呼ぶべきだろうか……いや、まずは確認だ。もしかしたら犬や猫が死んでいるのかもしれない。

海老沢は思い切って靴を脱ぎ、家に上がりこんだ。まだ誰かいるかもしれない。万が一の時にはすぐに逃げられるように、ドアは開け放しておく。強くなる異臭に思わず前腕を鼻に押しつけ、口だけで呼吸する。それでも異臭は容赦なく襲いかかり、吐き気がこみ上げてきた。

四畳半の部屋の右側に、もう一つ部屋がある。どうやら臭いの発生源はそちらのようだ。見るのは怖い。しかし見なければ何も確認できない。一歩を踏み出すと、まず人の背中が目に入った。着物姿で、文机に突っ伏している。極度に目が悪かった広瀬が、机に顔をくっつけるようにして原稿を書いているようでもあった。

違う。

広瀬は死んでいる。

恐る恐る近づいて確認した。文机、そして周辺に散らばる原稿用紙は、ことごとく血に濡れている。まるで誰かが、上から血を撒き散らしたようだった。特に机の上はひどく、積み重ねられた原稿用紙が血を吸ってどす黒くなっていた。壊れた眼鏡は、顔のすぐ近くにあった。

首の右側に、ざっくりと深い傷ができている。出血は止まっているものの、組織がめくれ上がって醜《みにく》い傷跡が見えていた。そこに蠅《はえ》がたかっている。

海老沢は、狭い家を全力で駆け抜け、靴も履かずに外へ飛び出した。

胃の中の物を全部吐き出す。それと同時に言葉が――声にならない叫びが飛び出した。聞きつけた近所の人たちが、外へ飛び出してくる。海老沢は自分の吐物《とぶつ》を見つめながら、ただ恐怖が引くのを待つしかなかった。

一つの恐怖が去ると、別の恐怖に襲われる。刑事というのは、こんなに高圧的なのか……特高の警察官たちも拷問で恐れられていたとはいえ、刑事部の連中も、威圧的という意味では何ら変わらないのではないか。

所轄の取調室に放りこまれると、すぐに厳しい取り調べが始まった。第一声が「お前がやったのか」である。

否定したものの、相手は手を弛《ゆる》めようとしなかった。自らは名乗りもしない中年の刑事は、最初から海老沢が犯人だと決めつけた。暴力こそ振るわなかったが、机を叩き、顔を近づけて罵声を浴びせ、海老沢を威圧した。

最初に、広瀬から送られた葉書を見せたのが失敗だった。呼び出されたから家に行っただけ——しかしこの刑事は、まったく違うことを考えたようだった。

「被害者とは知り合いか?」

「知り合いでした」

「どういう?」

「どういうと言われましても……」

昭和座の座付き作家と、元保安課の検閲官。こういう関係を「知り合い」と言っていいかどうか、分からない。

その時、取調室のドアが開き、若い刑事が一礼して入ってきた。海老沢から話を聴いている刑事に耳打ちすると、また一礼してすぐに出て行く。途端に、刑事の顔に残忍な笑みが浮かんだ。蛇は笑わないだろうが、笑ったらこんな風になるのではないかと考え、海老沢は背筋が凍るようだった。

「あんた、検閲官だったんだな——そして本籍は特高だ」

海老沢は何も言わなかった。余計なことを言うと、また噛みつかれそうだ。

「被害者は昭和座の座付き作家だ。あんたとは、戦時中にやり取りがあったんじゃないか？　互いに思うところもあっただろう。それが今になって爆発したのか？」

「——自分の犯行をわざわざ警察に通報する犯人はいないでしょう」海老沢はつい皮肉を言ってしまった。

「何だと！」刑事が机を回ってきて詰め寄り、海老沢の胸ぐらを摑んだ。刑事の方が圧倒的に体格が立派で、海老沢の体は椅子から浮いてしまう。眼鏡が外れて床に落ちる。

「いいから吐け！　お前がやったんだろうが！　特高の言うことなんか信用できるか」

「ちょっと待った！」

乱暴にドアが開き、誰かが入ってきた。誰か——高峰の声だと分かった。

「何だ、貴様は！」

「本部捜査一課の高峰だ！　そいつを放せ！」

刑事が舌打ちして、海老沢の胸ぐらを離した。足に力が入らず、海老沢は倒れるように椅子に座ってしまった。何もしない日々を過ごすうちに、すっかり弱ってしまっている。

「貴様、何のつもりだ」

刑事が高峰を脅した。海老沢が振り向くと、高峰ともう一人、中年の男が横に立っている。こちらも険しい表情を浮かべていた。

「今時、そういうやり方は許されん。『民主警察』という言葉を知らないのか？」高峰の後ろに控えた中年男が、馬鹿にするように言った。

「ああ？　お前は誰だ？」

「捜査一課係長の近藤だ。ちょっとこい。お前には新しい時代の捜査のやり方をきっちり教えてやる」

「ふざけるな！」

「この件は、本部の捜査一課が主体になって捜査する。お前らは地元の道案内でもしてろ。こんな乱暴なことをする人間に、殺人事件を捜査する資格はない」

「何だと？」

怒声を上げたものの、所轄の刑事の抵抗は長くは続かなかった。さらに何人かの刑事が取調室になだれこみ、両腕を掴んで引っ張り出していく。

取調室には、海老沢と高峰だけが残された。海老沢はほっとして少しだけ姿勢を崩し、汗ばんだ額を掌で擦った。「助かったよ」と小声で礼を言う。

「災難だったな」高峰がテーブルの向かいに座った。「ああいう刑事は、すぐにはいなくならないだろう。もう時代遅れなのに」

「戦前は、だいたいあんな感じだったんじゃないか？」

「恥ずかしながら、な。俺は、あんな取り調べをしたことはないが」

「お前ならそうだろうな……煙草、くれないか？」

高峰が黙って、背広のポケットから煙草入れを取り出した。不味《まず》い配給品の「光」だが、この際何でもよかった。マッチも借りて火を点ける。思い切り煙を吸いこみ、静かに目を閉じた。先ほど見た広瀬の死体の様子が浮かび上がり、また吐き気がこみ上げてくる。目を開けると消える——しばらくは悪夢に悩まされそうだ。

「被害者には、俺も会ったことがあるな？」

言われてすぐに思い出した。戦時中、渋劇で観た昭和座最後の舞台の後だ。うなずくと、高峰が「その後は会ったか？」と質問を続ける。

「戦後、一回だけ会った」

「それは、どういう――」

「偶然なんだ」これは取り調べではないはずだ、と自分に言い聞かせながら、海老沢は答えた。「たまたま神保町で会って、お茶を飲んだ。最後は罵倒されて終わったけどな」

「罵倒か……戦時中の検閲に対して？」

「ああ」海老沢はうなずいた。「彼は骨のある人だった。散々遣り合ったよ」

「他の人たちみたいに、黙って言う事を聞くだけじゃなかったわけだ」高峰の口調は、どことなく皮肉っぽく聞こえた。

「そう……こちらも仕事だから、やるべきことはやった。でも彼にすれば悔しかったんだろうな」

「考えてみれば、おかしな話だ」

「何が？」

高峰も煙草を一本取って火を点けた。煙草入れは真鍮《しんちゅう》製の結構高そうなもので、昔なら「スカした奴だ」と陰口を叩かれただろう。しかし煙草がバラバラで配給されるようになってからは、煙草入れは喫煙者に必須の小物になっていた。

「台本の検閲には、明確な基準があったわけじゃないだろう？　この表現は駄目、あれは大丈夫と、細かく規定されていたわけでもないよな」

「それはそうだが……」

「つまり、検閲官の胸三寸だった。検閲を受ける側にすれば、お前らは国家そのものに思えたんじゃないか？」

「それが僕の仕事だったんだ」

そう、僕は国家を守ってきた。そして守ってきた国家は戦争で消えた。

「まあ、いい」高峰が首を横に振った。「今は、お前と議論している場合じゃねえな」

海老沢は同意の印にうなずいた。煙草を一吸い、それで気分は落ち着いてきた。

「会った時、どんな様子だった？」

「もう引退したみたいな感じだったよ」

「仕事はしてねえのか？　昭和座は活動を再開してるけど」

「今の演目は、戦前にやっていたものの再演じゃないか。広瀬は、何というか……燃え尽きたような感じだった」

「なるほど」高峰がうなずく。「お前と一緒か」

「いや、僕は燃え尽きたわけじゃ――」

「検閲する方とされる方、どっちもきつい思いをしたな」

「……ああ」

「お前もそうだが、そんなに簡単に仕事を再開できるわけじゃねえだろう。特に広瀬さんは、立ち直るのに時間が必要だったはずだ。人間、それまで押さえつけられていたのが、急に『これから自由にやっていいよ』と言われても、とまどうはずだ」

「そうかもしれない」

「それで引退したみたいな感じになっていた……どうしてお前を呼び出した？」

「それを聞く機会は失われたんだ」海老沢は首を捻った。こればかりは、まったく想像もつかない。

「そうか……しかし、引退状態だったというのもどこか変だな」高峰が疑義を呈する。

「そうなのか？」

「霧島のことを調べている話をしたよな」

「ああ。実際、どうなんだ？　本当に霧島が犯人なのか？」

「今のところ、容疑を固められるだけの材料はない。監視や尾行もしてみたんだけど、尻尾を出さねえんだ。あれだけ忙しいと、人を殺している暇もねえな。三番目の事件の被害者——愛人との関係も、完全に切れていたし……」

「もしも霧島が犯人だったら、大変なことだ」海老沢は唾を呑んだ。

「仁左衛門《にざえもん》殺し並みの大騒ぎになるだろうな……被害者と加害者は逆だが」

歌舞伎役者の片岡《かたおか》仁左衛門一家五人の他殺体が見つかったのは三月十六日。同居人が指名手配され、新聞が盛んに書き立てている。

「それよりも大変だよ。役者が人を殺したなんて、聞いたことがない」

「ああ……それで、霧島からちょっと気になる話を聞いたんだ」高峰がようやく本題に入った。

「何だ」海老沢は思わず身を乗り出していた。

「新作を用意していたそうだ。それが、戦前の昭和座なら絶対にやらなかったような探偵物なんだよ」

「探偵物……それを広瀬が書いていたのか？」

「たぶん。霧島は、俺から取材したい、広瀬にもつき合わせると言っていたんだ。もちろん、そんな取材は受けられねえけど……広瀬は、書くのが速い方か？」

「とてつもなく速いよ。考えてみろ。戦前の昭和座は、二月《ふたつき》に一度は東京で公演をやって、その度に新作を公開していた。だから広瀬は、少なくとも二月に一本の割合で新作を書いていたはずだ。他にもラジオドラマや映画の脚本も引き受けていた」

「新しい台本があるなら、確認する必要はあるな。最近の広瀬の様子が分かれば、何かの手がかりになるかもしれん」

「ああ」

「お前もつき合え」

「僕が？　どうして」海老沢は自分の鼻を指差した。

「お前は昭和座の内幕もよく知っているだろうが。そういう人間がいると、何かと役に立つんだ。俺の手伝いをしてくれねえか」

「僕は今、警察官じゃない」海老沢は反射的に一歩引いた。「そんなことをする権限はない」

「取り調べをしろとか、逮捕しろとか頼んでるわけじゃねえよ。俺が話を聴く時に横にいて、いろいろ助言してくれればいいんだ」

「そんなことがばれたら、大変なことになるだろう。だいたいこの件、お前が調べるのか？　所轄が違うし、お前の方の事件とは関係ないだろう」

「遺体は見たな？」高峰が確認した。

「ああ……」すぐに遺体の様子が脳裏に蘇《よみがえ》る。しばらくは、あの記憶に苦しめられそうだ。

「傷口、どう思った」

「分からんよ。そんなにきちんと見たわけじゃない」

「傷の具合が、前の四件と同じなんだ。広瀬さんの遺体はもっと詳しく調べる必要があるが」

「いや、それはどうなんだ？」海老沢は思わず反論した。「被害者が男と女——それだけでも、まったく別の事件と考えるべきじゃないか？　連続殺人犯にも、本人にとってははっきりした決まりがあるだろう。女なら女と決めて、男は殺さないような気がする。男も女も見境なく殺すというのは、いったいどういう動機なんだ？」

「確かにお前の言う通りだ。仁左衛門の事件みたいに、一度に何人も殺される場合は、被害者の性別は関係ねえ。しかしこれまでの四件の事件では、被害者は全員女性だった」

「しかし、性的暴行が目的ではなかった」海老沢にとっては、それだけが救いだった。安恵が陵辱されて殺されたとなったら、今でもこんなに落ち着いていられないだろう。

「そう。まあ、いずれにせよ動機については、犯人を捕まえてみないと分からねえな。ただ、常習の犯罪者は、同じ手口を繰り返す。一度上手くいくと、これしかないと思いこむんだろ」

「なるほど」

「とにかく、一緒に来い」高峰が立ち上がった。

「いや——」

「つべこべ言うな」高峰がにやりと笑った。「危ないところを助けてやったんだからな。一つ貸しだぜ」

昭和座は、渋劇で公演中だった。海老沢にはお馴染みの場所――趣味で仕事で、何十回通ったか分からない。空襲被害を受けたというが、今は綺麗に化粧直しされて、焼け跡の中で希望の星のように見える。周りとの落差はあまりにも激しいが……開演を待つ人が、周囲をぐるりと取り巻いている。これだと補助席も出きり、立ち見になる人もいるだろう。座長の霧島と二枚目の野呂を描いた看板――今月の演し物は『水《み》戸《と》黄門《こうもん》』か。戦前にも上演されていた。

人は、娯楽なしでは生きていけない。これはローマ時代から変わらぬ真実だ――もっとも海老沢は、戦後は芝居も映画も観る気が失せていた。金がないせいもあるが、戦中、仕事で関わっていた後遺症が残っているのかもしれない。趣味で観劇するような権利は、自分にはないのではないか？　もうあの趣味に浸れることはない――そう考えると、渋劇の建物は、何かを葬った巨大な墓標のようにも思えてくる。

海老沢は、小屋の舞台裏に入ったことは一度もない。劇団の関係者と会うことはあったが、必ず警視庁に呼び出していた。

霧島はまだ楽屋入りしておらず、しばらく廊下で待たされた。その間も、小屋の関係者や劇団員が忙しく行き来する。その中に、髷《まげ》のカツラを被《かぶ》り、舞台衣装そのままの看板役者の野呂の姿を認め、海老沢は思わず目を見開いた。一際背が高く、がっしりしていて目立つ。あまりにも背が高いため、女優と絡む時には向こうが台に乗ったり、野呂は座ったりと、時には不自然に見える工夫をしていたのを覚えている。

高峰は野呂とも顔見知りになったようで、軽い調子で目礼した。野呂も目礼を返したが、あくまで儀礼的で、目つきは冷ややかだった。

「野呂とは話したのか」彼の姿が見えなくなると、海老沢は顔を伏せながら小声で訊ねた。

「いや、自己紹介したぐらいだ。何度も来てれば、向こうも顔ぐらいは覚える」

「しかし、さすがにいい男だな」

「よせよ」高峰が苦笑する。「女子《おんなこ》どもの人気で持ってるだけの役者だぜ」

「そうかもしれないが――」

「またあなたですか」

朗々とした声に、はっと顔を上げる。霧島が楽屋に入っていくところだった。海老沢は思わず、その場で固まってしまった。何しろ戦前からの大スターで、海老沢も何十回となく彼の舞台や映画を観ている。一度だけ対面したこともあるが、向こうは覚えていまい。高峰は平然としていて、すぐに話を切り出した。

「今日は大事な話があって来ました」

「申し訳ないけど、開演まであまり時間がないんだ。まだ衣装も……」

「構いません。手短に話します」

「じゃあ、入って」

それから海老沢の顔を見やる。目が合ってしまい、思わず下を向いた。

「そちらの方は？　新しい刑事さん？」

「いや……民間の人ですが、ちょっと仕事に協力してもらっています」

「そうですか……まあ、どうぞ」

自分のことなど覚えていないのか。当然だと思いつつ、すこしほっとした。

楽屋に入ると、まず目立つのが大きな鏡台だった。それに、部屋を埋めるほどの花束。関係者やファンから届くのだろうが、食べ物さえろくに手に入らない時代に、どうしてこんなに豊富な花が、と不思議に思う。

鏡台の前に座ると、霧島が煙草に火を点けた。ラッキーストライク。米軍放出品の美味い煙草も簡単に手に入るのだろう。廊下で、大きな風呂敷包みを抱えてうろうろしている人を何人か見かけた。楽屋に闇屋が出入りしているのか。珍しい缶詰などがいくつか置いてあることにも、海老沢はすぐに気づいた。

「広瀬さんが殺されました」高峰が本題を切り出した。

「ああ?」霧島がはっと顔を上げた。「何だって?」

「広瀬さんが殺されたんです。死後一日か二日ぐらいでしょうか……今日の昼過ぎに発見されました」

「それは、君、どういう……」それまでの朗々とした声が一転して、震える小声になった。「どうして広瀬が殺されるんだ!」

「それは分かりません」

「分からない? あんたたち警察は何をやってるんだ!」

霧島が煙草を灰皿に押しつけた。慌てて立ち上がろうとして、また腰を下ろしてしまう。ゆっくりと首を横に振り、虚ろな目を高峰に向けた。

「あなたにも事情をお聴きしようと思いまして」

「無理だ。いや、話はしてもいいが、今は無理だ」霧島は明らかに動揺していた。

「幕開けまで、もう少し時間がありますが」高峰が粘った。

「芝居には準備が必要なんだ。それぐらい、君にも分かるだろう。芝居が終わったら話はする。それまで待ってくれ」

「この状況で芝居をするんですか?」海老沢は思わず口を挟んでしまった。

「当たり前だ。親が死んでも幕を開けるのが役者というものだ。その原則は絶対に変わらない」

「一刻も早く話を聴かなくてはいけません」高峰は強硬だった。相手が誰だろうが関係ない、という強い意思が透けて見える。

「だったら――広瀬のことだったら、文芸部の三津に聴いてくれ。とにかく私は……芝居が終わるまで待ってくれ」

「分かりました」

三津……その名前が、海老沢の心をざわつかせた。戦前から昭和座文芸部のまとめ役だった三津とは、何度も激しく遣り合ってきたのだ。こちらに対していい感情は持っていないだろう。自分は外れた方がいいのでは、と海老沢は弱気に考えた。

海老沢は楽屋を出るとすぐに、「僕は三津に会えない」と高峰に伝えた。

「いや、お前も一緒にいてくれ」高峰は譲らなかった。

「三津には嫌われてるはずだ。僕がいると、向こうは話さなくなるかもしれないぞ」

「関係ねえよ。殺人事件なんだ。何としても喋ってもらう……で、三津というのはどんな人だ」

「粘着質」

「面倒臭そうだな……まあ、いい」

高峰は自信たっぷりだったが、海老沢はやはり腰が引けているのを意識した。これで三津が喋らなくなったら、僕の責任になる……。

三津とは、客席の後ろの方にある幹事室で会った。ガラスに囲まれた狭い部屋だが、人目を気にすることなく話はできる。これから客が入ってくると、落ち着かなくなるだろうが。

「これはこれは、海老沢さんじゃないですか。どうしてこんなところに？　また私に土下座させたいんですか」

皮肉たっぷりに三津が言った。黒縁の眼鏡に古びた背広姿。小柄だが、眼鏡の奥の目は鋭く人を突き刺す。海老沢の記憶では、四十四歳。昭和座発足時から霧島の右腕だった。土下座したのは本当だ。海老沢が興行係との兼務になってからすぐ、三津が台本の直しを巡って土下座する場面を目撃していた。海老沢が何か言ったわけではないし、先輩検閲官が「土下座しろ」と命じたわけでもないのに、自ら膝をつき、頭を床に擦りつけたのである。顔を上げた時、三津の目に強い憎悪の光が浮かんでいたのを見て、ぞっとしたものだ。台本は、検閲官の意図を汲んで、直されないように書いてくるのが普通だったのだが、譲れないこともあったのだろう。それを守るために、土下座までするものか……。

「ちょっとした手伝いです」海老沢は辛うじて答えた。

「用事があるのはこっちなんでね」高峰が素早く切り出した。「広瀬さんが殺されました」

「何だって？」

三津の顔から血の気が引き、椅子にへたりこんでしまう。高峰が彼の向かいに腰を下ろし、海老沢は立ったままでいることにした。

「今日の昼過ぎ、自宅で殺されているのが見つかりました」高峰が告げた。

「何ということだ……」三津が額に掌のつけ根を押しつけ、前屈《まえかが》みになった。それから、突然気づいたようにはっと顔を上げる。「誰がやったんだ？」

「それはまだ分かりません」

「あんたがやったのか？」三津が海老沢を睨みつけた。

「わざわざ犯人を連れて、こんなところへ来ませんよ」高峰が呆れたように言った。

「私が第一発見者です」海老沢は声を抑えて言った。

「あんた、広瀬とつき合いがあったのか？　俺たちをあんなにひどい目に遭わせやがったのに？」

「つき合いはありません」海老沢ははっきり答えた。「一、二度、偶然会ったことがあるだけです。だから彼が、私に対して恨みを持っていることも承知しています。私が彼に殺されるなら分かりますが……」

「冗談じゃない！」三津がテーブルに拳を叩きつける。「広瀬がいなくなったら、これからどうしたらいいんだ！」

沈黙。埋まり始める客席が、ガラス越しに見える。あまり時間はないだろう。満員の客席のすぐ近くで事情聴取など……いや、これは雑談だと思えばいい。僕は警察官ではないのだから。

「広瀬さんは、まだ昭和座の所属になってるんですか？」海老沢は三津の怒りを無視して訊ねた。

「もちろんだ」

「彼は、私に対しては『書いていない』と断言しました。台本を書かなくても昭和座は面倒を見るんですか？」

「昭和座には三本の柱がある」三津が指を三本立てて見せた。「霧島先生、野呂、そして広瀬だ。広瀬の台本で、二人がいい芝居を見せる——それが昭和座の基本なんだ」

「私はもう、彼は新作を書かないのかと思っていました」

「本当にそうなら、あんたらの——あんたの責任だな」三津が海老沢に人差し指を突きつけた。「あんたらの下らない仕事のせいで、広瀬は才能をすり減らした。あんたらは、娯楽も芸術も分からず、国民もだましていた！」

海老沢は思わず詰め寄ろうとしたが、目の前で遮断機のように高峰の腕が上がった。高峰が素早くうなずいて目配せする——ここは俺に任せろ。海老沢はゆっくり息を吐いて、二歩後ろに下がった。

「昭和座が正式に活動を再開したのは、去年の九月一日でしたね」高峰が冷静な口調で話し始めた。

「ああ」

「復活して最初の公演が十一月、それから一月、三月とここで芝居を打っている。でも、演目は全て再演です。戦前のように、毎回新しい演目で、というわけにはいかないんですね」

「書く人間がいないからな」

「広瀬さんは、筆を取らなかったんですね？」

「ああ――いや、書くとは言っていた。書きたいと言っていた。どんな内容にするかも決まっていたようだ」

「それが、本格的な探偵物なんですね？」

三津が無言でうなずく。高峰はかなり深く捜査をしていたのだ、と海老沢も認めざるを得なかった。

「どんな話なんですか？」高峰が質問を続ける。

「詳細はまだ決まっていなかった……広瀬の頭の中だけにあったことだ」

「警察官が出てくると霧島さんから聞きましたよ」

「事件が起きたら、警察官が出てこないわけがない。私は、探偵に振り回される間抜けな警察官の出番を期待してますけどね」

三津が皮肉っぽく笑った。それにしても……と海老沢は呆れた。終戦から半年余りで、警察に対する世間の態度はここまで変わるものだろうか。いや、変わったのではない。封印されていたのが吹き出しただけだ。戦前の不満が、「自由」の旗印の元でさらけ出された。

こういう時はえてして、反動が来る……敗戦で、今はＧＨＱが「自由」を与えているが、そのうちＧＨＱに対する反発も出てくるだろう。ＧＨＱは当然それを抑えにかかるから、戦前とは別の暗黒時代がくる可能性も否定できない。

「台本は、どこまで進んでいたんですか？」

「それは分からない」

「広瀬さんは、間違いなく書いていたんですよね？」高峰がしつこく念押しした。

「それも分からない。広瀬は、途中経過を聞かれるのを何より嫌がったからな。ただしあいつは、締め切りを破ったことは一度もない。何しろ台本が書き上がっても、その後にあんたたちの検閲があった」皮肉っぽく言って、三津が海老沢を見遣った。

「何のための検閲だ？　結局戦争には負けたんだぞ。あんたらの仕事は、完全に無駄だったんだ」

攻撃的な三津の態度に、海老沢は自然に踏み出した。しかし高峰が素早く後ろを振り向き、首を横に振って海老沢を止める。

「だったら、広瀬さんが実際に台本を書いていたかどうかは分からないわけですね？」

「ああ」

「締め切りは？　上演の予定は決まっていたんですか？」

「できれば五月の永楽座にはかけたいと思っていた。だから締め切りは……四月の半ばだ」

「あと一ヵ月もないんですね」高峰が手帳を広げる。「この件——新しい台本の件を知っていたのは誰ですか？」

「文芸部と霧島先生だけだ……この件と広瀬が殺されたことに、何か関係があるのか」

「分かりません」高峰は言った。「疑問に思うことは、何でも調べないといけませんので」

「警察は、こんなに余裕たっぷりに仕事をするもんでしたかな」

「戦前とは違います。誰かを絞りあげて、白状させればいいってもんじゃない。客観的な証拠が大事なんですよ、証拠が」

海老沢は、高峰に連れられて所轄に戻った。第一発見者としての事情聴取は必要――またあの乱暴な所轄の刑事が出てくるのかと警戒したが、担当したのは高峰と同じ本部捜査一課の若い刑事だった。おそらく近藤という係長が差配して、所轄の連中を取り調べ担当から外してくれたのだろう。

高峰は、夕方まで待っていてくれた。くたくたになって署から出てきた海老沢を摑まえ、一緒に歩き出す。

「今日はうちへ来ないか？」

「いや……家に戻らないと。お袋が心配する」

「だったらその後でうちへ来い。場合によっては泊まってもいい」

「それじゃ申し訳ない」

「うちの両親にも会ってくれよ。安恵ちゃんのことで心配している」

「ああ……だけど親父さん、怖いからな」

子どもの頃、高峰の家に遊びに行って、少し悪戯《いたずら》をするととんでもない雷を落とされたのを思い出す。高峰が大声で笑い、「もう現役の警察官じゃないぞ」と言った。

その後は駅までの道すがら、二人ともずっと無言だった。海老沢は自分の身に起きている状況が信じられず、何が何だか分からなかった。高峰は腕組みをしたまま歩いていて、何か考え事をしている。

「おい、気合を入れるためにトンカツでも食わねえか」高峰が唐突に言った。

「トンカツ？　そんなものを食わせる店があるのか」戦前は散々食べた。海老沢たちの「洋食」と言えばポークカツ、あるいはトンカツだった。

「目黒《めぐろ》駅の近くに、屋台のトンカツ屋ができたんだ。何と、『とんかつロッパ』っていう名前なんだぜ」

「何だ、そのふざけた名前は」思わず吹き出してしまった。久しぶりに笑った気がする。

「ロッパの名前にあやかったらしい」

「トンカツねえ……いいけど、高いんじゃないか」今の自分には贅沢は許されない。

「たかがトンカツだ。俺が奢《おご》るよ」

急に元気を取り戻したように、高峰は早足で歩き始めた。

目黒駅前に、確かにトンカツの屋台があった。のれんがかかっており、屋台とはいえなかなか広くて清潔だった。満員で、しばらく待たされる。トンカツを揚げる香ばしい匂いが外にも流れてきて、海老沢は昼飯を抜いてしまったことを思い出した。しかし、トンカツか……最近ろくなものを食べていないから、胃がびっくりするかもしれない。

　三十分ほども待って、ようやく座れた。一本のビールを二人で分け合い、トンカツを二人前。黄金色に揚がったトンカツは、海老沢の食欲を激しく刺激した。一口食べて、思わずああ、と声が漏れる。香ばしい衣、脂身たっぷりで甘い肉、ソースの美味さ。トンカツはこんなに美味かったのか……これで食べる飯がまた美味い。久しぶりに、体の隅々にまで栄養が行き渡る感じだった。やはり胃が小さくなっているのか、途中で腹が一杯になってしまったが、それでも無理矢理食べ続ける。飯一粒たりとも残すつもりはなかった。

　最後は動けないぐらいになった。これほど満腹になったのはいつ以来だろう。もしかしたら数年ぶり……コップの底にわずかに残ったビールを呑み干した時には、高峰はもう財布を取り出していた。

「自分の分ぐらい出すよ」

　海老沢は慌てて財布をズボンのポケットから引き抜いたが、高峰はもう金を出していた。

「無職の人間に出してもらうような、ひどい真似はしねえよ」

　むっとしたが、金がないのも事実だ。結局高峰に会計を任せ、海老沢は一人先に屋台を出た。

　街はざわざわしている。終戦から半年あまり、目黒のこの辺りも、ゆっくりと戦前の気配を取り戻しつつあった。未だに国民服や軍服を仕立て直して着ている人もいるが、多くの男たちは背広に切り替えた。そして一様に表情が明るい。金もなく、食べ物もないのに、背広さえ着れば明るい未来が来ると信じているようだった。

本当は戦前とは別の未来——別の権力が市民を見張る時代が来るだけな気がするが。それに気づいた時には、もう引き返せなくなっている。

「お待たせ」楊枝をくわえた高峰が出てきた。楊枝まであったんだ……屋台とはいえ、普通の店とほとんど同じだな、と感心する。

「たまには外で美味い物を食わねえとな」歩き出しながら高峰が言った。

「お前、昼飯はどうしてる？　こんな風に食べられる店は、まだあまりないだろう」

「ぼちぼち出てきてるけど、高いんだよな。今はほとんど弁当だ」

「そうか」

「不便だけど、とにかく人間は食わないとやっていけねえからな」

そういえば、高峰は少し肉がつき、顔つきも穏やかになっているようだった。終戦直前など、頬は削《そ》げて目つきも鋭く、悪鬼のごとき表情を浮かべていたのに。

その後は当たり障りのない会話を交わしながら、自宅までたどり着く。海老沢は母親に「今日は高峰の家に泊まるかもしれない」と告げてから、すぐにまた家を出た。

そこから高峰のバラックまでは歩いて五分ほど……家の中は、荷物で足の踏み場もないほどになっていた。そうか、新しい家に引っ越すのか……。

久々に高峰の両親にきちんと挨拶する。高峰の父親は、海老沢の腕時計を見て嬉しそうな笑みを浮かべた。

「まだ使ってくれていたか」

「丈夫な時計です」

「靖夫はあっさり壊したぞ」

苦笑するしかない。高峰は昔から、何かと乱暴な男なのだ……遊びにきていた節子とも挨拶を交わす。高峰も上手《うま》くやりやがって、と妬《や》けてきた。忙しくしながら、こんな綺麗な女性とよろしくやっていたとは。

和子の表情が暗いのが気になる。それは当たり前か……幼馴染みの安恵を殺され、葬儀からまだ日も浅いのだ。明るく振る舞えという方が無理だろう。ふと、彼女が自分を責めているような気がした。妹を殺されたのに、何もしていないじゃない……。

高峰は、海老沢を狭い一室に誘った。どうやら家族が寝る時に使っている場所のようで、布団が何組か丸まり、湿気た臭いが漂っている。高峰はあぐらをかいて座ると、すぐに煙草に火を点けた。狭い部屋がすぐに白く染まる。

「広瀬は、一連の事件について何か知っていたとは考えられねえか」高峰が唐突に切り出した。

「何かというのは、犯人についてか？」海老沢は身を乗り出すようにして話を合わせた。

「その可能性もある。俺は、あの手口が気にかかってるんだ」

「傷口のことだな？」言った瞬間、酸っぱい物が込み上げてくる。あの傷口から広瀬の命が流れ出していったかと思うとやはりぞっとした。

「ああ。前の四人の被害者とほぼ同じ傷口だからな」

「しかし逆に言えば、他に共通点はないぞ。今までの犠牲者は全員女性だったし、広瀬は自宅で殺され、そのまま放置されていた」

口にして胸が痛む。そう、安恵は暗く冷たい防空壕に捨てられていた——目を瞬《また》かせ、唾を呑んで何とか悲しみと緊張を逃がす。

「こういうことだ——あくまで想像だぞ」前置きして高峰が続ける。「広瀬は、犯人につながる材料を持っていたか、あるいは犯人と直接接触した。犯人は当然広瀬を排除して、何とか追及から逃れようとした。そのためには、殺してしまうのが一番いい。遺体を遺棄することまでは考えていなかったんじゃねえかな」

「戦時中と違って今は人目につくだろうしな」

「近所の人に気づかれたと思って逃げた——いや、それはねえか。それなら目撃証言が出ているはずだ。あるいは、外で殺して防空壕に遺棄したら、一連の事件とまったく同じ手口だと分かるから……そういう危険を避けた」

「そうかもしれない」海老沢はうなずいた。「もう一つ、引っかかることがある」

「何だ？」今度は高峰が身を乗り出した。狭い部屋ゆえ、額がくっつきそうになる。

「もしもそうだとしたら――いや、お前の推理とは直接関係ないが、犯人は広瀬の顔見知りだった可能性があるぞ」

「どうして」

「黙って部屋に侵入して、いきなり襲ったとは思えないんだ。広瀬は、仕事をしていた感じだっただろう？　知り合いなら、家に上げて待たせたまま、仕事をしていた可能性もある。犯人は、そこを背後から襲って殺した――どうだ？」

「あり得る」真顔で言ってから、高峰がふっと笑みを漏らした。「お前、案外刑事に向いてるかもしれねえな。そういう観察眼と推理は大事だ」

「俺が刑事に向いているかどうかはともかく、あり得ないか？」

「悪くない考えだ。なあ、お前、この件に本格的に手を貸してくれねえか？　広瀬の事件は、うちが担当している連続殺人事件とも絡むはず――絡む方向に俺が持っていく。広瀬のことを調べる際には、昭和座の内実にも詳しいお前が必要だ」

「僕に、警察に戻れっていうのか？」

「いや、すぐにとは言わん。あくまで民間人として協力してもらいたい」

「分かった」

海老沢があっさり応じたせいか、高峰が驚いたように目を見開いた。

「いいのか？」

「安恵の死に関わるかもしれない。何とかしたいんだ――知り合いが殺されたんだし、広瀬は僕に会いたがっていた」

「俺も引っかかってる」高峰がうなずく。「広瀬は、お前に何の用事があったんだろう？　何かを打ち明けたかった可能性もある」

「あるいは……それも調べてみよう」

「よし」高峰が一瞬うつむく。すぐに顔を上げると、屈託のない笑みを浮かべていた。

「何だよ、気持ち悪いな」

「これをきっかけにしてえよな」

「何の？」

「お前に、まともな人間になってもらうための」

高峰はぐいぐい迫ってくる。海老沢の心に土足で踏みこんでくるような――昔はこれが普通だったのだが、海老沢はかすかな違和感を覚えていた。

9

節子も交えて軽い宴会となり、やはり海老沢は高峰の家に泊まることになった。節子は帰るので、高峰は家まで送っていくことにした。捜査は続行中で、本当はこんな風に呑気にしている場合ではないのだが、たまには息抜きも必要だ。

「海老沢さん、大丈夫そうな気がするわ」駅へ向かう道すがら、節子がほっとしたように切り出す。高峰が事情を話していたので、節子は海老沢がどれだけ落ちこんでいるかと心配していたのだ。

「そうかな？」

「あなたから聞いていた限りでは、もっとひどい状態だと思っていたんだけど……すこし意外だったわ。私はむしろ、和子さんが心配」

「ああ……今日も申し訳なかった」歩きながら高峰は頭を下げた。親友を亡くした和子が落ちこんでいることを知り、節子はわざわざ慰めにきてくれたのだ。

「私にできることならお手伝いします。でも、海老沢さんをどう元気づけたの」

「やることができたんだよ」

「仕事？」

「仕事というわけじゃない。金は出ないから」

「よく分からないけど……」

「警察の業務に関係することだから、そんなにペラペラ喋れないんだ」高峰は唇の前で人差し指を立てて見せた。

「あの……あなたの方の事件、まだ解決しそうにないのよね」

「それを言われると辛いな──その通りだ。申し訳ない」

頭を下げると、節子が軽く声を上げて笑った。

「私に謝らないで。最近、後をつけられている、なんて言う人がよくいるのよ」

「まさか。犯人は一人だよ」おそらくは……犯人はそんなに頻繁に犯行を重ねているとも思えない。

「皆、疑心暗鬼になっているのよ。まだ街は暗いし、アメリカ兵もたくさんいるでしょう？　何だか雰囲気が……戦争前とは別の意味で怖いのよ」

「分かるよ」そう言われると情けない。そういう雰囲気を変えることこそ、警察の役目なのだが。「あなたのことは必ず守る」

ちらりと横を見ると、節子はうつむいていた。

「できたら、ずっと守りたい」無意識のうちに言葉が飛び出してしまい、高峰は自分でも驚いた。

「それは……」

節子が歩みを止める。一歩先を歩いていた高峰も立ち止まり、振り返った。

「だから、その……」高峰は慌てて咳払いした。「今は忙しいけど、そういうことを言い訳にしたくねえんだ」

実際、身辺は多忙を極めていた。仕事で忙しい上に、新しい家への引っ越しも控えている。病いがちな両親の面倒もみなければならない。一方節子の方は、出征していた弟が無事に復員して、もう働き始めている。父親も床屋を無事に再開した。彼女の一家はもう大丈夫——だったら、余計なことを考えずに結婚を、申しこめばいい。こういうのは、一気にいかないと。

「分かりました」

節子があっさり承諾した。こんなに簡単なものかと高峰は啞然としたが、すぐに胸の中が熱くなってくる。出会ってわずか一年ほどだが、だから何だというのだ。

「ありがとう」

高峰は、節子の両肩に手をかけた。節子がにっこり笑ったが、すぐに表情が暗くなる。

「でも、簡単にはいかないかもしれませんよ」

「どうして」

「うちの父は、意固地だから」

「ああ……確かに」終戦間際の危険な状況下でも、戦地で戦っている息子に申し訳ないと、絶対に疎開しないと言い続けた人である。高峰は、彼女を送って行った時に一度しか会ったことがないが、かなり難しそうな人だという印象を抱いていた。

「でも、大丈夫」

節子が歩き出し、すぐに高峰の腕を取った。ほんの数ヵ月前は、こんな風に腕を組んで歩いているところを見つかったら「不謹慎《ふきんしん》だ」と怒鳴られていただろう。しかし今、文句を言う人はいない。

戦争に負けたから、希望に満ちた日が来たというのも、どこか不思議な話ではある。

高峰の強い主張にもかかわらず、二つの事件の捜査本部は合流しなかった。広瀬の殺害方法は、これまでの被害者四人とよく似ているものの、それ以外に共通点はない──それを特に強硬に強調したのが、広瀬の事件の捜査を担当する所轄だった。最初に近藤たちが乗りこみ、聴取していた刑事を怒鳴り上げたことを根に持っているのだろう。こういう時は、捜査一課長の鶴の一声でもあれば事態が解決するはずだが、今のところ、調整に乗り出す気配はなかった。様子見ということだろうが、外見と違って強硬派ではないようだ、と高峰は少しだけがっかりしていた。

一方近藤は、高峰の説を支持してくれた。四件の連続殺人事件の捜査からは一時外れ、広瀬殺しの方に首を突っこんでいい、と高峰に許可を与えてくれた。向こうの捜査本部とは調整しないので、ばれないように慎重に――。

近藤は、京橋署の竹島だけを補助につけてくれた。目立たないようにやるなら一人の方がいいのだが、連絡係が一人いた方が助かる。

二人は毎朝、京橋署の捜査本部で落ち合い、捜査会議で情報を収集した後、自分たちの捜査に取りかかることにした。意外に鬱陶しかったのは、新聞記者たちの存在である。朝から署に押しかけて一階でたむろし、たまに降りてくる幹部を摑まえては情報を聞き出そうとする。中には、隙を窺って二階の捜査本部に忍びこもうとする猛者もいた。

四月になったばかりのその日、署を出て歩き始めたところで、高峰はすぐに小さな違和感を覚えた。

「振り返るなよ」小声で竹島に告げる。「誰かにつけられているかもしれねえ」

「どうしますか？」

「二手に分かれる。駅で合流だ」

「分かりました」

竹島が、途中の角で右に曲がった。高峰は真っ直ぐ歩いていく——竹島の姿が見えなくなった瞬間、気配が消えた。どうやら尾行者は、高峰ではなく竹島を追っていったようだ……高峰は踵を返し、すぐに竹島が消えた角に向かった。

その瞬間、怒声を聞いて駆け出す。少し先で、竹島と大柄な男が揉み合っていた——正確には、体の小さい竹島の方が、大柄な男を制圧しかけていた。腕を掴んで捻《ね》じ曲げているので、男は前屈みになって、呻き声を漏らしている。

「竹島！」

竹島が引きつった表情でこちらを見る。高峰は急いで二人のもとへ駆け寄った。

「放してやれ」

「このふざけた野郎が尾行してたんですよ」

竹島がさらに力を入れて腕を捻り上げると、男が甲高い——情けない悲鳴を上げる。

「いいから放せ。大丈夫だ」

竹島がぱっと手を離した。力が変な方向へかかったのか、男がよろけて電柱にぶつかる。上目遣いに、高峰を——竹島ではなく——睨みつけた。

「何するんだ！」文句を吐き出す。

「そっちは誰だい？」

「東日の岩永《いわなが》だ」

「記者さんか……何してるんだ？」

「何もしていない」

ネタに詰まって、自分たちヒラの刑事まで尾行しようとしたのだろう。すぐに感づかれるような間抜けが、いい記事など書けるはずもない。

「刑事を尾行するとはいい度胸だな」竹島が吐き捨てる。

高峰は、岩永と名乗った記者を素早く観察した。三十歳ぐらいだろうか……背広姿にハンチング。だいぶ手荒く扱われ、転びそうになったのに、ハンチングが落ちていないのが不思議だった。何か特別な仕かけでもしてあるのだろうか。

「ネタは自分の足で稼いで下さいよ」高峰は静かに忠告した。「付いてこられたら、こっちの捜査にも差し障る」

「そんなことはしていない」

「ネタは自分で摑んでこそ、なんでしょうがね。大本営発表ばかりを書いてたら、面白い記事にはならねえから」

「あんたらにそんなこと、言われたくないね」岩永が吐き捨てた。「情報を隠してさんざん市民を弾圧してきたくせに」

「それは軍や特高の話だ。我々は、戦時中も市民のために犯罪捜査をしてきた」

「じゃあどうして、戦時中の二件の事件はろくに捜査もされなかったんだ？」

どきりとして、高峰は口をつぐんだ。東日は、捜査一課長からの情報提供で、戦時中の二件の事件についておどろおどろしく書き立てた。ただしあの記事には、捜査が不当に揉み消されたことは書かれていない。もしかしたら東日は、事実関係を摑んでいるのかもしれない――気をつけろ、と高峰は自分に言い聞かせ、丁寧に接した。

「昔のことについては、何も言えません。というより、平巡査には、捜査について語る資格はないんでね。我々にくっついていても無駄ですよ」

「そうですか……ま、せいぜい頑張って下さいよ」

皮肉を飛ばし、岩永は駅の方へ去っていった。竹島が、呪い殺そうかというような目つきで岩永の背中を睨む。

「ろくでもない野郎ですね」嫌そうな口調で吐き捨てる。

「いやいや、なかなか気骨のある記者じゃねえか」

「呑気なこと言ってる場合じゃないでしょう。奴らも焦ってるんだから、気をつけないと」

「だったら、できるだけ早くネタを投げてやれるように、俺たちは頑張らないとな」

「ブンヤにネタをやるために仕事してるわけじゃないですよ」竹島が口を尖《とが》らせる。

「とにかく筋のいい情報を摑むのが俺たちの仕事だ――それと、あまり乱暴にするなよ。ああいうやり方をしたら、奴らも反発するに決まってる。上の方にばれたら面倒だぞ」

「勘違いしてるブンヤは、ちゃんと矯正《きようせい》してやらないと駄目でしょう。また近づいて来たら、今度は絶対に一発お見舞いしますよ」竹島の鼻息は荒い。

「お前、帰れ」高峰は静かに言った。

「はあ？」竹島が右目だけを見開く。「何言ってるんですか」

「お前は何も分かってねえよ。時代は変わったんだ。警察も昔みたいに、『おいこら』で通る時代じゃない」

「何なんですか？　本部の捜査一課に行くと、そういうことを教えられるんですか」

竹島が詰め寄ってきた。

「考えればすぐに分かることだろうが。萎縮《いしゆく》しろとは言わんが、威張っていればいいってもんじゃねえぞ」

「そうですか……俺にはついていけそうにありませんね。そんな民主主義なら、必要ない」

竹島が踵を返し、大股で去っていった。民主主義は必要ないか……しかし、先輩に平然と口答えするのも、民主主義の一つの形ではないか？　正解はどこにあるのだろう。民主主義とは何なのだろう。その辺を歩いている米兵を摑まえて聞いてみたかった。あんたたちの国ではどうなんだ？

四月半ばの日曜日、高峰は和子を誘い、小嶋の見舞いに出かけた。捜査が思うように進まず、何か気分転換が必要だ――それに、小嶋のことはずっと心に引っかかっていた。

「大丈夫かしら」和子は本当に心配そうだった。

「戦争も終わったんだから、状況は変わっただろう。奴の家は燃えなかった。それだけでも、俺たちよりはずいぶんましだ」

小嶋は退院して自宅に戻っていた。高峰たちの家のすぐ近くなのだが、終戦後一度も顔を出していない――小嶋に会うのを避けていたのだ、と高峰は今では認める気になった。

家族は不在で、家には小嶋一人だけだった。小嶋との話が詰まっても、両親がいれば何とかなるのではと思っていたのだが……来てしまったものはしようがない。

今日の小嶋は、少しだけ機嫌がよかった。昔通りというわけにはいかないが、和子の存在がいい影響を与えたのかもしれない。入院中に比べれば少しだけ肉づきもよくなり、目は柔和《にゅうわ》になっていた。

「わざわざすまんな……来てくれたのか」

「ずいぶん元気になったみたいじゃねえか」高峰はほっとした。この分だと、普通に話もできそうだ。「見舞いを持ってこなくちゃいけねえんだが、あいにくこのご時世でね」

「気にするな……和子ちゃん、ずいぶん綺麗になったねえ」

「そんな……」

おいおい、調子に乗って褒めるなよ。昔の和子の想いを考えて高峰は心配になったが、それでも小嶋が元気なのでよしとしよう、と前向きに考えた。

しかし小嶋の機嫌の良さは長くは続かなかった。家に上がってしばらく話しているうちに、表情が渋くなってくる。しきりに右肩に手を伸ばしているのも気になった。

「痛むのか？」

「ああ、しつこい痛みだ。ちゃんとした治療も受けられなかったからな」

「戦地はそんなにひどかったのか？」

「普通なら助かるはずの人間が、何人も死んだよ。俺の目の前で死んでいった人間も、一人や二人じゃない」小嶋の目が暗くなる。

この話を続けると、小嶋の精神状態が悪くなる――高峰は話題を変えた。

「最近はどうしてる？」

「仕事を探してるんだが、上手くいかないな」小嶋が首を横に振った。「『映画評論』

は会社ごと潰れたし」

「俺はお前の記事好きだったぜ。他にも映画雑誌はたくさん出てるじゃないか」終戦後、検閲がなくなったせいか、雑誌は一気に増えた。「人も足りねえんじゃねえか」

「そうなんだけど、俺はちゃんと働けそうにないからな」小嶋の表情が一気に渋くなる。「腕は上がらない、マラリアの後遺症で、時々歩くのもつらいぐらい疲れる……戦前に『映画評論』でやってたような仕事はできないよ——俺のことより、お前こそ忙しいだろう。新聞で読んだけど、連続殺人事件で大騒ぎじゃないか」

「ああ」

「何で犯人が捕まらないんだ？」

「いや、それは、そう簡単には……」急に責められ、高峰は口を濁した。

「甘いんじゃないか」小嶋の目が据わった。「人を殺したり殺されたり——お前が直面してるのは戦争なんだぞ。戦争で勝つためには、手段なんか選んでいられないだろうが。卑怯な手でも何でも使ってやってみろ。俺はそうやって……」

小嶋が急に黙りこんだ。高峰には、彼が呑みこんだ言葉が簡単に想像できた。「そうやって生き延びてきた」

それから話は弾まなくなり、高峰は早々に小嶋の家を辞した。帰り道、小嶋の前でもずっと黙っていた和子は暗く塞ぎこんだ。

「びっくりしたか?」

「小嶋さん、あんな人じゃなかったわよね。いつも明るくて、楽しくて」

「お前も、いつもあいつにくっついてたからな」

「戦争って……私たち、空襲で大変だと思ってたけど、戦場へ行ってた人に起きたことは想像もつかないほど大変だったんでしょうね」

「そうかもしれねえな。苦労の種類が違うと思うけど」

しかし、小嶋が負った傷は高峰の理解を超えていた。和子も感じ取った様子である。

「小嶋さん、きっと昔みたいにはならないわよね」

高峰も同じことを考えていた。考えると怖くて、口に出せなかったのだが。

どこかに台本があるはずだ、と高峰はずっと考えていた。常に用意周到で仕事も早かったという広瀬のことだから、五月に上演予定の新作に手をつけていなかったはずがない。ところが広瀬の自宅から、台本は見つかっていなかった。文机に置いてあったのは、古い——戦前に書いていた小説らしい。それは事件には関係がなかった。

「家以外の場所にある可能性もある」と海老沢が言い出した。

竹島を捜査から放り出した日の夜、高峰は海老沢と会って相談していた。一人の方が動きやすいが、効率よくやらないと時間がいくらあっても足りない。海老沢の知恵が必要だった。

「他に仕事場があったのか？」高峰は訊ねた。

「いや、広瀬は、どこでも書ける人間だったんだ。もちろん、家で書くことが一番多かったはずだけど、会社でも楽屋の片隅でもよかったらしい」

「そんなところじゃ、煩いだろう」高峰が首を傾げた。

「そういうことが気にならない——むしろざわざわしている方が、筆が進むんだそうだ」

「変わってるな」

「脚本家なんて、皆変わり者だよ」海老沢が薄い笑みを浮かべる。

「会社は『東竹《とうちく》』だよな」

「終戦前はな」

昭和座は、終戦前は東竹の傘下にあった。映画と芝居を二本柱にしていた東竹にとって、霧島や野呂は、舞台でも映画でも金を稼いでくれる大スターだった。

「ちょっと調べてみよう」海老沢が切り出した。「終戦前に昭和座が活動停止した時に、東竹との契約は破棄になっていたはずだ。戦後は自分たちで独自に活動を始めた可能性もある」

「面倒を見てくれる会社から離れて、まわるのか？」

「戦前の契約は、金銭やスケジュールの問題も含めて、昭和座がかなり不利な内容だったはずだ。特に霧島は、『働かせ過ぎだ』と不満を零《こぼ》していて、常に独立を画策していたと聞いている。彼にとっては、敗戦がいいきっかけになったんじゃないかな」

海老沢がすらすらと説明する。さすが、劇団の内情にも詳しい、と高峰は感心した。

「となると、台本が東竹に置いてある確率は低いか……」高峰は顎を撫でた。

「それは分からない。契約問題はともかく、個人的な関係は深かっただろうし。広瀬が台本を書く場所を提供してくれと頼めば、東竹も断らなかったんじゃないかな。そのまま原稿を預かっている可能性もある」

「よし、東竹へ行こう」高峰は膝を叩いた。「お前、知り合いはいるか？」

「いるはずだけど……」

「大丈夫だ。俺が矢面に立つ。お前は、誰か話を聞ける人間がいねえかどうか、確認してくれ」

「二、三人、親しい人はいる——いた。今も東竹にいるかどうかは分からないけどな。人も相当入れ替わったはずだから」

「とにかく行ってみよう。行って駄目だったら、また考えればいい」

海老沢も立ち上がった。よしよし……こいつの気持ちも折れていない、いや、しっかり立ち直ったのだと思って高峰は嬉しくなった。

翌日、東竹の本社がある日比谷の映画街を、二人は急ぎ足で歩いた。途中、アーニー・パイル劇場の前を通り過ぎる時、海老沢が一瞬足を止めて建物を見上げた。

「あれがアーニー・パイルか」壁に掲げられた巨大な写真を見てつぶやく。

「そもそも、アーニー・パイルって何者なんだ？」高峰の意識では、この劇場はいつの間にかその名前になっていた感じだった。

「アメリカの従軍記者だよ。沖縄で撃たれて死んだ」

「役者でも何でもねえわけか。何でそんな人の名前が劇場の名前になったのかね？」

「さあ」海老沢が肩をすくめる。「アメリカ人の考えていることは分からない」

東竹の本社は、アーニー・パイル劇場から歩いて三分ほどのところにあるビルに入っていた。

「昔はここからちょっと離れたところに本社ビルがあったんだけど、空襲でやられたみたいだな。今はここに間借りしている」ロビーに足を踏み入れた瞬間、海老沢が言った。

「昔の本社ビルに行ったことは？」

「ないよ」

「大丈夫なのか？」

「知った人がいれば、場所は関係ないよ」

にわかに心配になってきた。昭和座の三津の、強硬かつ皮肉っぽい態度を思い出す。戦時中、あれだけ恨みを買っていたのだから、東竹に対する事情聴取も上手くいくかどうか。しかし海老沢は平然としていた。昭和座で緊張しきっていた時とは様子が違う。

「とりあえず、任せてくれ。最初の挨拶までは僕が何とかするから、そこから先はお前の担当だ」

海老沢が言い置いて、ロビーの壁にある案内板を確認して、さっさと階段へ向かった。先に立って三階へ上がると、早足で受付へ近づいていく。高峰は少し離れて待機していた。二人で同時に押しかけたら嫌がられる……受付に座っていた女性は怪訝そうな表情を浮かべたが、途中からは笑顔に変わった。海老沢が、彼女の緊張を解《ほぐ》す名前を出したのだろう。

海老沢が笑みを浮かべて戻ってきた。素早くうなずき、「ちょっと待とう」と小声で言った。

受付の女性がその場を離れたところで、高峰は「誰と会うんだ」と訊ねた。

「森《もり》さんという人なんだが……戦後に出世したみたいだな。今は興行関係の専務になっている」

「役員か」ちょっと上の人間過ぎるのでは、と高峰は心配になった。もう少し気楽に話せる立場の人がいいのだが。

「お待たせしました」受付の女性がすぐに戻って来て、海老沢に笑顔を向ける。愛想よくされるのは久しぶりだった。

案内されて、受付の奥の廊下を進む。そこで高峰は、ようやく映画会社に来たことを実感した。最近——戦後になって撮影された映画のポスターがずらりと貼ってある。廊下は長いので、先の方は空だったが、埋まるのは時間の問題だろう。戦争末期にはフィルムの統制で映画制作は控えられていたのだが、その制限が消えた今、映画は一気に増えた。戦時中に輸入が禁止された外国映画も入ってきていて、何とも賑やかな雰囲気だ。

仮住まいのビルだというが、通された応接室は小綺麗だった。ソファも座り心地がよく、テーブルには煙草入れとガラス製の灰皿が置いてある。高峰は煙草入れをちらりと見て、手は出さないと決めた。何となく、知らない人の物は貰いたくない。

「やあ、お待たせしました」

すぐにドアが開き、森らしき男が入って来る。何とも調子が良さそう——小柄だが力に溢れた感じで、顔は脂ぎっててかてかしている。髪はポマードで綺麗に後ろに撫でつけていた。着ている背広は上々。自分の古い背広が恥ずかしくなった。映画会社というのはこんなに儲《もう》かるものか。

「どうも、ご無沙汰しています」立ち上がり、海老沢が軽く一礼した。

「あなたにお会いすることは、もうないと思っていましたけどね」

「私もです。ただ、ちょっと用事ができてしまいまして」

「それは怖いな」森が皮肉っぽく笑った。「だいたい、あなたたち興行係から呼び出しがある時は、ろくなことがなかった」

「ええ……」海老沢が言葉を途中で濁した。

映画会社相手にもいろいろあったのだろう、と高峰は想像した。海老沢は映画の脚本は検閲していなかったはずだが、担当者が作者や映画会社の人間を呼び出し、事細かく指示を与えていたことは想像に難くない。

「まあまあ、時代も変わりましたからね。今は何をされてるんですか？」

「無職です」

「あらあら。それは大変そうですねえ」そう言いながら、森は今にも呵々大笑《かかたいしょう》しそうに表情を緩めていた。罵《ののし》ったり、ざまあみろと蔑むこともできるだろうに……ぎりぎりで、無用な摩擦は避けたつもりだろう。森からすれば、「元検閲官」と喧嘩しても何の得もないはずだ。

「今日は、こちらの高峰刑事を連れてきました」

「刑事さん……何事ですか」

「警視庁捜査一課の高峰と言います」高峰は名乗ってからすぐに切り出した。「昭和座の広瀬さんが殺されました。ご存じですね？」

「ええ」

森の顔が暗くなる。急に力をなくしたようにソファに腰を下ろすと、煙草入れから一本取り出して火を点けた。二人にも勧めてきたが、高峰は断って自分の煙草を一本引き抜いた。海老沢は、ここでは吸わないことにしたようだ。

「広瀬さんは、昭和座と何か問題を抱えていたんじゃないですか」

「まさか、昭和座の人間が犯人だとでも言うんですか？」

「そうは言っていません」高峰は即座に否定した。

「新聞で読みましたけど、女性連続殺人事件と同じ犯人かもしれない、という説があるそうですね」森が声をひそめて言った。

「新聞は無責任に書いているだけです」ここは否定しておかないと……影響力のある人間がもっともらしいことを周囲に話していると、いつの間にか本当のこととして定着する気がした。「今のところ、共通点の方が少ないですから」

「少ないだけで、共通点もあるわけだ」

「揚げ足は取らないでいただきたい」高峰が苛立った様子で言い放った。

「森さん、穏便に……」海老沢が割って入ってくれた。

「ああ、失礼。それで、私に何を聞きたいんですか？　うちは今、昭和座とは興行での協力関係にあるだけなんですよ。戦前とは違います」

「分かっています」高峰はうなずいた。「ただ、広瀬さんの戦時中から戦後の動きについて、何かご存じだったら教えてもらいたいと思いましてね。今は、座付き作家とは言えない立場なんでしょう？」

「所属はしてますけど、仕事はしてないのでねえ」

「それでも給料はもらっている？」

「どうかな。座の中のことは座の人間にしか分からないので……」

うなずき、高峰は煙草に火を点けた。ゆっくり煙を吸いこみ、肺に留める。鼻から煙を吹き出してから、質問を継いだ。

「広瀬さんは、戦時中に劇団を辞めたんですよね」

「まあ……広瀬は霧島さんとはずっと微妙な関係でしたからね」森が言い淀む。

「そうなんですか？　あんなにたくさん台本を書いていたのに？」

「そもそも広瀬を発掘したのは、霧島さんでした」

森が美味そうに煙草をふかす。クソ、進駐軍のいい煙草だな、と高峰は思った。金さえあれば、何でも手に入るわけか。森が話すのを躊躇《ためら》う気配がなかったので、高峰はうなずいて先を促した。

「広瀬は、浅草の小さな劇団で、脚本家としての仕事を始めたんです。そこはすぐに解散してしまったけど……霧島さんはたまたまその劇団の芝居を観ていて、広瀬に目をつけたんですよ。それが昭和十年かな……そうそう、昭和十年の秋。昭和座が爆発的な人気を得たのは、そこからですよ。やっぱり、広瀬の書く台本は、圧倒的に質が高かったから」

「それはよく分かっています。私もよく観させてもらいました」高峰は相槌を打った。

「広瀬の台本と霧島さんの芝居がぴったり合っていた……昭和座にとって、あの二人は両輪だった。ところが、最初の頃からよくぶつかっていましてね」

「芝居が上手くいっていたのに、何の問題があったんですか？」高峰は首を捻った。

「お互いに我が強いから」森が苦笑した。「台本の内容を巡って遣り合うこともしばしばでした。それに霧島さんには、自分が広瀬を拾ってやったという意識もあったんですよ。彼にすれば、弟子のようなつもりだったんでしょう。ところが広瀬は独立独歩の人間で、誰にも縛られたくなかった。そういう意識の違いがあれば、ぶつかるのは当然でしょう。私が知っているだけでも、広瀬は四回、劇団を辞めています」

「そんなに？」高峰は目を見開いた。

「いや、恒例行事のようなものでね。喧嘩して広瀬が飛び出して、霧島さんも別に引き止めない。一ヵ月、二ヵ月して『呼び戻せ』となるんです。広瀬の台本なしで昭和座が成り立たないことは、霧島さんもよく分かっていたんですよ」

「終戦間際に辞めた時も、そんな感じだったんですか？」

「あれはちょっと事情が違っていました」森が、まだ長い煙草を灰皿に押しつけた。もったいないと思ったが、すぐに煙草入れから新しい一本を取り出す。

「と言いますと？」

「あの頃は、普通の公演もできなくなっていたでしょう？　劇場も被害を受けたりしてね。それはあなたもご存じでしょう？」

　高峰は無言でうなずいた。娯楽が奪われ、日々の暮らしがどんどん暗くなっていったあの時代……早く忘れたいが、記憶はまだ鮮明である。

「そうなると、脚本家の仕事はなくなる。昭和座自体が活動停止を余儀なくされましたからね。それで地方の慰問をしていたわけで……もっとも、東京での活動を停止して、地方の慰問を始める頃には、広瀬は完全に劇団を離れていましたけど」

「何があったんですか？」

「さあ」森が首を捻った。「霧島さんから、『あいつはもう辞めたから』と言われたのを覚えています。その時、いつもとは様子が違うなとは思ったんですが……私は『間に入りましょうか』と申し出たんですけど、霧島さんは首を横に振るばかりでした。状況が状況で、劇団も大きく変わらざるを得ない時期でしたから、それ以上の話はしませんでしたけどね」

「何があったんでしょう」高峰は繰り返し訊いた。

「詳しいことは分かりません。しかし、それがどうしたんですか？」

「広瀬さんは、また昭和座のために台本を書き始めていたようです。霧島さんもそれは知っていました」高峰は説明した。

「初耳ですね」

「ええ。これまでやっていなかったものということで……本格的な探偵物、という話でした」

「探偵物？　聞いてないな」森が首を捻る。「演目については、契約関係が終わっても、興行を仕切るうちの方にも相談があるはずなんですが」

「五月を予定していたようですよ」

「だったらますますおかしい。うちが何も聞いていないということはあり得ません」

「そういう情報は、全部森さんのところに集まるんですか？」

「もちろんです。演目が分からないと、こちらも売り出し方を決められませんから」

高峰はしばらく押し引きを続けたが、森は新しい芝居のことは知らない、と一貫して否定し続けた。

「そもそも広瀬が復帰する話も、今初めて聞きましたよ」森が打ち明ける。

「広瀬さんは、マメな人だったようですね」高峰が話題を変えた。

「ええ」

「締め切りに遅れた事は一度もなかった？」

「遅れると、そちらの皆さんに怒られましたからね」

森が、海老沢を見て笑みを浮かべた。怒っているわけでも、皮肉を言っているわけでもなく、ただ懐かしく昔話をしているような感じ。海老沢は軽くうなずいただけで、一言も発しなかった。しかし、高峰が次の質問を発しようとした瞬間に口を開く。

「広瀬さんは、昔の本社ビルでもよく原稿を書いていたそうですね」

「ええ、そうでした」森がうなずく。「何であんな騒がしいところで書けたのか、分かりませんけどね。うちの営業部の机を借りて、原稿用紙を広げることもありましたよ」

「確か皆さん、『広瀬時間』と呼んでましたね」

「そうそう。そうなったら、とにかく話しかけてはいけない、というのが暗黙の了解でした。こちらの打ち合わせも、わざわざ場所を変えてやったぐらいでしたね。うるさい場所でないと書けない、という訳でもなかったんですが」

「不思議な人でした……ちなみにこちらで、原稿を預かっていたりはしませんか？」

海老沢が本題に入った。

「ないですよ」森があっさり否定した。

「森さんは偉い方過ぎるから……昭和座の興行担当の現場社員がいるでしょう？　そういう人に預けた可能性はありませんか」

「そういうことはないと思うけど……確認した方がいいですかな？」森が高峰に視線を向ける。

「お願いします」高峰は頭を下げた。「いや、私たちが直接話を聴いてもいいですか？　新しい台本の件についても確認したいので」

「構いませんよ。しかし、彼が探偵物ねえ」森は納得いかない様子だった。

「何かおかしいですか」言葉に微かな違和感を覚え、高峰は訊ねた。

「いや、彼はそういうのには興味がなかったはずですよ。むしろ馬鹿にしてました」

「そもそも探偵物は、芝居や映画ではあまりなかったですよね。小説ぐらいかな」

「そうそう。うちは映画化を企画したことがあったんですけどね。江戸川乱歩《えどがわらんぽ》とか浜《はま》診してみたんですよ。結局実現はしなかったけど……その時、広瀬に書かないかと打診してみたんですよ。ところがあいつは、探偵小説を頭から馬鹿にしていましてね」

「そうなんですか？」

「ああいうのは、小説のための小説だって。現実味がまったくない——人が人を殺すというのは、極めて重大で深いものなんだ、と……読むに堪える探偵小説は、一冊もないと言ってましたね」

「だったら、原作なしで自分で書けばよかったんじゃないでしょうか。広瀬さんは、頼まれた仕事はほとんど断らない人でしたよね」

「そうなんですが、殺人事件が起きて、素人探偵が乗り出して、警察を尻目に事件を解決する話なんて、嘘臭くて書けないと……完全拒否でしたね」

「だったらどうして、今になって探偵物を書こうなんて思ったんでしょう」高峰は食い下がった。

「先ほどから申し上げてますが、私はその話は初耳なんです」

森が不機嫌そうに表情を歪める。これが今の昭和座と東竹、あるいは森との距離なのだろう。

その後、昭和座の興行を担当している若い社員にも話を聴いたのだが、探偵物の台本の話はまったく聞いていないということだった。広瀬が書くという話もやはり初耳だという。

どこかで何かがずれている。

あるいは誰かが嘘をついているのか?

10

高峰だけには任せておけない。いや、高峰――警察に対しては話さない相手も、自分が相手なら皮肉や罵倒とともに話すかもしれない――海老沢は高峰には何も告げずに、昭和座の関係者に話を聞いて回ることにした。自分でも不思議だった。高峰に「まともな人間になってもらうため」と言われたのだが、こうやって密かにあいつの手助けをしていれば、まともになれるのだろうか。

戦前、仕事の上で濃厚につき合いがあったのは、広瀬と幹事の三津ぐらいだった。しかし、顔見知り程度なら何人かいる――広瀬と会う時に、文芸部の若い人間が一緒だったこともあった。

海老沢は、そういう一人――戦後一座に復帰した大本《おおもと》に接触した。海老沢とは同い年で、昭和十九年に徴兵されて劇団を離れていた。終戦時は国内の通信基地で働いていたのですぐに復員し、劇団が活動を再開すると同時に、文芸部員として働き始めていたようだ。

浅い関係だったとはいえ、どういう反応を示すかが心配だったが、大本は上機嫌だった。七月の興行で、自分の書いた台本が初めて採用されそうだ、という。今はその追いこみで寝る暇もない——そういう話をする間も嬉しそうだ。

戦前のように、街中で会う場所がいくらでもあるわけではない。ミルクホールにでも寄って学生に混じり、小声で話していれば秘密がばれることもなかったのだが、今はそういう場所が少ない……それでも、金さえ出せば何とかなる。海老沢は、戦火を免れた渋谷の洋食屋に大本を誘った。

「どんな内容の話なんですか？」海老沢は大本の台本についてさらに訊ねた。

「恋愛物」

「なるほど……となると、主役は野呂さんですか」

「もちろん」大本は屈託《くったく》がなかった。「恋愛ものと言えば野呂さんしかいない。今月も、恋愛映画の撮影に入ってますよ」

野呂は、メイク次第で年齢をいかようにも変えられる役者だ。二十代と言っても通じるので、若い女優の相手役も十分にこなせる。たぶん、劇団で活躍するよりも、映画専属になった方がもっと売れるだろう。本人にそういう気があるかどうかは分からないが。舞台には映画と違う興奮がある——海老沢が知る限り、舞台で育ってきた人はだいたい映画を下に見ていた。生の迫力がなく、ぶつ切りで撮る映画には緊張感がまったくない、と。

「広瀬さん、復帰する予定だったんですか？」海老沢はさっそく本題を切り出した。

「どうですかね……」途端に大本の口調が曖昧になった。自信なげに視線を彷徨わせる。

「五月公演の台本も用意していた、と聞いていますよ」

「はあ……そうみたいですけど、私みたいな下っ端は、はっきり聞かされていないので」

「広瀬さんとは会ったんですか？」

「会いました」大本がうなずく。「でも、本人の口から、戻るという話は聞かなかったけど。とはいえ、書かないとも言ってなかったですね……もしかしたら、座付き作家じゃなくて、一本ずつの契約にするつもりだったかもしれません」

そこへ料理が運ばれて来て、大本が息を呑むのが分かった。目が爛々《らんらん》と輝きだす。ポタージュ、オムレツ、タンシチュー、それに少し遅れてビーフカツ。

「いやいや……こんなにいいんですか？」大本が両手を揉み合わせた。

「どうぞ」海老沢はカレーだけを頼んでいた。薄い財布は少しでも守りたい……。

「普通に食べられる店が増えてきて、よかったですね」

海老沢は頭の中で、ざっと今日の料理の値段を計算した。六十円か七十円というところか。物価はうなぎのぼりで、母親と二人暮らしになっても家計は苦しい。本当に、そろそろ仕事を見つけないといけない……。

大本はガツガツと食べ始めた。音を立てて食べるのはいかにも下品だが、あまりにも勢いが良過ぎて、それすら気にならなくなってしまう。まるで、シャベルで泥を片づけるようなものだった。

「いやあ、美味いですね」途中で、辛うじて感想を漏らす。

「戦前は、これぐらいは普通に食べられましたけどね……月に一度ぐらいなら」海老沢のお気に入りは銀座の資生堂パーラーだった。いかにもモダンで、いい匂いのする店……海老沢の給料では滅多に行ける店ではなかったが。

「広瀬さんや霧島先生にはよく連れてきてもらいました」

「二人とも金持ちだから……ところで、広瀬さんと霧島さんはよく喧嘩していたそうですね」海老沢は話題を変えた。

「ええ」大本があっさりと認める。「霧島先生に面と向かって文句を言えるのは、広瀬さんぐらいでしたね」

「喧嘩の原因は何だったんですか？」

「だいたいは、演出を巡ってですね。霧島先生は台本にも細かく注文を入れるんです。広瀬さんはそれに対して怒って、稽古ではいつでも怒鳴り合いでしたよ」

「何度も劇団を辞めては戻って来た、と聞いてますけど」

「ああ」大本が笑みを浮かべる。「それはお約束みたいなものでした。広瀬さんは、たまに爆発しないと駄目なんです。霧島先生も分かっていて、わざと演出に逆らったりしてました。ただ、辞めたと言っても、いつも形だけでしたけどね。だいたい、一ヵ月か二ヵ月で戻ってきてました」

海老沢はうなずいた。先日森に聞いた話と合致する。

「今度、探偵物をやる予定だったそうですが――広瀬さんの台本で」

「ああ」大本がスプーンを置いた。「そういう話は聞いてますよ。でも、私は変だと思いました」

「何がですか？」森から聞いた話が、またここで裏づけられるのだろうか……海老沢はかすかな胸の高鳴りを感じた。

「広瀬さんは、探偵物が大嫌いなんですよ。戦前にも、板に乗せようかという話は何度も出ていたんですけど、広瀬さんが反対して全部潰しましたからね」

「どうしてです？」

「現実味がないからって。実際の世の中には、事件を解決する探偵なんかいないでしょう」

海老沢は静かにうなずき、スプーンの先でカレーをこねくり回した。森の証言と同じである。問題はここから先だ。

「だったら広瀬さんは、どうして急に探偵物を書く気になったんでしょう」

「さあ……ただ、何となく怒っている感じはしましたよ」

「そうなんですか？　何に対して？」

「よく分かりません」大本が首を横に振った。「普通に話をしていたのに、急に大声を上げて……」

「書きたくなくて、霧島さんが無理に書かせようとしていたとか？」

「霧島さんは、そういうことはしません」大本が首を横に振った。「無理強いはしない人ですから。広瀬さんが書くのは、広瀬さんが自分で提案した題材か、霧島先生と相談して作ったものだけです」

「ずいぶん大事にしていたんですね」

「それだけ、霧島先生が広瀬さんを買っていたんですよ。親子というわけじゃないけど、それに近い関係だったかもしれません」

「なるほど……」海老沢は一瞬目を閉じた。こういう取り調べをやったことはない。高峰だったらどう進めるだろう。とにかく、何でも聴いてみることだ。「広瀬さんが怒った時のことなんですけど、何がきっかけだったんですか？　何の話をしている時ですか？」

「その探偵物の話をしていた時ですよ」大本があっさり言った。「そうそう、『これだけは書かなくちゃいけない』って、急に強い口調で言い始めて。『これを書かないと昭和座は駄目になる』って断言してました」

「そんなに重要な台本だったんですかね？　霧島さんも内容は知らなかったようですが」

「内容までは分かりません……広瀬さんは、どうして殺されたんですか？」

そこで会話が途切れる。何となく気まずい思いを味わいながら、海老沢はカレーライスを平らげた。水っぽく、ただ辛いだけだが、それでもカレーはカレーである。戦前に食べていたものがまた普通に食べられるようになってきただけで嬉しい。答えられない質問への返事を避け、海老沢は別の質問をぶつけた。

「再開してから、昭和座の雰囲気はどうなんですか？　大入り満員が続いて景気はいいでしょう」

「ああ……まあ」大本が口を濁した。

「何か問題でも？」

「今に始まったことじゃないんですが、野呂さんがね……」

「野呂さんがどうかしたんですか？」野呂の名前が唐突に出てきて、海老沢はすこし驚いた。

「機嫌が悪いというか……それは終戦前からだそうですけどね」

「役者さんなんて、元々気難しいものじゃないんですか」霧島は数少ない例外で、「人格者」と呼ばれている。

「ええ。ただ、野呂さんはずっと苛々してましてね。劇団の若手に手を上げることもあるんです」

「そういうことも……ありそうですね」本番に向けた稽古中、それに本番が始まってからも、若手が殴られたり、女優でも罵詈雑言《ばりぞうごん》を浴びせられることは珍しくないと聞く。劇団というのは、そもそもそういうものだと海老沢は理解していたが……。

「どうしたんでしょうね。昔は――私が劇団に入ったばかりの頃は、そんなことはなかったんですけど」

「戦時中は、苛々するのも分かりますけどね。明日がどうなるかも知れぬ身でしたし、誰かに当たりちらしたくもなるかもしれない」

「うまく言えないな。何か変なんですよ。おかげで、劇団の中の雰囲気がぎすぎすしています」

「なるほど……」よくある話かもしれないが、何かが気にかかった。「例えば、どんな人が被害を受けていますか？」

「若手女優の斉藤明子《さいとうあきこ》とか。三月の渋劇の時も、何度も叩かれてましたね。他の人が割って入ったり、霧島先生が諭《さと》したりしなければならなかったほどで……原因が分からないから、不気味なんです」

「斉藤さんを紹介してくれませんか？」斉藤明子という女優の顔は思い浮かばない……それに何の意味があるか分からないが、海老沢は突っ走るつもりだった。どうせなら、徹底的に調べてやれ。

「どうしてですか？」怪訝そうに大本が訊ねる。

「気になるから、としか言いようがありません」

「いいですよ。彼女も愚痴を聞いてほしいかもしれないな」大本があっさり請け合った。

「ありがとうございます……どこで会えますかね」

「今月は東竹の『夏模様《なつもよう》』の撮影をしてますよ。撮影所は世田谷です」

「何とかそこで会えるように頼んでもらえませんか？」セットでの撮影なら、待ち時間はたっぷりあるはずだ。

「構いませんよ。聞いてみます」

「よろしくお願いします」テーブルにくっつきそうになるほど低く頭を下げているうちに、ふと疑問を感じる。この男は親切過ぎないか？　禁忌《きんき》の質問かもしれないと思いながら、つい訊ねてしまった。

「私のことを悪く思っていませんか？」

「ああ……」大本が曖昧に笑った。「まあ、好きか嫌いかで言えば、好きではないですね。奢ってもらって申し訳ありませんけど」

「広瀬さんや三津さんには、さんざん罵られましたよ。あなたも、広瀬さんと一緒に警視庁に来たことはあるでしょう？　私と広瀬さんが散々遣り合っているのを見て、私に対して悪印象――憎しみを抱きませんでしたか？」

「いや、別に」大本があっさり言った。「広瀬さんから、お前は喧嘩するな、と言われてましたし」

「どういうことですか？」

「今はこういう時代――国が全てを管理しようとする時代だけど、そのうち変わる。適当に合わせて、ご機嫌を取っておけばいいんだ、と。ただし、全員が全員国の方針にへつらって芝居を書いていたらおかしくなる。俺が右代表として喧嘩をしておくから、よく見ておけよ、と。つくづく変わった人ですよねえ」

広瀬の方が一枚上手だったわけか……まるであの時代に、今が来るのを見透かしていたようだ。日本が戦争に負け、「民主主義」「自由主義」という新しい看板を、今度はアメリカが押しつけてくる時代――もしも広瀬が生きていて、自分と和解したらどうなっていただろう。

彼の言葉には、耳を傾けるべき価値があったはずだ。

海老沢は、映画の撮影所を訪れたことはなかった。何となくざわついた雰囲気を予想していたのだが、それはあくまで想像に過ぎなかった。時々遠くから、「ヨーイ！」「カット！」と声が聞こえてくる以外は、撮影所の雰囲気を感じさせるものはない。

斉藤明子と撮影所の受付には、大本が連絡を入れてくれていた。受付で名前を名乗ると、すぐに明子の楽屋を紹介される。「昭和座」で、明子は女優の中では若手なのだが、この撮影所では一人の楽屋を用意されていた。

化粧をしていない女優というのは意外に地味だ、と海老沢は知っている。ただ、素顔を見ても、どこかが違う。内面から光り輝くような何かがあるのだ。

挨拶を交わすと、明子は溜息をついた。この面会を歓迎していないのは明らかだった。

「何の用ですか？　あまりいい気分じゃないですね」

「申し訳ありません」

海老沢は頭を下げた。それで明子は、驚いたように目を見開いた。

「……で、話は何ですか？　早く済ませましょう」

明子が座り直した。正座しているせいか、ぴしっと背筋が伸びて、背の高さが際立つ。野呂と組んでもあまり凸凹《でこぼこ》にならない、数少ない女優である。

「野呂さんのことです」

明子の肩がぴくりと動いた。目から光が消える。

「野呂さんが、最近暴力的だ、という話を聞いています」

「それも大本さんから聞いたんですか？」

「それは申し上げられませんが――」

「大本さんでしょう？　あの人、お喋りだから」

後で大本と明子が揉めないように、海老沢は沈黙を貫いた。大本のお喋りにだいぶ助けられたわけで、後で彼が明子に責められるのは忍びない。

「どうなんですか？　もちろん、劇団の中で世間の常識が通じないことは、私も知っていますが……」

「野呂さん、何だか変わってしまったんですよ」

「いつ頃からですか？」

「去年――去年の初めぐらいからですね」

「暴力的になった？」

明子が黙りこむ。うつむき、畳の目を数えているようだったが、ほどなく座ったまま後ろを振り向き、鏡台に置いてあった煙草を取り上げた。海老沢はすかさずマッチを擦り、火を近づける。明子が身を乗り出して、顔を突き出した。火が点くと、「どうも」と低い声で言って深々と煙を吸った。

「私、二度も首を絞められたんです」明子が突然打ち明けた。

「そんなに大変だったんですか？」海老沢は座り直した。これは大事だ……。

「周りの人が慌てて止めてくれたから大したことにはならなかったんですけど、一瞬、死ぬかと思いました」

「何かきっかけがあったんですか？」

「私がしくじったからなんですけどね。稽古中、野呂さんと二人の場面で、何回か台詞が詰まって……そうしたら、いきなり首を絞められたんです」

「何も言わずに？」

「ええ……怒鳴ったりしてからとかではなく、本当にいきなりで、かなりの力でした。野呂さん、左利きなので、私の首の右側にあざができるくらいでした」

「怖い経験でしたね」応じながら、高峰の説明を思い出して海老沢は緊張した。犯人は左利き――。

「それだけで終わらなかったんです。似たようなことは何度かありました。殴らなかったのは、顔に傷がつくとまずいと思ったからかもしれませんね」

「かなり情緒不安定な感じですね」

「私だけじゃないんですよ」話しているうちに、明子の声に勢いが出てきた。「うちの座員の女性が、何人も被害に遭っています。女優だけじゃなくて、文芸部の子たちも」

「ひどい話じゃないですか。警察に届け出るつもりはないんですか？」

「こんなことが警察沙汰になったら昭和座が大変でしょう？　それに、誰も怪我はしていないので。霧島先生が宥《なだ》めているんですけど……」

「暴力はどこで飛び出すか分からない、と」

うなずく。明子が静かに煙草を吸った。じっくりと恐怖を思い出し、味わっているようだった。

「癇癪《かんしゃく》を起こして後輩を殴ったりする俳優さんは、昔からいますよね」

「ええ。でも、そういう感じじゃないんです。首を絞められた子の中には、何の失敗もしていないのに、いきなりやられた子もいますから」

「あなたが最初だったんでしょうか？」

「たぶん」

「正確にいつだったか、覚えてますか？」

「三月十日の大空襲があったでしょう？　あの前日の夕方です」

「間違いないですか？」

「あんなことがあった前日ですよ？　忘れるわけがありません」怒ったように明子が言った。

「そうですね。稽古をしていたんですか？」

「渋劇の準備だったんです」

「稽古はどこで？」

「銀座の東竹本社です」

「日比谷と有楽町の間にあった、昔の本社ですね？」海老沢は確認した。

「そうです。その後で下町の方がやられて……野呂さんに首を絞められた時は驚きましたけど、その後あんな空襲があったから……」

「そうですよね。ちなみに、二回目はいつですか？」

「四月でした」明子が即座に答えた。

「どういう状況ですか？」

「渋劇に出ている最中だったんですけど、その後で慰問に出ることになったんです。人数も減っていたので、演目も練り直さないといけなくて」

「場所は？」

「渋劇です。会議室で読み合わせをしていた時に、いきなりでした。私は何も失敗していなかったんですけどね」

「四月の何日か、正確に覚えていますか？」

「十三日です。あの日も夜に空襲があったでしょう」

「ええ」高峰と一緒に昭和座を観たのがその前後だった気がするが……記憶がはっきりしない。「どんな風になったんですか？」

「稽古終わりでした。何のきっかけもなく、いきなり首をものすごい力で絞められて……広瀬さんが止めてくれたんですけど、最初の時より怖かったです。きっかけが何もなかったんですよ。私はきっちりやってましたし」

「それは怖いですね」

小柄で目の悪いあの広瀬が、大柄な野呂をよく止められたものだと思う。

「幸いと言っていいのかどうか、その後は野呂さんと会う機会もあまりなくて」

「地方の慰問でも？」

「慰問に行く座員は、毎回変わりましたから」

「そうですか」

相槌を打ちながら、海老沢はかすかな疑問を感じていた。明子が暴力を振るわれた日。何かの日だったのは間違いないが、それはいったい何だったのか。空襲が続き、今考えると非日常が日常だった頃だ——。

突然、天啓《てんけい》のように答えが降ってきた。そうか……だが、なぜ……そこから先、考えが進まない。これは高峰に相談しないといけない。しかし止まってしまった考えが、また突然動き出した。

「他にも被害を受けている座員の方がいる、という話でしたね」

「ええ」

「誰がいつ、野呂さんに暴力を振るわれたか、正確に分かるでしょうか」まずはそこからだ。パズルを組み立てるようなものだが、パズルには必ず完成形がある。まだ見つかっていない部分を探せばいいだけではないだろうか。

第六景続き

井澤の自宅前。張り込みを続ける脇谷と田代。そこへ朋子が家から出て来る。顔を押さえ、よろける頼りない足取り。気づいた脇谷が慌てて駆け寄る。

脇谷　大丈夫ですか！

朋子、脇谷に気づくも答えようとしない。顔を押さえたまま、走り出そうとする。田代が腕を摑んで止める。

脇谷　怪我してるじゃないですか。

朋子　大丈夫です。

脇谷　大丈夫じゃない。顔ですか？　見せて下さい。

脇谷と朋子、揉み合う。脇谷が朋子の手を摑み、力ずくで顔から引き剝がす。

脇谷　こんなに腫れてるじゃないですか。

朋子　大丈夫です。

脇谷　殴られたんですね？　やったのは井澤ですね？

朋子　あの人を……あの人を止めて下さい！　これ以上、罪を犯させないで下さい！

11

海老沢の情報は、高峰に衝撃を与えた。もちろん裏は取れていない、単なる状況証拠なのだが、それでも決して無視していいものではない。

前夜、家を訪ねて来た海老沢からこの話を聞かされた時、高峰はすぐには理解できなかった。しかし理解してみると、とんでもない事態が進行しているのではないかと恐怖に襲われた。まさか、あの人がこんなことをするはずが……まずはその衝撃。同時に、相手が誰であっても、一刻も早く捕まえないと犯行を止められないと焦りが生じた。

海老沢は、「空襲が関わっているのではないか」と自分の推理を披露した。しかし戦後も事件は起きているわけで、空襲だけがあの男の「電源」を入れたとは言えないだろう。

高峰は、海老沢にはこれ以上無理をしないようにときつく言い渡した。劇団内部の事情については海老沢の方が詳しいだろうが、あまりにも突っこみ過ぎると彼の身が危うくなるかもしれない。今は一般人である彼には、立場や権力で危機を回避する方法がないのだ。

海老沢は一応納得して帰っていった。今度はこちらで、積極的な手を考えねばなるまい……ほとんど寝ずに考え続け、結局何も思いつかないまま朝がきてしまった。京橋署の捜査本部に顔を出しても、頭はぼんやりしたままで、考えがまとまらない。捜査会議が終わっても立ち上がらず、座りこんだままの高峰を見て、近藤が近づいてきた。

「どうした」

声をかけられ、話すべきかどうか迷う。九月の事件発生から半年以上が経ち、近藤は精神的にかなり追いこまれている。捜査会議でも声を荒らげることが多くなり、捜査本部の雰囲気は目に見えて悪化していた。今このネタを出せば全員が食いつくかもしれないが、あまり期待されても困る。あくまで状況証拠、そして海老沢の推理に依《よ》るものであり、何の根拠もないのだ。

しかし、話すことにした。自分一人で考えるのも限界がある。ここはベテラン捜査官である近藤の知恵も借りたかった。

「実は――」

切り出すと、予想通り近藤はすぐに食いついてきた。身を乗り出し、瞬きもしないで高峰の話に耳を傾ける。話し終えると、「悪くない線だな」と満足げに言ってうなずいた。

「はっきりした証拠は何もないんですが……」

「証拠がなければ、とにかく本人を呼んで叩くだけだ」

そういう、昔ながらの捜査でいいのだろうか。最初に警察の方で「脚本」を用意し、それに合わせて証拠を探す――そういうやり方のせいで無実の罪を着せられた人もかなりいるはずだ。高峰ははっきり言ってみた。

「この段階では、まだ呼ぶわけにはいきませんよ」

「だったらどうする」

「気になっていることがあります。被害者の広瀬さんのことなんですが」

「広瀬さんがどうした」

「新しい台本――探偵物の台本を用意していたはずです。だけどそれは見つかっていない。もしかしたらその台本は、今回の事件をモデルにしたものかもしれません」

「それは突拍子もない話だな。根拠はあるのか？」

「劇団内の暴力沙汰に、広瀬さんが何回か絡んでいました——彼は止めただけですが。もしかしたら広瀬さんは、そういう状況が続く中で、事件の真相を知ったんじゃないでしょうか」

「だったら警察に言えばよかったんだ」

「彼は警察を徹底的に嫌っていました——警察というか、特高を」

「我々は特高ではない」近藤がむっとした口調で否定した。

「彼から見れば、警察は全て同じだったのかもしれません。何度も警視庁に呼ばれて、嫌な思いもしているはずです。所轄に足を踏み入れることさえ、嫌だったんじゃないでしょうか」

「それで、台本に真相を書いておいたとか？　何でそんなに手のこんだ真似をする？」近藤が首を捻る。

「正直、作家の考えていることは分かりません。ただ、海老沢——私の友人の説明では、広瀬さんは喋るよりも書いた方が上手く説明できる人だった、ということです」

「生まれついての脚本家、か」

「ええ」高峰はうなずいた。「私は、その台本がどこかにあると思っています。まだ途中かもしれませんが」

「もしそうなら、犯人が、広瀬さんを殺した時に持ち去ったか、処分してしまった可能性もあるぞ」近藤が指摘した。

「はい。その可能性も否定できません」高峰はまたうなずいた。「しかし犯人は、広瀬さんが台本にそういうことを書いていたと知っていたんでしょうか？　襲った時に、たまたまその原稿を書いていたならともかく……」

「なるほど」納得したように近藤が言った。「しかし、どうやって探す？　あっちの事件の捜査本部は、徹底して家捜しをやったはずだぞ」

「もう一度家捜しをします。被害者の家ですから、犯人の家ほど詳細には家宅捜索をしていないはずですよね」

「まあ、そうだな」近藤が渋々認める。「他に心当たりはないのか」

「今のところはないんですが、相談してみます」

「誰と」

「海老沢です。あいつの力を借りようと思いますが……いかがでしょうか」やはり自分の力だけでは心許ない。ここは海老沢の手が必要だ。

「構わん」近藤があっさり許可した。

「いいんですか？　今は民間人ですが」

「立ってるものは親でも使え、と言うだろう」

　これでお墨つきを得た、とほっとした。これまでも無断で一緒に聞き込みなどをしてきたので、ばれたらどうしようと心配してはいたのだ。

「では早速、海老沢と相談します」

「ああ。そいつ、元特高だな？　これで多少は罪の償いができると思うんじゃないか」

　立ち上がりかけた高峰は、中腰のまま固まってしまった。罪——海老沢たちがやったことは「罪」なのか？　本人たちにはそういう意識はなく、ただ命じられた仕事を一生懸命こなしていただけだと思うが……もちろん高峰とて、彼らの役割と仕事のやり方を肯定はしない。彼らの仕事は、間違った時代に間違った方法で行われたものだ。

　ただ、海老沢も結局は国家の歯車に過ぎなかっただろう。

　歯車に意思などない。悪意も、善意も。

　係長のお墨つきを得た事実は隠しておくことにして——警察組織、そして正式な仕事として巻きこまれることを海老沢自身がどう思うかが分からない——高峰は海老沢の自宅を訪ねた。海老沢は、昨夜「これ以上無理をしないように」と言い渡されたばかりなのに何だ、とでも言いたげな表情を浮かべている。

狭い家には海老沢の母親もいたので、高峰は彼を外に誘った。四月――ようやく寒さが緩み、外を歩くのも苦にならなくなっている。春が来たのが信じられなかった。去年、日本の歴史は完全に断絶してしまったのに。

「今日はどうした？」海老沢が怪訝そうに訊ねる。

「広瀬さんが犯人のこと――犯行について知っていた可能性について話したい。彼はそれを、次回の台本のネタにしていたとは考えられないか？」

「あり得るな」海老沢があっさりと認めた。「彼は戦前、探偵物の企画を何回も却下しているんだが……」

「探偵物は嘘臭くて嫌いだ、という話だったな」

「ああ。ところが、何故か引き受けた。あれだけ嫌っていたのに、どうして今回に限ってやる気になったのか――単なる心境の変化とは思えない」

「台本で、状況を全て説明しようとした可能性はあるぜ」高峰はうなずいた。「しかし、一つだけ――決定的に大きな疑問があるんだ」

「何だ？」

「そんな台本、上演できないだろう。台本ができあがれば、犯人も当然それを知ることになる。その時点で広瀬さんを殺したかもしれない」

「実際にはそれより少し早かった。犯人に気づかれたんだろうな」海老沢が指摘した。

「ああ」高峰はうなずいた。「それはともかく、広瀬さんはこんな台本を上演できると本気で思っていたんだろうか」

「広瀬さんの発想は、常人のそれとはまったく違っていてね。例えば、こういうことを狙っていたんじゃないだろうか……台本ができあがって、本読みをする。読んでいるうちに、その場に参加した人は、誰が犯人か知ることになる。そうなったら、全員で犯人を警察に突き出す、と」

「何でそんなまわりくどいことを。それこそ、安っぽい探偵物じゃないか」

「野呂が犯人として捕まったら、劇団はどうなるだろう。次の公演——五月の公演は無事に開催できるのかな」と海老沢が疑問を口にした。

「それは——劇団自体には直接関係ねえだろう」

「だったら、最高の宣伝になるだろうな」納得したように海老沢がうなずく。

「宣伝?」その発想は高峰にはまったくなかった。

「そうだよ。看板役者が殺人犯——そしてその内容を芝居で詳しく演じるとなったら、客は殺到するだろう。連日昼夜の二回公演をこなしても、いくら日延べしても、客を消化できない。東竹は当然、映画化も考えるだろう。大受けで、全員が大儲けだ」海老沢の口調は皮肉っぽかった。

「馬鹿言うな。そこまで……連中は、本当の人殺しをネタにして一儲けするつもりだったっていうのか？」

「客が喜ぶなら何でもする連中もいる。それが役者だし、映画会社というものなのかもしれない。それに今は、タガが外れている」

「お前たちの検閲がなくなったからだと思うか」

歩きながら海老沢がうなずく。表情は暗いが、声に出して「ああ」と認める。

「今は、客の顔だけ見て作品を作ればいい。タガが外れたから、その反動で何でもありになってるんだ」

海老沢の解説を聞き、高峰もすこし合点がいった。しかしそれは、あくまで広瀬個人の計画だろう。霧島が上演を許すわけがない――それを指摘すると、海老沢も認めた。

「霧島さんは常識人だ。広瀬さんのようにぶっ飛んだ考え方はしない。関係者全員が幸せになればいいと思ってる人だから」

「だったら、広瀬さんは最後までついていなかったわけだ」

「広瀬さんが、本当にそんな風に考えていたかどうかは分からないけどな」

二人はしばらく無言で歩いた。その間、高峰は今後どう動くかを考え始めた――具体的には、海老沢にどう動いてもらうか。

「俺は台本を探す。台本はあるものと思っている」高峰は切り出した。

「僕もそう思う」海老沢が同調した。

「それともう一つ、お前が調べてくれないか？」高峰は人差し指を一本立てて、新たな頼みごとを説明した。

「分かった」海老沢がすぐに同意し、自説を開陳した。「戦争末期に何かあったと思うんだ。突然激昂して暴力を振るうようになったのはその頃だから」

「家族の問題かもしれないな。家族が戦死したとか」

「その辺も含めて、調べてみる」

高峰は思わず微笑《ほほえ》んでしまった。海老沢がこんなにやる気を出してくれるとは……こうやって動き回っている間は、安恵の死を忘れられるということもあるのだろう。一種の代償行為だが、今はそれでも構わない。仕事をすれば、日常の不幸を忘れられるはずだ。

そしてこの一件が片づいた後、海老沢は絶対に立ち直っているはずだ、と高峰は期待した。

12

高峰に頼まれて初めて意識したのだが、海老沢は野呂という役者――人間については、よく知らなかった。座長の霧島についていたのだが、雑誌などでも散々紹介されていたので、裏も表も分かったつもりになっていたのだが、何故か野呂に関する知識は皆無に等しかった。人気劇団の二番手、売れっ子の二枚目だから、雑誌などでたくさん記事を書かれていてもおかしくないはずだが……。

小嶋に相談したらどうか、と提案してみた。雑誌記者として、小嶋は野呂に取材したことがあるかもしれない――しかし高峰は暗い表情で「やめておいた方がいい」と忠告した。体調がよくない。感情の起伏が大きいので、まともに話を聴ける可能性は低い、と。

小嶋の線を諦めた海老沢はまず、最後に広瀬と会った場所――神保町の古書店を訪ねた。店主は海老沢を覚えていなかったようだったが、古い演劇雑誌、映画雑誌で野呂の記事を読みたいというと、二階にまとめて用意してくれた。お茶が出なかったのは、広瀬のような常連ではないからか。

映画雑誌と演劇関係の雑誌が二種類。まず日付が新しい順に並べ、目次に目を通していく。二冊とも毎月のように読んでいた雑誌なので、どこにどんな記事が載っているかはだいたい分かっている。懐かしいスターたちの顔が並ぶ……内容は気にしないようにしようと自分に言い聞かせていたが、新国劇の沢正《さわしよう》の記事はつい読んでしまった。沢田正二郎《さわだしようじろう》があんなに若くして死なかったら、今頃日本の演劇はどうなっていただろう。

霧島の記事は、大量にある。戦前戦中も舞台に映画に大車輪の活躍だったから、それも当然か……昭和座の娘役で一番人気だった荒木和代《あらきかずよ》の記事も目立った。しかし、野呂の記事はまったく見つからない。昭和座の二番手、ただ一人霧島と拮抗した芝居ができる男で、二枚目といえばまずこの人、と言われるぐらいの役者なのに。

インタビュー嫌いなのかもしれない。根掘り葉掘り自分のことを聞かれるのが、生理的に合わない人もいるはずだ。しかし役者と政治家というのは、とかく目立つことが大好きな人種ではないだろうか。取材拒否する役者など、ちょっと想像もできない。

雑誌はどんどん古い方へ遡る。そのうち、昭和八年の映画雑誌で、ようやく野呂の記事を見つけた。

『花と刃』が主演デビュー作となる野呂章雄君は、東京府神田区出身。早くから映画界期待の星として注目されていたが、学業優先で早稲田《わせだ》大学に進学していた。しかしこの度、心機一転して映画の道に専念することを決め、大学を中退して退路を断った。

この時十九歳。昔から観ているので、何だか大ベテランのような感じがしていたのだが、現在でもまだ三十二歳なのだ。自分と三歳しか違わないと思うと、何だか奇妙な感覚を抱く。

演劇雑誌でも、この直後に野呂の記事を見つけた。野呂が霧島に「弟子入り」し、昭和座に正式加入した、というニュースだった。白黒のぼやけた写真でも、潑剌《はつらつ》とした若さが誌面から浮かび上がってくるようだった。映画に加えて、舞台でも活躍――自分の前に世界が無限に広がり、まさに前途洋々という感じだったのではないか。

その前後の雑誌をもう一度ひっくり返してみる。二本ほど、昭和座の舞台の劇評が載っていて、野呂の演技についても少しだけ触れられていたが、絶賛というわけではない。この頃はまだ、霧島の下で演技の修業中だったのだろう。

次第に埃っぽくなり、咳が止まらなくなった。しかし、何とか野呂に関する次のニュースを見つけ出す。

入営。

映画と芝居の世界に身を投じてから四年後、野呂は召集を受けた。昭和十二年……この頃の戦争というと、戦場は中国本土である。そこへ送られたのだろうが、記事には当然配属先までは書かれていなかった。無事に帰ってきたのは間違いないのだから、大したことはなかったのか。日中戦争も、後期は泥沼の様相を呈してきたはずだが、初期の日本軍は、全てを蹴散らす勢いで快進撃を続けていたはずだ。

野呂はいつ日本へ戻ってきたのだろう。雑誌をひっくり返してみたが、見当たらない。辛うじて、昭和十四年の演劇雑誌で、昭和座の舞台に出ている野呂の話を発見できたから、兵役は二年ほどだろうと推測する。

あれだけのスターの情報が、ほとんど記事になっていないのは何故だろう。この辺の事情を聞ける人は……昭和座ではやはり霧島だろうが、彼に直接話を聞くと、波紋を広げてしまいそうな気がする。

ふと思いつき、雑誌を裏返した。戦時中は業務を停止してしまった出版社も多かったのだが、この演劇雑誌の出版社はどうなっているか……ああ、昭和十九年の末に解散したのだ、と思い出す。戦後はどうしただろう――会社が復活していなくても、所属していた人がいれば話は聞ける。

この編集部には、顔見知りがいた。演劇人の噂を聞くのに、一番相応しい人間なのは間違いない。

『演劇日本』の元編集長、遠野《とおの》礼二《れいじ》を探し出すのは難しくはなかった。伝手《つて》がありそうな何人かに連絡を取ると、彼は新しい演劇雑誌を出すための会社を立ち上げたばかりだと分かったのだ。銀座の新事務所で会えるはず、ということだったので、電話も入れずにいきなり訪問する。しかしその結果、遠野を当惑させてしまった。海老沢は雑誌の検閲を担当していたわけではないが、遠野とは顔見知りであり、海老沢が検閲官をしていたのは知っている。今さら何だ、と戸惑ったのだろう。

編集部は雑然としていた。本格的な業務開始前ということで、床には荷物が積み重なり、何だか倉庫のような雰囲気だった。そんな中で、新しい編集部員たちだろうか、若い男女が机を動かしたり、荷物を開けたりして慌ただしく動き回っている。

「今日は何事ですか」遠野は警戒心を解こうとしなかった。

「ちょっと、人の噂を聞きたいだけです」

「噂？」遠野が首を傾げる。

「野呂章雄」

「野呂、ね」遠野の防御壁が少しだけ下がったような気がした。「警察の仕事じゃなくて？」

「警察の仕事です」

「あなた、まだ警察にいるんですか？」

「いえ。手伝いと言いますか……」返事が曖昧になってしまう。

「まあ、いいですよ」遠野が嫌そうにうなずいた。「警察には嫌な思いをさせられたけど、昔の話だ」

「あなたにご迷惑をおかけしたことはないと思いますが」海老沢は思わず反論してしまった。

「迷惑を被った友人の愚痴や苦労を、散々聞かされましたよ。我々も散々検閲されたし……まあ、こちらへどうぞ」遠野が、奥のドアに向かって顎をしゃくった。どうやらそこが、彼専用の仕事場らしい。

ざわついた編集部の大部屋と違い、遠野の部屋は既に片づいていた。大きな机には電話が載っていて、すぐにも仕事を始められそうである。今日は少し寒いが、部屋の片隅にはストーブが入れてあり、上で薬缶が沸騰して部屋を温めていた。

「あなたにコーヒーを出す義理もないんだが……私が飲みたいので、ついでに淹《い》れましょう」

遠野はデスクにつくと、引き出しからコーヒーミルを取り出して豆を挽《ひ》き始めた。途端に、懐かしく香ばしいコーヒーの香りが部屋に充満する。ああ、戦時中はたまに飲むコーヒーが最高の贅沢だったな……香りが記憶を呼び覚ました。

コーヒーを淹れる間、遠野は終始無言だった。それほど集中力が必要な作業とも思えないが、海老沢と話す心の準備を整えているのかもしれない。何だか遠野は今にも、煙になって消えてしまいそうだった。元々病的に痩せていたのだが、戦後になってさらに肉が落ちている。髪もすっかり白くなり、新たな雑誌を作るような気力・体力に満ちているとは思えなかった。

「どうぞ」

遠野がコーヒーを出してくれた。まずカップを鼻先に持っていって香りを嗅ぎ、それから一口。久しぶりのコーヒーは刺激が強く、一発で眠気が吹き飛ぶ感じだった。

「野呂がどうしたんですか？」

「彼は、戦争に行ってますよね？」

「ああ、中国にね」

「昭和座に入って四年目ぐらいでしたか」

「そう」遠野が短く言って認める。

「すぐ戻ってきたんですか？」

「二年だったかな……」

「怪我したりとかは？」

「聞いてない」

「なるほど……」またコーヒーをひと啜《すす》り。濃い苦味にも早々と慣れてきた。

「一つ、気になったことがあります。彼は、『演劇日本』にほとんど登場していませんね？　少なくとも兵隊から帰ってきてからは、記事を見ません」

「そうだね」遠野がまたうなずく。

「映画の雑誌にも出ていません。映画にも舞台にも、精力的に出演していたにもかかわらず、です」

「ああ、そうだったね」遠野があっさり認めた。

「どうしてですか？　野呂ほどのスターなら、記事は欲しいはず」

「もちろん。でも、断られたんだ」

「どうしてですか？」

「知らんよ」遠野が表情を歪める。「とにかく毎回拒否されたんだ」

「取材でなくても、舞台裏なんかで雑談を交わすことぐらいはあったんじゃないですか？」

「相手にしてもらえなかった。我々が顔を出すと、さっと逃げていったぐらいで」

「逃げる意味が分からないな」海老沢は首を傾げた。「私も分からない」遠野が目を細める。

「最初からそうだったんですか？」そんなことはないはずだ。デビュー直後の野呂は、インタビューにもごく真面目に応じていたのだから。

「いや……そんな風になったのは、戦争から戻ってからだな」

「やっぱり、戦争で何かあったんじゃないですか？」

「演技はぐっと上手く——深みが出てきたがね。舞台でも映画でも、ちゃんと仕事をしているかどうかは、観れば一目瞭然です」

「でしょうね。芝居を投げていれば、すぐに分かります」

「ただ、人間関係に関しては妙に余所余所《よそよそ》しくなっていた感じかな。敵意とは言わないが、そもそもこちらが存在していないような感じで、話しかけても返事もしてくれなくなった」

「取材しようとはしたんですか？」

「もちろん。文芸部の三津さんには何度もお願いしたし、霧島さんに直接頼みこんだこともある。でもいつも、やんわりと断られた」

「取材を断る役者さんなんて、ちょっと考えられないですよね。普通は、金を払っても雑誌に出たいと考えるでしょう」

「デビューの頃は、彼もそうだったんだよ。どんなに忙しくても取材には応じてくれたし、真面目に、真剣に質問に答えてくれた。そんなに面白いことを言うわけではなかったけどね」遠野が薄い笑みを浮かべる。「それが、戦争から帰ってきて、様子が変わってしまった……」

「今考えると、そういうことだね」遠野が認めた。

「何があったか、本当にご存じないんですか？」

「噂を集めるのが私の仕事のようなものだが」遠野が呆れたように言った。「何でもかんでも知っているわけじゃない」

「失礼しました」

とりあえず現段階では、これで十分だ。野呂がいつ変わってしまったかだけは確認できたのだから。ただしこの後、野呂はおそらくもう一度変貌《へんぼう》を遂げている。外部に対して拒絶反応を示す若者から、暴力的な男へ――空襲の最中に何かあったのかもしれない。

この辺の事情を聞くべき人間は、やはり劇団の中にいる――危険だが、もう一度直接手を突っこまざるを得ないだろう。

自分に敵意を抱く人間に会うのは、心底疲れる。できれば避けたい。ただ、劇団内の事情を探るのに一番適した人間が、最も気の合わない文芸部の三津なのも間違いない。

三津は酒好きだ。戦前、彼らの接待で何度か一緒に呑んだことがあるが、接待する方が先に酔い潰れてしまうのではと心配になるような呑みっぷりだった。だから今日も一升瓶をぶら下げて——とも思ったのだが、熟慮の末やめておくことにした。媚を売っていると思われるのが嫌だったし、一升瓶をつっ返され、それを抱えて帰ることを考えただけで惨めな気分になる。

昭和座は日比谷のビルの一室を劇団事務所として借りており、舞台がない月には、三津たちはそちらに詰めているはずだった。あるいはどこかで誰か——劇場関係者や映画関係者——と会っている。打ち合わせもあるだろうし、映画や芝居を観たり、誰かと呑んでいる可能性もある。

幸い、三津は事務所にいた。他の劇団員は、海老沢がドアを開けた途端に白い目を向けてきたが、無視する。どうしてここまで強く——図々しくなれたのか、自分でも謎だった。終戦直後は、家に籠もりがちの生活を送っていたのに。

三津は、呆れた表情で出てきた。この前、散々罵ったのに懲りていないのか、とでも言いたげに。

「ちょっと内密の話があるんですが」

「こっちが話したくないと言ったら？　あんたは帰るしかない」

三津は初めから喧嘩腰だった。怒鳴り散らせば帰ると思っているのかもしれないが、今の海老沢には引く気はない。

「お時間は取らせません」

「あんたに話す義務はないと思うが」

「私に話してもらえないなら、この後すぐに警察が来ますよ。それも面倒ではないですか？　私に話せば、厳しい警察官の追及を受けずに済みますよ」

三津が海老沢を睨んだが、最後は折れた。事務所のドアを押さえていた手を引き、「どうぞ」と一言。中に入ると、さらに厳しい多数の視線に晒《さら》されたが、それも何とか我慢できた。

文芸部長の三津は、劇団の実務上の責任者ということで、個室を持っていた。大部屋の奥にドアが二枚。もう一枚のドアは、おそらく霧島の部屋のものだろう。彼がここに籠もって椅子を温めている様は想像できなかったが。劇団のために常に動き回っている――精力的な印象しかない。

ドアを閉めると、大部屋の喧騒が嘘のように静かになった。部屋にはソファも入って、来客をもてなしたり、打ち合わせなどができるようになっている。遠野のところもここも、既に戦前の全盛期の様子を取り戻している。金はあるところにはある――金儲けの上手い人間はいるものだ、と海老沢はしみじみ思った。

三津が自分の机についた。そうなると海老沢はソファに座る訳にもいかず、三津の前に立ったまま相対する羽目になった。軽い嫌がらせだが、気にしていない素振りを貫くことにする。

「野呂さんのことなんですが」

「野呂？　広瀬じゃなくて？」

「そうです。野呂さん、最近の様子はどうですか？　ひどく暴力的になっていると聞きますけど」

「そんな話、どこで聞いた」三津が海老沢を睨みつけた。

「言えません」海老沢も引かなかった。背中で両手を組み、足を軽く開いて「休め」の姿勢を取る。

「それじゃ話にならない。単なる因縁じゃないか」

「暴力を振るわれた人が、訴えると言ってますよ」

口から出まかせ。しかし三津の顔色が変わったので、海老沢はここぞとばかりに攻撃に出た。

「時代が変わったんですよ。劇団だって、昔みたいに師匠と弟子の関係で、下は上に絶対服従というわけじゃないでしょう。不正なこと、不利益なことがあれば、下の人間が上の人間を訴える——下剋上《げこくじょう》もできると思います。それが民主主義というものじゃないですか」

「そいつは民主主義の都合のいい解釈じゃないのか」

「私は構いませんが……」海老沢は肩をすくめた。「警察官でもないので、訴えを受ける権限もありません。ただ、そういう動きがあるということだけは言っておきます」

「誰がそんなことを言ってるんだ」

「言えません。しかし、十分に信じられる話です。あなたに名前を教えたら潰しにかかるでしょうが、それは間違った行為だと思います」

「何が知りたいんだ？」

「何が起きているのか知りたいだけです――野呂さんに」

「特に言うことはないな」

三津が椅子の背に体重を預けた。革張りで、肘かけもついた立派な椅子――素早く周囲を見回すと、折り畳み式の椅子が見つかった。座ってもよかったが、あえて立ったままでいることにする。こうなると上から見下ろす格好になり、圧力をかけられるかもしれない。

「野呂さん、取材を受けない人みたいですね」

「それがどうした」

「何故ですか？　俳優さんというのは顔を売る商売です。話を聞いてもらって、写真を撮られて——そういうことが嫌いな人は少ないと思います」

「そうじゃない人間もいるだろう」

「何故受けないんですか？」海老沢は質問を繰り返した。「新聞や雑誌の記者に話を聞かれるとまずいことがあるとか？」

「そんなことはない」三津が即座に否定した。

「だったらどうしてなんです？」

三津が体を前に倒し、机に置いた煙草を取り上げる。マッチを擦ったが火が点かず、二回、三回と繰り返したところで軸が折れてしまう。もう一本をつまみ出した手は震えていた。

「私が言うことじゃないかもしれませんが、このまま野呂さんを放っておいたら、劇団がまずいことになるんじゃないですか？」

三津が海老沢を睨む。しかし、視線に力がなかった。折れかけている——痛いところを突かれたのだ、と海老沢は確信した。もうひと押しすれば、三津は完全に折れる。しかし口を開こうとした瞬間、三津が呻くような声で言った。

「あんたは検閲官だった」

海老沢は無言でうなずいた。その話を蒸し返して、僕を追い返そうとしているのか——しかし三津は、意外な言葉を続けた。

「あんたが守ろうとしていたのは、個人ではなく国だ」

「国は、個人の集まりです」

「あんたの国家観など、どうでもいい」吐き捨てるように三津が言った。「あんたがやろうとしていたのは、国家を守るために、都合のいい情報だけを国民に与えることだった。国家に不平を持たず、国家のために死ねる人間を作る——そのために芝居の台本を捻じ曲げ、個人の思想を統制した。そういうことだな」

海老沢は返事をせず、ただ三津を凝視した。言葉は厳しいが、声には力がない……何か様子がおかしい。

「とにかくあんたは、国民ではなく国家を守ろうとした。それとは規模が違うにしても……私にも分からんではない」

「どういう意味ですか？」

「この劇団を守るためなら、私は何でもやる」

何が言いたい？　本音が読めず、海老沢は新しい質問をぶつけられなかった。三津は静かに話し続ける。

「戦前は、あんたたち保安課の検閲との戦いがあった。今はＧＨＱが煩い……我々は、いくら作者が言いたいことを押し潰されても、芝居ができないよりはやった方がいいと判断した。芝居の筋なんか関係なく、霧島先生や野呂を生で見て喜ぶ観客は大勢いたからね。そういう要望に応えるのも劇団の役目だ。団員が兵隊に取られようが、劇場が焼け落ちようが、とにかく芝居を続ける――そういう意味では、私とあんたは似たような考えの持ち主かもしれん。目的が違うだけで」

反論できるようなできないような考えだ。こういう抽象的な話を続けて、適当にこの場を誤魔化すつもりだろうか？　しかし三津の話はまたあらぬ方へ飛んだ。

「野呂は、中国で傷ついて帰ってきた。表立っては何も変わったことはない。普通に芝居はできた――前よりもよくなっていたぐらいだ。しかし、内面は深く傷ついて、心は死んでいた」

「それで取材を受けなくなってしまったんですか？　例えば、顔も知らない人と話すと恐慌状態に陥るとか？」

「そういうこともあった」三津がうなずく。「だから私も霧島先生も野呂を守った。野呂は、昭和座に絶対に必要な役者だからだ」

「それが取材を拒否した理由ですね？」

「それもある」

「それも？」

三津が目を瞑る。煙草の煙が、揺れながら立ち上った――まだ手が震えているのだ。

「その先は、私は言いたくない」

「じゃあ、誰が教えてくれるんですか？」

「知らん。しかし、あんたが嗅ぎつけた情報は、そのまま警察に筒抜けになるんだろう？　劇団はこれでおしまいだ」

「意味が分かりません」

「あんたが昭和座を潰すんだ」

「そんなつもりはない！」言いがかりだと、海老沢は強い言葉を叩きつけた。

「あんたの方ではそういう意思がなくても、結果的にはそうなるだろう」

「野呂さんに何かあったら、劇団も危ない、ということですか」かすかな恐怖を覚えながら、海老沢は訊ねた。

「あんたは、自分がどこまで足を突っこんでいるか、自分で分かっていないのか？」

「分かりません」認めざるを得なかった。

「例えばの話だが……あんたが警察にいた時、突然革命軍が警視庁に攻めてきて、銃撃戦になったらどうしていた？　しかも警察側が圧倒的に不利で、陥落は時間の問題だ。ところが革命軍が気づいていない抜け穴が、近くに一ヵ所だけある……どうする？」

「どうするも何も……」思考実験としても答えにくい話だ。

「自分が所属する組織を守る。それは当然だ。しかし、守りきれないとなったらどうするか……人は、ぎりぎりの局面に置かれたら、まず自分が生き残るように画策するものじゃないか？　それが人間というものではないか？」

そして三津は、彼が知っている事情をぽつりぽつりと話してくれた。

13

海老沢が持って来た情報に、高峰は興奮したが、自分一人で一気に背負いこむには重過ぎる。高峰は結局、海老沢を近藤に引き会わせることにした。

「おい、大丈夫なのか」海老沢が狼狽した。昔馴染みの高峰ならともかく、捜査一課の係長と直に会うとなったら緊張するのも当然だろう。

「大丈夫だ。実は係長がお前が手助けするのを許可してくれていた」

海老沢を先導して階段を上がる。さすがに捜査本部のある会議室に入れるわけにはいかず、隣の小部屋を使う。近藤は既に中で待っていた。傷だらけの小さな机を前に座り、最初高峰に、そして海老沢にうなずきかける。二人は同時に、近藤の向かいに腰を下ろした。

「あんたが海老沢か……話は聞いている」近藤がさっそく切り出した。「この情報は信用できると思うか？」

「嘘はないと思います。こんなことで嘘をついても、三津には利益は何もないはずです」

海老沢が硬い口調で答える。高峰は話を引き取った。

「三津は、昭和座の創設以来、文芸部の重鎮として、脚本や演出、それに事務まで一手に引き受け、座長の霧島を守《も》り立ててきた男です。劇団の表の顔が霧島なら、裏で支えたのが三津なんです。戦争も切り抜け、劇団の活動も無事に再開した——彼にすれば、劇団は何よりも大事な存在だと思います。それがわざわざ、劇団が潰れる可能性もある情報を口にしたからには、相当の覚悟があったはずです」

「例えば、霧島に全ての責任を押しつけて代表の座から引き摺り下ろし、劇団を自分のものにしようとしているなどとは考えられんか」近藤は疑り深かった。

「あり得ません」海老沢が即座に否定した。「三津は霧島に心酔していて、霧島も三津を全面的に信用しています。座長がワンマンだったら、劇団内に不満分子も出てくると思いますが、霧島はあの業界では珍しい人格者として座員に尊敬されています」

「あれだけの大スターがワンマンじゃないというのは、にわかには信用できんな」近藤が首を捻る。

「霧島は苦労人なんです」高峰は説明をつけ加えた。「だからこそ座員にも慕われていて、自分から昭和座を辞めた役者は一人もいないぐらいです。兵隊に取られたり、病気で続けられなくなったり――そういう人たちに対しても、霧島は手厚く援助してきました」

「それは事実なのか？」近藤が突っこんだ。しかし高峰が答えようとすると、急に手を上げて制する。「……まあ、いい。疑い始めたらきりがない。あとは、どれだけ早く勝負をかけるかだ。三津はもう、霧島に相談しているだろう。霧島がどう考えるかがどう考えるかは分からん。証拠を隠滅してしまう可能性もなくはない。霧島

「直接当たります」高峰はうなずいた。「今すぐやりますよ」

「霧島は摑まるのか？」

「今、映画の撮影中ですから、逃げようがありません」海老沢が情報を提供した。「世田谷の撮影所にいるはずです。今日の予定は分かりませんが……」

高峰は壁の時計を見た。午前十時。撮影所の一日は、どんな日程になっているのだろう。

「よし、分かった。俺が全責任を持つから、すぐに霧島の事情聴取を始めろ。仮に、霧島が証拠隠滅でもしていると分かったら、そのまま身柄を押さえていい」

高峰は顔から血の気が引くのを感じた。この係長は、映画の撮影がどれだけ大変か、理解しているのだろうか……もしも主演俳優が逮捕でもされたら、映画は間違い

なくお蔵入りになる。金銭的損失がどの程度のものになるか、高峰には想像もつかなかった。それにまだ、証拠が揃ったわけではない。誤認逮捕なら大問題だ。

「何だ、大物相手で緊張してるのか」近藤がからかうように言った。

「それはそうですよ」高峰は口を尖らせた。

「相手が誰でも気にするな……行け！」

蹴飛ばされたような勢いで、高峰は立ち上がった。


近藤は、捜査本部の刑事たちを一気に動かした。高峰と海老沢は、世田谷の撮影所で霧島から事情聴取。他の刑事たちは、野呂の所在確認に走った。昭和座の舞台がなく、映画の撮影も終わった野呂は、今月はラジオドラマの収録があるぐらいで、それほど忙しくないはずだという。おそらく自宅か放送局で摑まるだろう。まずは所在確認と監視のために人員が割かれた。

海老沢は世田谷の撮影所へ行ったことがあるというので、道案内は任せることにした。

「ここは、戦前から使っていたんだっけ？」小田急小田原《おだわら》線の駅からかなり長い距離を歩きながら、高峰は訊ねた。

「そうだな。サイレント時代からだから、相当古い」

「戦後、無事に復活したわけか」

「幸い、この辺は空襲の被害を受けなかったしな」

確かに、はっきりと戦前の雰囲気が残っていた。落ち着いた雰囲気の木造住宅。小さな商店。畑。今や馴染みの光景――道路脇に積み重ねられた瓦礫の山がないだけで、戦前に時間が戻ってしまったようだった。

「なあ」海老沢が切り出した。

「何だ？」

「お前、結婚するのか」

「何だ、唐突に」

「いや、そういうことを話している暇もなかったからさ。どうなんだ？」

「……そのつもりだ」

「そうか。新しい家族か」

「前に進まないとな。いろいろ辛いことはあったけど、後悔ばかりしていてもしょうがねえから」

「節子さんもいい人みたいじゃないか」

「まったくだ。俺は、運命を信じるようになったよ」

「まさか、一緒に防空壕に避難したのがきっかけになったとはね」

「そういう人は、意外と多いかもしれないぞ」死ぬか生きるかという経験を共にした二人が、特別な感情を抱き合うようになるのは、いかにもありそうな話である。

「そうだな」海老沢がうなずいた。「新しい人生か……」

お前もそうしろ、と言いかけて高峰は言葉を呑みこんだ。きちんと仕事を始めるなり、素敵な女性を見つけて交際を始めるなり、人生を変える方法はいくらでもある。特に女……女で男は変わる。

海老沢が受付の担当者と話し、三津の名前を出すと、すぐに中に通された。まるで撮影所の関係者のような扱いだった。

「さすがに三津さんの名前は威力があるな」海老沢が皮肉っぽく言った。

「三津さんから撮影所に話は通ってるわけか……それはありがたいが、霧島はどうだろう。俺たちが行くことを聞かされていたら、用心して準備を整えているはずだ」

「その時はその時だ。お前の取り調べ技術をしっかり見せてもらうよ」

「お前は目と耳になってくれよ。俺が見逃したものを見落とさねえようにしてくれ」

高峰は海老沢に頼みこんだ。

「僕にそんなことができるかどうかは分からんがね」海老沢が自信なげに言った。

「細かいところをチェックするのは得意だろう」

海老沢は肩をすくめるだけだった。

やはり空襲の被害を受けなかったこの撮影所は、その分古びてもいた。サイレント時代から使われているというから、関東大震災以前の施設ということになる。

控えめな照明に照らし出された廊下の両側には、小部屋が並んでいた。控え室というか楽屋というか、とにかく撮影を待つ俳優たちが待機する場所だろう。それぞれのドアの横には、俳優の名前が張り出されている。映画の裏側の世界。どんなものかと想像し、憧れていた世界に、自分は警察の仕事で足を踏み入れている。変な気分だ。

霧島の名前があるドアの前に立ち、高峰はもう一度ネクタイを直した。シャツの大きさが首に合っていないので、ネクタイがどうにも落ち着かない。

「緊張しているのか」海老沢が小声で言った。「初対面じゃないぞ」

「あの時とは状況が違うよ。今日は……」もしかしたら霧島を逮捕することもあり得る。そう考えただけで、脳天から足のつま先まで痺れるような緊張感が走った。霧島に手錠をかけて、ここから出ていくことになるのだろうか。

「お前が先に行けよ」海老沢がすっと横にどいた。

「どうして」

「刑事はお前だ。僕はあくまで手伝いだよ」

「……そうだな」

高峰はうなずき、必要以上に激しくドアを拳で叩いた。返事を待たずにドアを開けると、ちょうどその時「はい」と返事があった。霧島の声ではなかった。六畳ほどの畳部屋。霧島は寝転がり、若い男に腰を揉ませながら台本らしきものを読んでいた。もう一人、やはり若い女性がいて、お茶の準備をしている。

「警視庁捜査一課の高峰です。何度かお会いしました」高峰は普段よりも声を張り上げて言った。

「ああ」腰を押されながらなので苦しい声だったが、霧島が返事をする。「どうぞ」

それから若い男――弟子というか俳優見習いのようなものだろう――に声をかけると、男がさっとどく。霧島はゆっくりと体を起こしてあぐらをかき、それまで読んでいた台本を、隠すように背中の方に置いた。

「少しお話を伺いたいんですが、時間はありますか？」

「いいですよ。十時撮影開始で呼ばれたのに、来てみたら十二時からだから。たぶん何もしないで昼飯休憩に入るでしょう」

「映画は、そんなに予定がずれるものなんですか？」つい興味を惹《ひ》かれて高峰は訊ねた。

「予定通りにいったことは一度もないね」霧島が皮肉に笑いながら、取り巻き二人に声をかけた。「君たち、ちょっと外してくれないか。撮影が始まりそうなら、教えてくれ」

「先生、お茶は……」女性の付き人が心配そうに訊ねる。

「ああ、今はいい」

二人が顔を見合わせ、すぐに霧島に一礼して控え室を出て行く。三人だけで取り残されて、高峰はさらに緊張感が高まってくるのを意識した。

霧島が鏡台を背にして座り、高峰と海老沢は相対して並んで腰を下ろした。すぐに海老沢が座り直す――少しだけドアの方に移動した。何かあっても、霧島が突然逃げ出せないように、自らの体でドアを塞いだのだ。よしよし、俺たちの組み合わせは悪くない……高峰は内心ほくそ笑んで、事情聴取を始めた。

しかし、霧島はこんなに老けていただろうか……化粧をしていないせいかもしれないが、皺が目立ち、血色もよくない。背中も丸まって、老人の雰囲気さえ漂わせていた。

「野呂さんのことです」

「野呂がどうしたかな」

「野呂さんは、病んでいた――兵役から帰ってきて、精神的におかしくなってしまったんですか？」

「あなたは、うちの芝居を観たことがあるかな？」

「戦争が激しくなる前は、東京で公演がある度に、初日と中日と千秋楽に行きました。終戦前に最後に見たのは、渋劇の『歯車』です」

「それはご熱心に、どうも……野呂の芝居を観てどう思いました?」霧島が逆に訊ねる。「精神を病んでいるような人間の芝居に思えましたか?」

「日常生活に支障をきたすような人でも、芝居はできると思います。芝居というのはそもそも非日常の世界ではないですか」

「あなたはよく芝居を観ているようですね」霧島が笑みを浮かべた。「確かに、そんな風にも言われています。板の上では常識を忘れろ、演じるためには狂気も必要だ、と」

「野呂さんに、何があったんですか?」

「中国では、だいぶ辛い思いをしたようですね」

「例えば?」高峰は突っこんだ。海老沢が三津から聞いてきた話でも、この辺は具体的になっていなかった。

「人を殺すこと。すぐ側《そば》で人が死ぬこと……あなたは、目の前で人が死ぬのを見たことはありますか」霧島が訊ねる。

死体ならたくさん見た。それは自分ばかりではなく、多くの日本人が経験したことだ。あの空襲で積み重ねられた無数の遺体――枯れ木のような焼死体や、煙を吸って死んだ人の遺体。子どもですら、多くの遺体を見ているはずだ。しかし「目の前で」

ということになると、高峰も経験がない。高峰が見てきたのは虐殺の後の遺体だ。

「彼は、本来は心優しい人間なんだ。多少神経質なところもあるがね。そういう人間が、命令とはいえ人を殺さざるを得なかった。本当は逃げ出したかったのに、銃を構えて相手を撃つ――あるいは銃剣で目の前の相手を刺し殺す。それがどれほど辛いことだったかは、想像ならできるでしょう」

「ええ」

「そして、自分の隣にいた人が、いきなり撃たれて死ぬ――それまで普通に話をして、互いに助け合っていた相手が、一瞬で死体になってしまう。そんなことが何度もあったら、精神的な均衡を欠くのも当然ではないですか」

「それは分かりますが、彼はちゃんと芝居をしています」

「全てを――まともな部分を全て芝居に投入して、私生活はどうでもいいということになったら？」

「そうだったんですか？」

「一人では飯も食えない。いつ寝ていいか、起きていいかも分からない。そういう状態がどれだけ苦しいかは想像できるはずです」

「まあ……そうですね」さすがに認めざるを得なかった。

「芝居はできる。しかし他のことは……だから、取材も一切受けさせませんでした。

何を言い出すか分からないから、危なくて仕方がなかった。復員してからしばらくは、私のところに同居させました。そこなら、野呂の面倒を見る人間はいくらでもいた」

「つまり、昭和座として野呂さんの面倒を見ていたんですか？」

「そうです。もちろん、そういう共同生活のようなことは長くは続けられなくてね。本人の希望もあって、アメリカとの戦争が始まる頃には、野呂は一人暮らしを始めた。ただそこにも、世話をする人はいたけど」

「劇団の人ですか？」

「違います」霧島がさらりと否定した。

「誰ですか」高峰は食い下がった。

「それは、まあ……いいでしょう」霧島が言葉を濁す。それまでの堂々とした喋り方から一転して、非常に弱気な感じだった。「劇団関係者ではないが、非常に彼に近い人だった。ただ、その人はもう亡くなっています」

「空襲ですか？」

「いや、病死です」

「女性ですか？」高峰は念押しした。「野呂さんが結婚していたという話は、聞いたことがありませんが」

「結婚はしていません。ただ、側にいて面倒を見ていただけです」

「女性だったんですね？」

高峰が再度念押しすると、霧島が無言でうなずいた。認めたものの、詳しく話したくはない様子だった。まあ、いい……そういう事実があったなら、後で確認もできるはずだ。女性の名前さえ分かれば。

「その方が亡くなったのはいつですか」

「去年の二月です」

「それから、野呂さんの面倒を見てくれる人はいなかったんですか？」

「ええ。劇団としても、そこまで手が回りませんでしたから……野呂は、昼間は劇団員と一緒にいることが多かったけど、夜は基本的に一人でしたでしょう」

「野呂さんは、何人殺したんですか」

高峰はいきなり、本題を持ち出した。霧島が凍りつく。しかしほどなく、「何を馬鹿な」と言葉を絞り出した。

「去年三月の東京大空襲の時に、女性が殺されて防空壕に捨てられているのが発見されました。同じような事件は四月にも起こっています。さらに終戦後の九月には、あなたが以前交際していた武井良子さんが殺され、今年の三月にも……今年の三月に犠牲になったのは、こちらにいる海老沢君の妹さんです」

「それはお気の毒に……」

霧島がお悔やみの言葉を述べたが、あくまで他人事のように思えた。自分のかつての愛人も犠牲者になったというのに、ただ困惑している感じである。高峰はちらりと後ろを振り向き、海老沢の様子を確認した。無表情。この話をさらに前に進めても、何とか持ちこたえてくれるだろう。

「この一年間で、四人もの女性が殺されています。手口から、我々は同一犯による犯行と見ています。さらに広瀬さんが殺された件も……殺害方法はやはり同じでした」

「まさか広瀬も、同じ犯人に殺されたというのか？　しかし、他の被害者は全員女性だ」

「広瀬さんは、犯人を知っていたんじゃないかと思います。それを犯人が嗅ぎつけ、口封じのために広瀬さんを殺した――すみません、これは少し先走り過ぎた推理かもしれませんね。しかし広瀬さんは、探偵物の台本を書いていたんですよね？　戦前は絶対に引き受けなかった探偵物の台本を。あなたがそれを教えてくれたんです」

「そうだったかな」

「そうです。ところが、その台本は見つかっていません。まだ書き上がっていないのか、完成した後でどこかに預けたのか……少なくとも家にはありません。天井裏まで探したのに見つかりませんでした」

霧島が居心地悪そうに体を揺らした。あぐらをかいた尻のところから、先ほどまで彼が読んでいた台本がちらりと見えている。題字は見えず、彼が今撮影中の映画の台本なのかどうかは分からなかったが、高峰はピンときた。隠すような仕草を見せたではないか……一瞬後ろを振り向き、海老沢に目配せした。海老沢が素早くうなずく。台本を何とか見たい――こちらの意図を、彼は読んでくれただろうか？

海老沢が立ち上がる。

「ちょっと失礼します。手洗いをお借りします」

一礼して楽屋を出て行く。海老沢が何かしかけてくれるかもしれない……次の動きがあるまでは、何とかつなぐしかない。高峰は、一時事件のことから離れ、今撮影中の映画について話題を振った。舞台と映画はどんな風に違うんですか？

「映画は、好きになれないね」溜息をつきながら霧島が言った。

「舞台の方がいいですか？」

「もちろん。映画の撮影は切れ切れで、自分が何をやっているのか分からなくなるんだ。出来上がったのを観て、こんなことをやっていたかな、と不思議になることもしばしばですよ」

「でも、霧島さんの映画は客を集めますよね」

「しかし、もっと作りようがある。戦時中にアメリカで作られた映画を観たことはあ

ります か?」

「いえ、まだ機会がなくて」

「我々が乏しいフィルムに苦労しながら撮影していた頃、アメリカでどんなに豊かな映画が作られていたか……正直、戦争中でもあんな映画を作れるような国と戦って、勝てるわけがないと思ったよ」

ノックの音が響き、「先生、床山《とこやま》の方へよろしいですか」と声がかかった。声は作っているが、海老沢だ。霧島は気づくだろうか……賭けだ。そして高峰と海老沢は賭けに勝った。

「はいはい」霧島が気楽な声で返事して、立ち上がる。「予定が早まったようですね」

「出直します」

高峰も立ち上がる。霧島は台本をそのままにしていることに気づいたようで、慌ててひざまずいて拾い上げた。脇を通り過ぎようとした瞬間――刑事を控え室に残していくつもりだろうかと高峰は訝った――高峰は霧島の手から台本を払い落とした。

台本ではない――製本されておらず、原稿用紙を綴《と》じこんだだけだった。床に落ちると、表紙が見える。手書きで「ある殺人者の記録」という題字、それに広瀬の署名があった。

「何をする!」霧島が慌てて声を上げ、手を伸ばした。高峰は原稿を摑んで裸足のまま控え室を飛び出し、霧島に向かって原稿を突きつけた。廊下には海老沢が待機している。

「これは何ですか！　広瀬さんの原稿じゃないですか！」高峰は叫んだ。ここにあったのか……広瀬は生前、霧島に原稿を託していたのだろう。「問題の、探偵物の原稿ですよね？　もう書き上がっていたんですね？」

この時点で、霧島にはいくつかの選択肢があったはずだ。大声で助けを呼ぶ、原稿を奪い返すために高峰に飛びかかる――しかし霧島は、控え室の中で静かに立ち尽くしたままだった。これから何が起きるか、冷静に考えている様子である。

「物事には終わりがある」霧島が告げた。

「どういう意味ですか？」

「戦争も終わる。劇団も終わる。人間だっていつかは死ぬ。簡単で、絶対に疑いようのない事実だ」

「それは分かりますが……」高峰は戸惑った。この人はいったい、何が言いたいのだ？

「そして人は、覚悟を決めなくてはいけない。これで終わりだと分かったら足掻《あが》かない――それが日本人の、そして侍の矜持《きょうじ》ではないだろうか。この原稿をどうするか、私は決めかねていた。しかし、君たちが来た時、全てを打ち明けるべきだと考えた」

「その覚悟は覚えておきます」

「君――」霧島が高峰越しに海老沢に声をかけた。

「君は、元検閲官だったな」

「ええ」海老沢が静かな口調で認める。

「自分たちが何をしたか、理解しているか？」

「霧島さん、その話は後でいいでしょうか」高峰は割って入った。「今は野呂さんの話をしたいんです」

「それは話す。私が知っていることは全部話す。しかしそれ以外の部分も、知っておくべきではないか？　どうしてここまで事態が広がってしまったか、それで分かるはずだ」

胸がざわつく。嫌な予感が、霧のように胸の中に広がっていった。最悪の事態が待っている……高峰が霧島の顔をまっすぐ凝視した。これは全て演技なのではないか？　これだけの名役者だ、高峰を演技で騙《だま》すぐらいは簡単だろう。しかしこっちも、犯罪捜査の――そして人間観察の専門家なのだ。そう簡単には騙されない。本音を見抜いてやる。

霧島の目には、暗い絶望しか見えなかった。

海老沢が再び無口になった。霧島の話したことが信用できるかどうか……本当だとしたら、海老沢はまたもや自分の罪と向き合うことになる。彼自身の罪とは言えないかもしれないが、大きな意味では海老沢も巻きこまれる。

少しでも話して、気持ちを上向かせてやりたかったが、そんな暇もない。ここから先はまさに警察の業務であり、海老沢を巻きこむわけにはいかないのだ。

14

東急小田原線で新宿まで出て海老沢と別れた高峰は、都電十一系統に乗り換えて京橋署へ急いだ。鞄の中には、広瀬手書きの原稿がある。それが熱を持っていて、今にも爆発しそうだった。高峰は混み合う都電の中で、立ったまま鞄をきつく抱いた。

京橋署へ戻って、階段を二段飛ばしで駆け上がる。近藤にすぐ報告――しかしすぐに、それができない状況だと気づいた。捜査本部がざわついている。多くの刑事たちが大声で話し合い、受話器に向かって怒鳴っている者もいる。近藤は部屋の一番前に立ち、黒板に向かって何か書きつけていた。かなり苛立っている様子なので、刺激しないようにとそっと近づく。しかし近藤はすぐに気づいてしまい、高峰に厳しい視線を向けてきた。

「野呂が消えた」

「消えた？」高峰は歩調を速め、近藤に近づいた。近藤が真顔でうなずき、黒板に戻る。どうやら張り込み場所と担当刑事の名前を書き出しているようだ。自宅、最寄駅、劇団事務所、放送局……。

「他にどこかないか？」近藤が腕組みして黒板を睨みつけたまま、高峰に訊ねた。

「昭和座は、五月に有楽町の関劇《かんげき》に出演予定です。当然、野呂も出ます」

「だから？」

「今夜から関劇で舞台稽古が始まるそうです。野呂が顔を出すかもしれません」

「本気で言ってるのか？」近藤が疑わしげに高峰を見た。

「野呂が消えた――我々の動きに気づいて逃亡した可能性がどれぐらいありますか？」高峰は反論した。「警察内部にスパイがいるか、劇団内部の人間が手助けしたのでない限り、自分に捜査の手が迫っているとは気づかないはずです」

「だから？」

「今はたまたま、何かの用事で外出しているだけかもしれません。夜になれば関劇に現れると思います」

「そこを捕まえるか」

「はい……ただ、任意で引っ張っても、喋るかどうかは分かりません。野呂は相当扱いにくい人間のようです。それに今は、状況証拠が揃っているだけで、逮捕できるまでの材料はありません」

「だったらどうする」

「いつ野呂が犯行に臨むか、分かったかもしれないんですが……」

「どういうことだ」

訝る近藤に、高峰は自説を説明した。吊り上がっていた近藤の眉が、次第に落ちてくる。

「つまり、野呂は稽古で追いこまれてくると、犯行に走るわけか」

「昭和座の舞台稽古は、非常に厳しいそうです。座長の霧島が完璧主義者であるせいだと思いますが……二番手の野呂でさえ、今でも容赦なくダメ出しされるそうです」

「それで精神的な均衡が崩れて犯行に走るわけか？　だが、それだけで人を殺すなら、今頃東京中に死体の山ができている」

「芝居は特殊な世界です……とにかく、作戦を考えます」

何とか一気に決着をつけたい。一年に及ぶもやもやを晴らすのだ。

家に帰ると、節子が遊びにきていた。彼女の顔を見た瞬間は頬が緩んだが、すぐに不機嫌な顔になってしまう。

「兄さん、せっかく節子さんが会いにきてくれてるのに、そんな顔しないでよ」和子が唇を尖らせる。最近、ようやく元気を取り戻しているようだ。

「分かってる」

「何か気になることでもあるんですか？」節子が訊ねた。

本当は捜査の秘密を話すべきではないのだが、高峰は無意識のうちに、容疑者を引っ張る材料がないのだ、と愚痴を零していた。犯人の可能性が高い人間がいるのに、警察に呼べない……。

「そのうち、現行犯で逮捕されそうね」和子が言った。

「そう上手くはいかねえだろう」

「だったら、そういう状況を作ればいいのに」

「状況を作るって……」

「囮《おとり》ってあるでしょ。誘い出して、襲いかかろうとしたところを逮捕するとか」

「いや、危険だ。だいたい誰が囮をやるんだ」

「私」和子が真剣な表情で言った。

「馬鹿言うな」高峰は吐き捨てた。「お前を危ない目に遭わせるわけにはいかんよ」

和子が急に座り直し、きちんと背筋を伸ばした。

「兄さん、小嶋さんが言ったこと、覚えてる？」

「小嶋さん、『戦争で勝つためには、手段なんか選んでいられないだろうが』って言ったわよね。これは私にとっても戦争なの。私は、安恵を殺されたのよ」

「しかし……」

「兄さんたちがちゃんと守ってくれるんでしょう？」和子が挑むような視線を向ける。

「和子さん、少し考えた方が……」

節子も忠告した。両親に話を聞かれるとまずいので、三人の額がくっつきそうな距離で話し合っている。

「節子さん、犯人は女性の敵なのよ？」和子は強硬だった。「役に立てるなら、頑張るわ」

「和子さん、それは無茶よ……」節子が溜息をつく。

「とにかく、そういう女の敵が一人でも捕まれば、おかしなことを考えている人は怖くなって引っこむかもしれないでしょう？　これは、私たちが自分で自分を守るための戦いなのよ」

戦後の女性は強くなったとはいえ、高峰は啞然とした。戦前のように、男の後ろを三歩下がってついてくる控えめさなどまったくない。場合によっては、男を押しの

「ああ？」

る。自分から前へ前へ出ていこうとする。頼もしいとも言えるが、今回は状況が異なる。

「私……戦争が終わってから何もしてないの」和子が唐突に打ち明けた。

「そんなことねえぞ。親父たちのことも家のことも任せきりだし」高峰は訂正した。

「でも、世の中の女性は、もっと積極的に社会と関わろうとしてるのよ。これまで女性が働いていないところで働いたり。でも私は外で働いていないし……この辺で自分を変えたいの」

「しかしな――」

「何よ、兄さん」和子が口を尖らせた。「男の人は、本当に弱くなったわね」

うまく否定できない。

「分かったわ」節子が座り直し、背筋をピンと伸ばした。「私も一緒に行きます」

「それはちょっと……」高峰は慌てて止めに入った。囮が二人では、現場は混乱してしまうだろう。

「私は、少し離れたところで見守っているから。それなら靖夫さんも安心でしょう？」

「あまり感心できねえな」高峰は唸った。

「靖夫さんがしっかり守ってくれるんでしょう？」

これは絶対に勝てない、と高峰は観念した。節子は和子と気が合うし、二人とも気が強い。高峰がここから必死に説得しても、一度決めてしまったことは絶対に撤回しないだろう。

こうなったら、やるしかない。一気に勝負をつけるのだ。

近藤を説得し、翌日午後十時、高峰たちは銀座の関劇に集合した。昨日、野呂は行方をくらましたわけではなく、ただ自宅を出てどこかへ泊まっただけのようだった。昨日も今日も、稽古始めの午後六時には、普段通り関劇に顔を出していた。行方不明になっていたのは半日だけ……しかし野呂には誰か共犯者――庇ってくれる人がいるのかもしれない。

この時間から稽古が始まるのは、昼間は霧島たちが映画の撮影で時間を取られているからだ。高峰は午後五時過ぎからは楽屋口で張り込み、座員たちが次々と劇場に呑みこまれていくのを確認した。霧島は遅れて午後七時着。車でやってきたのはさすがと言うべきか。

今回の件は、昭和座にはまったく知らせていない。何も座員を動揺させるのが目的ではないし、何か話せば野呂にも情報が伝わってしまう恐れもある。

十時過ぎ、和子と節子が揃ってやってきた。二人とも和服ではなく洋服。白いふくらはぎが闇夜に見えると、妙に艶《なまめ》かしい感じがする。和子に至っては、肌寒いくらいなのに、半袖のブラウス姿だった。

「そんな格好で寒くないのか？」思わず訊ねる。

「これを着てるから」ねずみ色のカーディガンを羽織り、和子がほっと一息つく。

近藤がすっと寄ってきて、和子に挨拶した。経験豊かな捜査員の彼にしてからが、異常に緊張している。

「高峰の妹の和子です」

「稲葉節子と申します」節子が丁寧に頭を下げる。

「ええと、あなたは？」近藤は節子に訊ねた。女性が二人もいるせいか、混乱している様子である。

「和子さんの保護者です。つき添いで来ました」

高峰は思わず吹き出してしまった。節子は、和子より一歳年上なだけである。保護者面されたら、和子も戸惑うだろう。

「あの、兄の婚約者です」和子が説明を加えた。

「余計なことを言うな」高峰はぴしりと言った。まだ勤め先の関係者には、節子のことを喋っていない。自分の結婚を妹にばらされるのは心外だった。

「何だお前、そんなこと一言も言ってなかったじゃないか」近藤が高峰を詰《なじ》った。本気で怒っているように見えた。

「いえ、あの……近々報告するつもりだったんですが……」

「それはいいが、そんな大事な人たちをこんな計画に立ち会わせていいのか？」

「危険はないようにします。自分が責任を負います」

何だったら、自分と節子は夜の散歩を楽しむカップルを装ってもいい。そうしながら和子を観察していれば、不自然には見えないだろう。

「お前一人で全部やろうとするな……陣形を確認する」

近藤は刑事たちを集め、和子と節子を紹介した。それから地図を配り、稽古終わりからの動きを再確認する。相手が昭和座のスターだと初めて知って、和子と節子は仰天していた。

芝居の最中ならば、裏口にファンが集まり、俳優たちが出てくるのを待つのが、戦前からの定番の光景だった。しかし今は、稽古中なので関係ない。稽古が終わった順に、疲れた俳優たちはさっさと帰っていくはずだった。それを待ち、和子を作戦に投入する。

俳優たちは、三々五々劇場から出てきた。顔を知っている人間がいるかもしれないので、高峰は少し離れた場所で待機を続けた。十時四十五分、霧島が出てくる。待っていたかのように車が滑りこんできて、霧島を乗せて走り去った。

それからしばらく、人の動きが途絶える。四月の夜はまだ冷えこみ、高峰は左右の足に順番に体重をかけて体を揺らしながら、何とか寒さに耐えた。傍にいる和子は腕を交差させて、左右の二の腕を擦っている。節子が背中を平手で擦ってやった。

「こんなに寒いと思わなかったわ」和子がぶつぶつ言った。今日、事が起きる保証はなく、そうなったら明日も明後日も続けなければならない。その時は、服装のことはもう少し考えてもらおう。

「来た」近藤がささやく。

高峰は意識を通用口に集中させた。野呂。一人ではなく、まるで子どものような若手俳優と一緒だった。野呂はピリピリした様子で、若手俳優に向かって何か厳しい言葉を吐いたようだ。若手俳優がびくりと身を震わせ、二、三歩下がる。野呂が左手で頭を叩くと、慌てて二度お辞儀して踵を返し、そのまま全力疾走で走り去った。それで、劇団内で野呂がどんな扱いを受けているかが想像できた。いつ爆発するか分からないから、とにかく怒らせるな――完全に腫れ物扱いである。

野呂は煙草に火を点けた。天を見上げ、煙を吹き出す様子さえ様になっているのは、さすがに役者の面目躍如《やくじょ》というところか。

「落ち着いていけよ。無理せずすぐにこちらに逃げるんだ」

和子の肩を叩いて送り出す。落ち着いていない――ひどく緊張している。普段、こんなに肩が盛り上がっていることはない。

和子がぎくしゃくと歩き出した。計画では野呂の前を通り過ぎて歩いていくことになっている。野呂がそれに気づいて後を追い始めるかどうかは賭けだ……我が妹ながら、和子はそれなりに魅力的だ。ただ、野呂が惹かれるかどうかは分からない。それにここにきて、高峰は強い不安を感じ始めていた。安恵は野呂に目をつけられ、殺された。自分はそれと同じ危険に、妹を晒しているのだ……。

「私も行きます」

節子が、和子の後を追い始めた。高峰はそこで我に返り、劇場の前の明るい場所で待つように言った。刑事たちは劇場周辺で配備についていて、野呂がどんな動きをしても対応できるようになっているはずだが……野呂が追ってこなければ、今日の作戦は中止になる。その場合、明日も同じことの繰り返しだ。捕まえるまでは、ひたすら続ける。

が、野呂は動き出した。それも、和子が彼の眼前を通り過ぎた瞬間に——一瞬だが、和子の全身を眺め回し、煙草を道路に投げ捨てると、すぐに後を追って歩き出す。

「行くぞ」近藤が低い声で言って歩き出した。有楽町駅へ向かうには、この先の角を左へ曲がる——そこが危険な場所だと高峰たちは読んでいた。まだ瓦礫の整理も済んでおらず、街灯も設置されていない。暗がりで、女性が一人で歩くには非常に危険な場所だ。和子はそこを通るわけで、仮に野呂に襲われなくても、他の危険が潜んでいる可能性もある。

野呂は、十メートルほどの距離を置いて和子を追い始めた。野呂は和子に集中していて、高峰たちに気づいている気配はなかった。この先の暗がりの中には、刑事が三人ほど潜んでいる。ただし、真っ暗な道は結構長く、この人数だけで対応できるかどうか、今になって心配になってきた。あと二人ぐらい、配置しておいてもよかったのではないだろうか。

予定通り、和子が角を左へ曲がる。高峰も小走りになったが、実際には見失うまいと焦っただけだろう。角を曲がって暗くなったばかりで、野呂がいきなり手を出すこともあるまい。

しかし、一刻も早く追いつきたい――角を曲がりかけた瞬間、高峰の耳を悲鳴が襲った。短く、くぐもった悲鳴。

角を曲がってすぐ、揉み合う人影が目に入る。クソ……高峰は気力を振り絞って、「ここだ！」と叫ぶ。すぐに近藤が懐中電灯の光を当てた。

その瞬間、野呂が和子の背後に回りこみ、右腕を首に回して絞める。同時に左手を振り上げた。手の先に光るもの――高峰は「やめろ！」と声を張り上げた。

「警察か？」野呂が、左手を和子の頭上に掲げたまま叫ぶ。「騙したな！」

「そうだ」高峰はじりじりと野呂に近づいた。和子の顔は恐怖で引き攣って白くなり、声も出ないようだった。いや、実際には顔の下半分を野呂の腕で絞められているので、声が漏れないのだろう。

悪鬼か、と思った。集まってきた刑事たちが向ける懐中電灯の光が照らし出す野呂の姿は、どこか現実味が薄く見えた。

「落ち着け」近藤が声をかける。しかし彼の声も緊張しきり、震えていた。「こんなことをしても何にもならない。刃物を捨てろ！」

「殺す」野呂があっさり言った。まるで息を吐くように……演技臭は感じられず、本音が自然に表に出たようだった。

「手を離せ」高峰はさらに野呂との距離を詰めた。「その女は警察とは関係ない」

クソ、どうしたらいい？　このままの状態がずっと続いたら、和子が危険だ。一刻も早く打開策を考えねばならないが、頭の中は沸き立つように熱くなっていて、何も思い浮かばない。

その時、暗い道路の向こうにぽつりと灯りが見えた。あれは……車だ。二つの目があっという間に大きくなる。エンジンが唸る音が響き渡り始めた。

「危ない！」高峰が叫ぶと、周辺にいた刑事たちが逃げ出す。何事かと野呂が振り向き――腕が緩み、その隙に、和子が想像もしていない反撃に出た。野呂の前腕に嚙みついたのだ。シャツ一枚なので、歯が食いこんだ痛みはかなりのものだったようで、野呂が悪態をつく。しかし左手はまだナイフを持ったまま――高峰は、二人に向かって突進した。和子はなおも嚙みついたまま離れようとしない。ついに痛みに耐えかねたのか、野呂が和子を突き飛ばした。前のめりに倒れた和子に襲いかかろうと、ナイフを振りかざす。高峰は、野呂の体の真ん中に向かって肩をぶつけていった。野呂が後ずさったが、体は向こうの方が圧倒的に大きい。倒しきれず、次の瞬間には高峰の右肩を激しい痛みが襲った。クソ、やられたか――和子の悲鳴が響く。

何とかしないと……しかし体に力が入らず、立ち上がれない。そこへ刑事たちが殺到して来た。さすがに多勢に無勢、野呂は投げ倒され、手から離れたナイフが地面に落ちた。これで何とかなる――高峰は両手を道路について四つん這いになり、何とか呼吸を整えようとした。

先程の自動車は、ヘッドライトを点けたまま停まっている。誰も出てこない。この状況に、車内で凍りついてしまったのだろうか……そもそも、道路の真ん中で刑事たちが野呂を押さえこんでいるので、車は通れないか。

「靖夫さん！」

騒ぎに気づいたのだろう、駆けつけた節子が叫ぶと同時に、温かいものが左肩に触れた。すると、急に右肩の痛みが鮮明になり、思わず呻き声を漏らしてしまう。

「大丈夫だから……大丈夫だから」節子は涙声だった。

「そうよ、大した怪我じゃないわ」こちらは和子。

まったく――高峰は何とか立ち上がった。右肩の傷はずきずき痛むが、我慢できないほどではない。よし、頑張れ。本当の勝負はこれからだ。

暗いせいか、和子の顔は普段よりも白く見えた。

「お前、大丈夫か？」

「私は平気だけど……」和子が突然、両腕で己が身を抱いた。今になって急に震えがきたようだった。節子がそっと寄り添い、背中を撫でる。

近藤が近づいてきた。

「怪我の具合はどうだ？」

「痛いということは……意識ははっきりしています」

「やれるか？」

その言葉の意味をすぐに察し、高峰は痛みをこらえて背筋を伸ばした。これからが本番。現行犯で逮捕した野呂の取り調べを急がねばならない。

「すぐにでも取りかかれます」

「明日の朝からにしよう……今日はもう遅い」

「構いません、緊急です。でも、彼女たちは……」高峰は節子、和子と順番に顔を見た。

「ああ、調書は取らねばならんが、それは明日にしよう。妹さんたちは誰かに送らせる」

「お願いします」

頭を下げると激痛が走る。それでも負けない、と高峰は自分を叱咤した。今走らなければ、いつ走る？

車のドアが開く音がした。そちらを見ると、一人の男が降り立ち、車の前に立ったところだった。ヘッドライトの光の中、逆光になっていてもはっきりと分かる――霧島だ。とっくに帰ったはずだが……。

戻ってきたのだ――野呂の最後を見届けるために。それが結果的に、高峰たちを助けることになった。霧島は、一座を守ることを放棄したのではないだろうか。もしかすると、一度は愛した女を殺された恨みを晴らすために。

俺が愛した昭和座は、今日を最後に本当に消えてしまうかもしれない。

15

日付が変わってすぐ、高峰は野呂の取り調べを開始した。肩の傷はそれほど深くない——と判断したものの、痛みは引かない。しかし気合が痛みを上回った。

京橋署の狭い取調室には、捜査一課の先輩刑事が記録係で入った。しかしあくまで、一対一の勝負——高峰は、とにかく本筋を踏み外さないようにしようとだけ決めた。

取り調べを始める前に、高峰は改めて野呂の様子を観察した。ワイシャツに茶色いズボン、それと揃いのチョッキという洒落《しゃれ》た格好で、被っていた鳥打帽は机に置いてある。ワイシャツの袖口近くが破れて赤く血に染まっているのは、和子に嚙まれた跡だ。手当を受け、手首には包帯が巻かれている。豊かな髪は乱れ、左目にはらりとかかっていた。それでも色気を感じさせるのは、やはり天性の二枚目だからか。

「まず、逮捕事由だ。お前は暴行、殺人未遂の現行犯で逮捕された」

野呂は無言だった。まず、今夜の一件を順に確定させてしまわねばならないのだが、高峰はそれを後回しにして、一気に本筋に突っこむことにした。

「一年前の三月からこれまで、都内で四人の女性が殺されている。最初の二人については身元も分かっていないが、残る二人の身元ははっきりしている。四人とも、左利きの人間に後ろから襲われ、首を切られて殺されていた。遺体は全て防空壕に遺棄された――この四件の事件は、お前の犯行だろう？」

「そうだ」

野呂が軽い口調で認めたので、高峰は拍子抜けしてしまった。本来はこれで、今日の取り調べを終わりにしてもいいぐらいである。しかし高峰は、今夜中に一連の事態を解き明かすつもりだった。

「間違いないか？」

「間違いない」

「どうしてやった？」

「それは話したくない」野呂の口調がにわかに硬くなった。

「やったことは認めても、理由は話せないというのか？」

「そうだ」

「そういう理屈は通用しない……まず、どうやって殺したか、教えてもらおうか」

「言えない」

これでは実質的に、黙秘と同じだ。「やった」というだけでは、自供として弱い。

突然、窓の外からざわめきが聞こえてきた。こんな時間に何だ……高峰は立ち上がり、鉄格子がはまった窓に近寄った。

「早く説明しろ！」「署長を出せ！」

新聞記者か……高峰は思わず舌打ちした。昭和座のスターが逮捕された情報は、もう知れわたっているのだろう。高峰は窓を背にして野呂の方に振り返った。見えているのは彼の背中のみ――何も語っていない。

「記者連中が、生贄《いけにえ》を欲しがっているみたいだぞ」

「勝手にしろ」野呂が吐き捨てる。

高峰は、記録者用の机に置いた原稿を取り上げた。昨夜徹底して読みこみ、広瀬の意図を理解したつもりだった。それを持って、再び野呂と対峙する。原稿を、自分の顔の横に掲げて見せた。

「この原稿を知ってるか？」

野呂は高峰から目を逸らした。これは痛いところを突いたと確信し、原稿の話を中心に続ける。

「殺された広瀬さんは、ある男をモデルにしてこの原稿を書いていた――あんたがそのモデルだ。事実関係はかなり変えてあるが、本筋はほぼあんたの犯行を紹介するような内容になっている。劇団内部の事情を知っている人が読めば、犯人はあんただとすぐに分かってしまうだろう。霧島さんは、五月にこの台本を上演するつもりだった。ただし、手元に届くまで詳しい内容は分からず、戦前に何度も広瀬に拒否された探偵物をやれるということで、素直に喜んでいた。そして広瀬の死後、この原稿が郵送されてきた。消印から見て、広瀬は殺される直前に、台本を霧島さん宛てに郵送していたようだ。同時に広瀬さんは、戦前から知り合いだった検閲官に事情を打ち明けようとしたんだと思う。しかし、彼が会いにいった時には、広瀬さんはもう殺されていた」

野呂は依然として目を逸らしたままだった。高峰と目を合わせると、そのまま全てを話してしまうと恐れているのかもしれない。そう、この男は復員してから、劇団員以外の人間とまともに話していなかったのだ。

「広瀬さんは戦時中から、あんたの様子がおかしいと気づいていた。気づいてしまえば、同じ劇団の中にいて、長い時間を一緒に過ごしていたから、あんたが何をやっているか、探り出すのは難しくなかっただろう。広瀬さんは相当悩んだはずだ。人を殺していい訳がない、しかし看板役者が逮捕されたら昭和座は——相談できる相手は、座長の霧島さんしかいなかった。しかし霧島さんは、あんたが人殺しを続けていることには目を瞑ると決めたんだ。殺された人のことよりも、劇団の存続を優先させた。広瀬さんはそれに耐えきれず、霧島さんと決定的に衝突して、終戦の数ヵ月前に劇団を辞めた。それまでも何度も辞めては復帰することを繰り返していたが、その時ばかりは完全に本気――もう戻る気はなかった」

一気に喋って言葉を切る。野呂は、机に置いた自分の右手に何か大事なことが書いてあるとでもいうように、凝視していた。

「しかし状況が変わった。戦争が終わり、広瀬さんはおそらく、世の中が大きく変わると確信した。それで、これまで調べていたことを台本の形でまとめて明らかにすると決めた。劇団員全員が台本を目にすれば、全てが明るみに出る。劇団しかないあんたは逃げ場をなくす。そうなれば、霧島さんもあんたをどうにかせざるを得なくなる――最初から警察に駆けこめば済むはずなのに、ややこしいことをしたものだ」

「広瀬さんは、複雑な人だった」野呂がぽつりと漏らす。

「らしいな」

「彼は彼なりに、これが一番いい方法だと思ったんだろう。俺には関係ないが」

「どうしてそんなに平然としていられる？」純粋に不思議に思い、高峰はつい訊ねた。

「もう終わりだからだ。どうせ俺は死刑だろう？」

「それは俺には何とも言えねえが……俺は後悔している」高峰は打ち明けた。「戦時中、あんたが起こした最初の事件をきちんと捜査できていれば、ここまで被害が続くことはなかった。しかし状況が……戦時中で、自由に捜査することも許されなかった」

「それはそっちの都合だ」野呂がむきになって言った。

「ああ、こっちの都合だ」高峰は認め、話を引き戻した。「広瀬さんが、あんたの周囲を嗅ぎ回って台本を書いていたことは分かっていたんだな？」

「ああ」

「だから、広瀬さんの家で彼を襲い、殺した。しかし原稿はもう、彼の手元にはなかった」

「ああ」惚《ほう》けたような口調で野呂が認める。「もういい」

「いや、一番大事なことをまだ聴いてねえよ」高峰は座り直した。「そもそもあんたがどうしてこんなことをしたか、だ。それが分からない限り、事件の全容は解明できねえ」

「それはそっちの仕事だ」

野呂の髪を摑み、端正な顔を机に叩きつけてやりたいという欲望に必死に抗う。それはもうやらない。戦前のような乱暴な取り調べは許されない。

「そう、俺は俺の仕事をする。だからあんたを調べる……戦争で何があった？」

野呂がぴくりと身を震わせる。やはりここだと確信し、高峰はさらに突っこんだ。

「あんたは中国で人を殺したのか？　隣で仲間が死ぬような場面に遭遇したのか？

俺は戦争には行ってねえから分からないが、相当な衝撃だろうな。どうなんだ？　人を殺した時、手応えはあったのか？　銃で撃つだけなら何も感じないものか？　銃剣で突き刺したら、どれぐらいの手応えがある？」

「やめろ！」野呂が叫び、立ち上がった。ぐっと身を乗り出し、高峰を上から押さえつけるように睨む。高峰は平静を装って腕を組み、机の下に両足を投げ出した。鼓動は高鳴っていたが、野呂は何もしないだろうという読みがあった。

先輩刑事がすっと近づいてきて、野呂の肩に手をかける。まるで殴られでもしたかのように、野呂が身悶えした。しかし先輩刑事が耳元で「大人しくしろ」と脅しをかけると、野呂は椅子の上に崩れ落ちた。高峰は、子どもが作った砂の塔が、乾いて崩れ落ちる様を想像した。

椅子に座った野呂は、だらしなく姿勢を崩した。椅子の背に腕を引っかけ、辛うじて体を支えているようだった。額には汗が滲んでいる――それでも高峰は、演技ではないかという疑いを拭えなかった。

「あんたが戦場で辛い経験をしたことには同情する。戦地へ行かなかった俺は、兵士としてのあんたを無条件に尊敬するしかない」

「想像もつかないだろうな」野呂が低い声で言った。「隣を歩いている奴がいきなり撃たれて、頭が半分吹っ飛んだ時……吹き飛んだ脳みそが、俺の顔についた。固まったよ。まったく動けなくなった。誰かが叫んで、伏せさせてくれたけど、下は泥だったからな。息ができなくて、撃たれるんじゃなくてそれで死ぬかと思った。しかし傾には、隣にいた奴の脳みそがついた感覚がずっと残ってたんだ。皆死んだ……あんたは、人を撃ったことがないだろう？　俺はある。塹壕《ざんごう》から三八式の小銃を撃って、遠くで人が倒れたんだよ。吹っ飛ばされるんだよ。自分が殺した感じがしないけど、間違いなく俺が殺した……銃剣で、奴らの腹や胸を突き刺して殺したこともある。その手応えは、重たいんだ。人の筋肉は硬い。どんなに鋭い銃剣でまっすぐ突き刺しても、曲がってしまったりする。刺される方としては、その方が痛いらしいがね。耳元で相手の悲鳴を聞くのは、どんな気分だと思う？　俺の周りは死体だらけだったんだ。そういうことは、あんたには分からないだろう」

「俺も空襲でたくさんの遺体を見た。泣きながら遺体を運んだ……それが戦争ってもんだろう？」

「誰が俺をこんな目に遭わせた？　誰が戦争を始めた？　俺は……分からなくなった。俺は人を殺したが、それは命令によるものだった。人の命は軽いんだ」

「いや、重い」

「あんたに何が分かる？」

「戦争は……普通じゃない状況だ。そこで起きることは、普段の常識では考えられない。でも、戦争で人を殺すのと、平時に人を殺すのはやはり同じなんだと俺は思う。人を殺してはいけない——法律に関係なく、常識として。そんな風に考えたことはないか？」

野呂が唇を嚙む。高峰は畳みかけた。

「それで？」

「それで？　これ以上何を話せって言うんだ？」

「全部」高峰は野呂の目を真っ直ぐ見ながら言った。「あんたがこれまで誰にも言わなかったこと——言えなかったことを、俺が全部聴く。聴けば、あんたがどうしてこんな事件を起こしたか、分かるかもしれねえだろう」

「刑事はそんなことまでするのか」

「事件を調べるためには」

「そうか……」野呂が息を漏らす。

「復員して、あんたはすぐに劇団に戻った。ただしその後、人が変わってしまったことは、多くの人が証言している。芝居にはそれまで以上に打ちこむようになったが、劇団員以外の人間とは、まともに話もできないような状態だった。だから、取材も全て断ってきたんだろう？」

「芝居をしている時は全てを忘れられる。いや、俺は芝居で別の人生を生きているんだ。人を殺したり、殺されたりしない人生を。芝居さえしていれば、俺は何とか生きていけた。それ以外はどうでもよかった」

「しかし、実際の生活はある」高峰は指摘した。「終戦に近い頃、あんたには面倒を見てくれる女性がいたな。誰なんだ？」

「昭和座の元座員だ。結婚して辞めたんだが、旦那が兵隊に取られて中国で戦死してね……独り身になったんで、霧島さんが頼みこんで、身の回りの世話をしてもらうことになった」

「よく知っている元座員だから、あんたも気を許した――余計な緊張をせずに、一緒に住めたんだろう」

「ああ。他の人間――劇団員以外の人間は、自分とは関係ない存在だった。劇団員だけは無条件で信用できた」

「軍の仲間、他の兵隊と同じような感じだった？」

「そうかもしれない」

「その女性とは深い関係になったのか」

野呂が口を閉ざす。唇が白くなるほど、きつく引き結んだ。ここは、事件の肝になるかもしれない――高峰はさらに突っこんだ。

「夫婦同然に暮らしていて、体の関係がなかったのか？」

「ない――あり得なかった」かすれた声で野呂が言った。

「どういう意味だ？」亡くなった夫に対する義理か？　しかし野呂は、高峰が予想もしていないことを言い出した。

「俺は、女性と関係が持てなかった」

「それはどういう――」

「分からん！」野呂が強い言葉を叩きつけた。「戦争から戻ってきたら、そうなっていた。美しい女性を見れば興奮する。気持ちは高ぶる――しかし、体が反応しない！」

「肉体的に、女性とは関係が持てなかったんだな？」戦争で精神的な衝撃を受け、不能になってしまったのか？　戦争では肉体だけでなく精神にも衝撃を受ける――復員してきた警官たちから話を聞いたことがある。「症状」は人によって様々で、一時間以上続けて眠れなくなったという人もいたし、酒をまったく受けつけなくなったという人もいた。理由は不明。医者に相談しても、何の治療も受けられないと泣いた人間もいた。野呂は芝居に没頭し、現実世界から逃げた。しかし女性と関係できない現実からは逃れられず、散々苦しみ続けてきたのか。

高峰は、小嶋のことを思い浮かべた。小嶋は静かに苦しんでいる。体も辛いだろうが、むしろ精神的につらい思いをしているのは間違いない。しかし彼は爆発することなく、じっと耐えているではないか。自分たちに怒りをぶつけてきたぐらいでは、爆発とは言えない。

全ての日本人が戦争の苦しみを背負ったのだ。そして多くの人は小嶋のように、苦しみと悲しみを自分の中で何とか消化しようとしている……それに対して、野呂は脆《もろ》過ぎる。同情すべき点はあっても、高峰には許す気はなかった。

「周りには女性がたくさんいた。惹かれた女性もいた」野呂が打ち明ける。「そういう人たちに囲まれても、どうにもならない」

「正直に言えば、俺には想像もできない」

「そうか」野呂が静かに言った。簡単に「分かる」と言わなかったことで、高峰の誠実さを感じたのかもしれない。

「性的に満たされない――それでどうした？」ここで一つ、高峰は疑問を頭の中で転がした。殺された四人の女性は――最初の二人に関しては確定できないが――性的暴行を加えられた形跡がなかった。野呂が肉体的に女性と交わることができないとしたら、彼は何のために女性を殺したのか。

「昭和十八年五月」野呂がぽつりと言った。

「それが？」

「あんたは、昭和座の芝居を観たことがあるか」

「もちろん」野呂が、何かの演目について話したいのだと想像できたことを言われても記憶ははっきりしない。観劇メモは空襲で焼けてしまった。

「あの月は三本の演し物があって、そのうちの一本が『夫婦春秋《めおとしゅんじゅう》』だった」

「喜劇か。ほとんど二人芝居で、長い漫才のような感じだった」

高峰が指摘すると、野呂が初めて笑みのような表情を浮かべる。

「広瀬さんの台本で、当時劇団にいた村井昭子《むらいあきこ》が相手役だった」

村井昭子は、昭和座の座員で唯一、空襲で亡くなった座員である。大柄で目鼻だちがはっきりした顔立ちで、喜劇になると潑剌とした演技が舞台をぱっと明るくした。

「一時間、ほとんどあんたと村井さんだけで、ひたすら台詞の応酬《おうしゅう》で夫婦喧嘩を演じていた」

「ああ。その途中で、取っ組み合いの場面があって、その時に、村井の首を絞めることになっていたんだ」

覚えている。体の大きな二人の取っ組み合いは、舞台が壊れるのではないかと思えるような迫力で、客席は笑いで揺れた。

「あの時俺は、それまで感じたことのない快感に満たされた。舞台で射精するんじゃないかと思ったぐらいで……あれは、女を抱くよりも快感だったかもしれない」

そんなことがあり得るのか？　女を抱くことと首を絞めることは、百八十度違う行為のような感じがする。いや、世の中にはどんな人間がいるか分からない……。

「そこから、どんどん行動が激しくなっていったのか？」

「どうかな」野呂が言葉を濁す。

「首を絞めるのが快感だったのに、そのまま絞め殺さなかったのはどうしてだ？　何故首を切った？」高峰はさらにつっこんだ。

「満足した後は……気持ちが満たされた後は、女の体は邪魔になるだけだからな。早く死んでもらわないといけなかった。そのためには、首を切るのが一番早かった、それだけだ」

身勝手な理屈を……高峰は怒りが膨れあがるのを感じたが、何とか己を落ち着かせて続けた。

「最終的に引き金になったのは、一緒に住んでいた女性が死んだことか？　それで歯止めが利かなくなったんじゃねえのか？」

「……そうかもしれない」

「あんたはとうとう、人に手をかけた。これまで四回——広瀬さんを入れれば五回になる。女性が被害者になった四回は、全て芝居の稽古中だった。それも稽古が厳しくなって行き詰まり、緊張状態が頂点に達した時に、あんたは犯行に走っている」

「俺は緊張しない」

「あんたがそう言ってるだけで、周りの人はそうは見てねえんだ。誰が見ても明らかだった。そして、女性を殺した翌日は、すっきりした顔で現れた。つまり女性を殺すことは、あんたにとっては性欲を満たすと同時に、緊張を解くための行為でもあった」

「俺は何も認めない」

野呂が腕を組んだ。強固な意思が蘇ったように見える。が、これも演技かもしれない。この男にとって、何が現実で何が芝居なのか……。

「広瀬さんを殺したのはどうしてだ？　広瀬の台本を座員が読めば、あんたがやったことが明らかになるから——いや、薄々気づいていた人間は、広瀬さんの他にもいたはずだ」

「さあ、どうかな」

「広瀬さんを殺せば、あんたの犯行はバレなかったかもしれない。しかし、どうしてだ？　警察に捕まるのがそんなに怖かったのか？」

「いや」野呂が短く否定した。

「じゃあ、何なんだ」

「捕まったら、続けられなくなる。それが嫌だった」

ひたすら欲望を優先させたわけか……高峰は、野呂の底知れぬ暗闇を覗きこみ、背筋が寒くなるのを感じた。自分たちが捕まえなかったら、犯行はいつまで続いただろう。

「訊いてみなければ分からないが……あんたは、霧島さんにも切られたんだ。霧島さんはたぶん、あんたが何をやっていたか知っていた。しかし劇団を守るために何も言わなかった——しかしあんたは、霧島さんの元恋人を殺してしまった。自分が誰を殺したか、分かっていたのか？」

野呂の顔が青褪《あおざ》めていく。無差別殺人——相手が誰かも気にせず殺していたわけか。

「結局それで、霧島さんの心は動いた。広瀬さんが、あんたを告発する台本を書いていたことも背中を押した。もうどうしようもない——だから、最後あんたが逮捕された場所に霧島さんは現れたんだと思う」

野呂がうなだれる。完全に追いこまれ、もう言い訳は一切通用しないと悟ったのだろう。しかし野呂は、ふいに顔を上げるとニヤリと笑い、「俺はおかしいと思うか？」と訊ねた。

「それは俺が判断することじゃない」

「そうか。俺だけじゃない……戦争へ行って、人殺しを経験して帰ってきた人間はどれだけいると思う？　あんたらは、これからずっと忙しいだろうな」

自分は今、怪物と対峙しているのだ。取り調べは始まったばかりで、明日以降も延々と続く。それに耐え得る強い精神があるか、自信がない。それに野呂が言う通り、人を傷つけることに快感を覚える人間は、まだたくさんいるかもしれない。和子のことも心配だ。無事に野呂を逮捕できたのは妹のおかげである。あの直後、彼女は気丈に振る舞っていたが、恐怖を感じていないはずがない。謝っても謝りきれない。

一時を過ぎ、高峰は取り調べを切り上げた。犯行事実、動機については供述が得られたから、明日以降、苦労することはあるまい。

野呂を留置場に送り返し、高峰は取調室の窓に近寄った。記者たちはまだ署の入り口に群がり、何かを待っている――餌を投げてもらうのを待つ犬のようだ。

そこへ一台の車が走ってきて止まった。誰だ？　上から見ているので車種が分からない。しかし、ドアが開いて霧島が出てくるのが見えた。記者たちがわっと群がり、口々に質問を浴びせかける。二枚目俳優が逮捕され、大スターの座長が警察に現れる――これから何かが起きると期待するのは当然だろう。

自分には関係ない。霧島との折衝は、上の人間がやる仕事だ。もしかしたら霧島も何らかの罪に問われるかもしれない――野呂の犯行だと分かって口をつぐんでいた可能性が高い――が、高峰には今そこまでかかわる余裕はない。

これから野呂と霧島の絡みを舞台で観ることはないと考えると虚しかった。一つの時代が終わったような気がする——昭和座だけではなく、古いものがどんどん消え失せ、新しい物に置き換わる。そして、その流れに乗って、新たな人生を切り開いていかねばならない人間がいる。

海老沢。あいつは過去を乗り越えねばならない。今、最大の好機が来た。

16

海老沢は複雑な怒りに襲われていた。自分にそんな権利はないことは分かっていたのだが、野呂逮捕の瞬間に立ち会えなかったのが悔しい。安恵を殺した男に一発でも食らわせたかった。

しかし自分には、別の戦いもある。

この日のためにと、何とか無事だった背広を持ち出し、母にほつれや破れを直してもらっていた。とりあえず見られるぐらいに補修ができて、久しぶりに背広に袖を通した瞬間、背筋がピンと伸びる。

そして、渋劇前。

ここではいろいろなことがあった——いい想い出も悪い想い出もある。どうしてこの場所を待ち合わせ——対決の場に指定したのか、海老沢は自分でも分からなかった。今月はずっと新派の舞台があるはずだが、まだ時間が早いせいで、客の姿はない。

腕時計——高峰の父親から貰った腕時計を見ようと左手首を持ち上げた瞬間、ボロボロになっていたベルトがプツリと切れ、時計が道路に落ちる。慌てて拾い上げたが、ガラスが割れ、針は止まってしまっていた。

その瞬間、何か別のものが壊れてしまったようにも感じた。

そっと右手で撫で、ズボンのポケットに突っこむ。いろいろなものが壊れ、崩れ、再構築され……僕はどうだろう。

来た。

左右を見回しているうちに、こちらに近づいて来る人影に気づいた。馴染みの人間——かつての上司。

特高第一課長だった堀川は、すっかりくたびれていた。最後に会ったのは、去年の九月。海老沢に「自宅待機」を言い渡したのが、まさに堀川だった。その後、海老沢は辞表を出すことになったのだが、その時には堀川には会わなかった。特高の人間が一斉に警視庁を去るよりも前に辞表を出して、姿を消していたのだ。堀川は特高の後どうしていたかは知らない。自宅の住所は分かっていたので、今回思い切って連絡を取ってみたのだ。

海老沢は深々と頭を下げた。堀川は、数ヵ月会わない間に何歳も年を取ってしまった……髪はすっかり白くなり、痩せたようだ。背中もかすかに丸まっている。

「来ていただいて、ありがとうございます」

「ああ」声にも力がない。

「こういうご時世ですから、どこかの店で座ってゆっくり、というわけにはいきませんが」

「構わん……少し歩くか」

堀川は、歩く速度さえ遅くなったようだった。昔はすたすたと、常に早歩きのような速度で警視庁の廊下を行き来していたのだが、何だか足でも悪くしたような歩き方である。

「課長、体調がよくないんですか？」ついかつての呼び方で訊ねてしまった。

「課長はやめてくれ」堀川が小声で言った。「今は単なる失業者だ」

「何かされているんですか？」

「何も」

「私もです」

「俺のような年寄りはともかく、お前のようないい若い者がぶらぶらしているのはよくない。今は、どんな仕事でも人手が足りないだろう」

「少しだけ、人の仕事の手伝いをしていました」

「そうか」

「警察の手伝いです。警備課ではなく、捜査一課でしたが」

「捜査一課？」堀川が立ち止まった。

「昭和座の野呂が逮捕された話はご存じですよね？」

「ああ。新聞が盛んに書き立てているな」

「大事件です」海老沢は一人うなずいた。「この事件は、戦時中から始まっていました。その頃、捜査を始めようとした所轄の刑事が、本部からの命令で捜査を中止させられました。その刑事は忸怩《じくじ》たる思いを抱いて、戦後は執念で捜査を進めてきたんです。その男は子どもの頃からの私の親友で、警察に入ったのも同じ時でした」

「同期か」

「はい。彼は所轄の刑事、私は本部の保安課でしたが、彼の葛藤は聞いていました。苦しかったと思います。今回、犯人を逮捕して、ようやく溜飲《りゅういん》が下がったはずです」

「そうか」

堀川がまた歩き出す。先ほどよりも速度は上がっていた——まるで嫌なことから逃げ出そうとするように。しかしまだ、海老沢がついていけないような速度ではない。

「一つ、疑問がありました。戦前、捜査を止めたのは誰なのか――直接動いていた捜査一課の管理官は終戦後に亡くなり、自殺が疑われています。問題は、管理官の直接の上司である捜査一課長が、この事件の発生そのものさえ知らなかったことです。捜査の要である捜査一課長が殺人事件の発生を知らされないことなど、まずあり得ません。そこには、より高次の意思が働いていたはずです。私は複数の証言を得て、事件を隠蔽しようとした真犯人が誰か分かったと確信しています」

堀川は無言だった。今度は歩く速度が落ちてきて、体から力が抜ける。

「あなたですね？　あなたが最終決定して、いろいろな人に命令を下したかどうかは分かりませんが、この件の中心にいたのは、間違いなくあなたです」

「否定したら？」

「そうですね……あなたが認めない限り、証明はできません」

「俺は何も言わない。戦争中の話だ」

ちらりと横を見ると、堀川が唇を嚙み締めているのが見えた。何かに堪えるように……歩みはのろくなり、今にも止まってしまいそうだ。額には汗が滲み、緊張感はまさに頂点に達しようとしているようだった。

「去年の三月、野呂は最初の殺人を犯しました。霧島はその時点で、野呂がやったことを知っていた。何しろ、野呂に一番近い――師匠と弟子というか親子のような関係です。そして霧島と劇団の重鎮である三津は、だんまりを決めこんだんです。犯人が分かっていて、何も言わなかった」

一気に喋って言葉を切る。二人はいつの間にか立ち止まっていた。多くの人が歩いている中、二人で突っ立っていると通行の邪魔になるのだが、もう構わない。このまま最後まで喋ってしまうつもりだった。

「今だったら考えられません。でもあの時は、東京中が非常時だった。毎日空襲警報が出て、街が焼かれている中、普通の捜査ができないのも仕方ないとされた――あなたたちはそういう状況を利用して、捜査一課に圧力をかけた。それも一課長を介さず、直接現場の責任者に話をすることで、事情を知る人間を最小限に食い止めようとしたんです。そのやり方は、戦前の二件についてはとりあえず成功しました。しかし戦後は、そういう訳にはいかなかった。事件が発生すると同時に捜査一課が動き出しました。時間はかかりましたが、結局事件は解決しました」

「そうだな」小声で堀川が応じた。

「残念ながら、戦前にあなたが揉み消しを依頼した捜査一課の管理官は、第三の事件が起きた数ヵ月後に亡くなりました。詳しいことは分かりませんが、自殺だと言われています」海老沢は先ほどの話を蒸し返した。「戦時中の特殊な状況での事件ではありましたが、捜査一課の刑事が事件の捜査もしないで遺体を処理してしまうというのは、耐え難いことだったはずです。三人目の犠牲者が出たことに責任を感じて自殺したとしても、少しもおかしくありません」

「……申し訳ないことをした」ついに堀川が謝罪した。

「認めるんですね？」

「認めざるを得ないだろう。不安を広げないためには、そうすることが一番だった。それで、私にどうしろと言うんだ？」

「分かりません」海老沢はゆっくりと首を横に振った。「私も何もできませんでした。知らなかったと言えばそれまでですが、だからと言って許されるものじゃないでしょう」

「だろうな」堀川の声はかすれていた。

「それに私には、あなたを断罪したり告発したりする権利はありません。要するに私も、同じ穴のムジナです。私も、野呂に妹を殺されたんです。それは私の責任です。課長、自分で考えて下さい。私も、自分がどんな風に責任を取れるか、考えます。それが私たちの役目ではないでしょうか」

同じ穴のムジナ。そう、僕は芝居が好きで、人より早く脚本を読めるというだけで保安課の仕事を引き受けた。しかし仕事はあくまで検閲であり、表現者の自由を奪っていたのは間違いない。戦前、自分たちは様々な方法で国民を戦争に導いてきた。もちろん、警察が戦争をしたわけではないが、国民の「気分」を戦争一色に染め上げるために下地を作った。

僕はもう、演劇にかかわってはいけないかもしれない。僕は演劇を──その中核を成す自由な表現を汚してしまった。

しかしどうしても、自分の仕事を否定できないのも事実だった。自己憐憫《れんびん》かもしれないが、一生懸命やってきた。戦意高揚のためという目的は間違っていたが、正しい方向もあるはずだ。戦争だけは避けねばならないが、社会を安定させるために、自分たちの仕事は役にたつはずだ。社会を安定させる──国家を安定させることは、国民を守ることに直結するのだから。

堀川が海老沢の顔を凝視する。濁った目が答えを見つけることはあるまい、と海老沢は思った。それでも自分は真相を伝え、「自分で考えろ」と課題を伝えた。この件についての役目は果たした──後は本当に、自分がどうやって責任を取るか、だ。

堀川は悄然《しょうぜん》としてうなだれたまま去っていった。その背中を見送っているうちに、背中から声をかけられる。

「これでよかったと思うか?」

振り返ると、高峰がいた。今日、ここで堀川と会うことを通告してはいたが……いつから僕たちのやり取りを見ていたのだろう。海老沢は無言で首を横に振り、一つ息を吐いた。

「分からん。正しい答えなんかないだろう」

「仮に堀川課長が、霧島からの依頼があったことを認めても、立件できるかどうかは分からない。一種の事後共犯になるかもしれないが、相当難しいだろうな」

「弱気だな」

「他にやることもあるんだ」

「と言うと？」

「俺は、偉くなることにした」高峰が真顔で告げる。「大所高所に立って、東京の治安全体を見られるようになりてえんだ」

「将来は捜査一課長にでもなるつもりか？」

「それも悪くないな」高峰がうなずく。「俺の正義は、どんな時代でも変わらない。それを貫くためには、捜査一課長になるのが一番いい」

「何があっても殺しは絶対に許さない、か」

「ハムラビ法典の時代から、それは変わってねえんだよ。いや、ハムラビ法典ができる前から、殺人は悪いことだと決まっていた。それを明文化したのがハムラビ法典ということだけで」

ずいぶん教養をひけらかすんだな、と不思議に思う。もう既に、出世するために勉強でも始めているのだろうか。

「僕は、分からなくなったな」海老沢は打ち明けた。「正義に従って仕事をしているつもりだった。でもあれは、あの時代の日本政府のための正義——限定された正義でしかなかった」

「俺の正義は変わらない。お前の正義は時代や国によって変わるんじゃないか」

「だから、今の僕は裏切り者——転向者みたいなものかもしれない。戦前の体制を支えた人間は、今の日本人から見れば抑圧者だ」海老沢は言葉を切り、考えを整理しようとした。しかし、どうにもまとまらない。終戦の日からずっと考え続けているが、一向に答えが出ないのだ。しかし今日は何故か、線が一本につながった。「実は、日本はそんなに変わってないんじゃないかな」

「こんなに変わったのに?」高峰が周囲を見回した。

「見た目じゃない。政治や社会のことだ。いいか、戦前の僕たちが一番恐れ、避けようとしてきたのは何だか分かってるか?」

「共産主義」高峰が低い声で言った。

「ああ」海老沢はうなずいた。「ところが戦争に負けても、日本は共産主義国家にはなっていない。外からの力で変えられただけだ。それにアメリカも、共産主義を——ソ連を嫌っている。これからの日本は、アメリカの影響を強く受けて、政府はまた共産主義を敵対勢力と見ることになる」

「しかし、共産党の活動は自由化されたんだぞ」高峰が反論した。「だから、この前の総選挙でも、五議席も獲得してるじゃねえか。次の選挙ではもっと増えるかもしれん」

「共産党は、生かさず殺さずでいくんじゃないかな……議会制民主主義が機能していると証明するためだけの存在でいて欲しい、というのが権力者の本音だろう」

「それで？」

「本質は何も変わらない——でもやっぱり、『殺人は悪だ』という絶対的な正義に比べれば、国家の正義なんて相対的なものに過ぎないんだよ。状況によって、時代によって、いつでも変わる」

「その通りだ」高峰が低い声で相槌を打った。

「正直、お前が羨ましいと思うこともあるよ。お前は絶対の正義のために仕事をしていて、誰に恥じることもないんだから」

「しかし俺は、お前たちに負けた。捜査一課の正義が特高の都合に踏み潰された。俺は一生、それを忘れねえからな」

「ああ」海老沢はうなずいた。自分が直接関与していたことではないとはいえ、高峰には申し訳ないと思う。もしかしたら、安恵が殺されたのも、自分の仕事に対する罰だったのでは……去年三月の時点で高峰がちゃんと捜査を始めていたら、もっと早く野呂は逮捕されて、その後の犠牲者は出なかっただろう。

手遅れだ。しかし……これで僕は、戦前の罪を償ったと言えないか？

分からなかった。しかし、分からないながらに、海老沢はやるべきことを見つけていた。

「これからどうする？　警視庁に戻るのか？」

「ああ」高峰がうなずく。「京橋署の捜査本部も一段落だ。これからしばらくは、本部で待機になると思う」

海老沢はまっすぐ正面を見つめた。渋劇は静かにそこにある。戦火をくぐり抜け、庶民に娯楽を提供してきた場所──僕は娯楽を捻じ曲げてきた。

しかしそれは、必要なことだったのだ。ある意味僕も堀川と同罪──国を安定させるためにやってきたことだ。戦争に負けたのは、僕たちの責任じゃない。あくまで軍が悪いのだ。「僕は……僕も戻ろうかと思う」

「警視庁に？」

「ああ。もしも僕が警察官だったら、野呂を逮捕する現場にも立ち会えた」

「それが悔しかったから、警察に戻るつもりなのか？」

「それもある……ただ、働くのは警備課にしたい」

「特高の人間は、簡単には戻れないそうだぜ」

「時期を待つ。どこか別の部署で働いているうちに、警備課に移る機会も出てくるだろう」

「だけどお前、気持ちの整理はついたのか？　本当にやれるのか？」

「分からん。前に、お前に『まともな人間になってもらうため』と言われた時には、違和感があった。警察の仕事をしてもまともになれるかどうか……戦前は、警察の仕事をしていたからこそ、俺も傷ついたんだから」海老沢は認めた。「ただ、今回お前と一緒に仕事をしてみて、警察官の仕事——正義にもいろいろあるんだと改めて分かった。僕はずっと、台本を相手に仕事をしてきて——それは一種の事務仕事だったんだが、人と会って話を聴く仕事もそれなりに面白い」

「俺はずっとそんな仕事をやってるよ」

「もう検閲の仕事はない。どんな仕事か分からないけど、この国のために頑張りたい」

「国のため……国がどんなに簡単に国民を抑圧するか、それに外の力で簡単に変わるか、お前は目の当《ま》たりにしてきたじゃねえか。それでいいのか？　今のご時世、暮らしていくための方法は、いくらでもあるんだぜ」

「僕はまた間違えるかもしれない。国に裏切られるかもしれない。世間からは弾圧者として罵られるかもしれない」海老沢は肩をすくめた。「でも、やってみようと思う。そうしながら、国家の――自分の正義が何なのか、見極められるといいんだが」

「俺が追い求める不変の正義と国家の正義――その二つが合致するのが理想なんだろうけどな」

「どうだろう……でもまた、時代が変わるかもしれない」

「俺たちが変えるわけじゃねえ。誰かが変えた時についていくだけだ」

高峰はどこか達観した様子だった。あれだけの事件の捜査を経験して、彼も変わったのかもしれない。

「警視庁へ行くよ。警備課へ入れるかどうか分からないが、話はしてみる」海老沢は一歩を踏み出した。

「そうだな」

二人は並んで歩き出した。不意に気づいたように、高峰が笑う。

「もしも、所轄で下働きをしろって言われたらどうする？　交番で毎日立ち番をしたりパトロールしたり……お前に耐えられるか？」

「何でもやってみるよ。だいぶ遅れたけど、僕も新しい一歩を踏み出すんだ」

自分のために。亡くなった安恵のために。そしてたぶん、守るべき国のために。これから、僕の正義を探していこう。

参考文献

『特高警察』荻野富士夫／岩波新書
『思想検事』荻野富士夫／岩波新書
『夢声戦中日記』徳川夢声／中公文庫プレミアム
『敗戦日記』高見順／中公文庫ＢＩＢＬＩＯ
『古川ロッパ昭和日記　戦中篇　戦後篇』古川ロッパ、滝大作監修／晶文社
『戦禍に生きた演劇人たち　演出家・八田元夫と「桜隊」の悲劇』堀川惠子／講談社
『戦争中の暮しの記録』暮しの手帖編／暮しの手帖社
『日本警察史点描』渡辺忠威／立花書房

資料協力

早川書房

本書は二〇一八年七月、小社より単行本として刊行されました。

|著者| 堂場瞬一　1963年茨城県生まれ。2000年、『８年』で第13回小説すばる新人賞を受賞。警察小説、スポーツ小説など多彩なジャンルで意欲的に作品を発表し続けている。著書に「警視庁犯罪被害者支援課」「刑事・鳴沢了」「警視庁失踪課・高城賢吾」「警視庁追跡捜査係」「アナザーフェイス」「刑事の挑戦・一之瀬拓真」「捜査一課・澤村慶司」「ラストライン」などのシリーズ作品のほか、『八月からの手紙』『傷』『誤断』『黄金の時』『Killers』『社長室の冬』『バビロンの秘文字』（上・下）『犬の報酬』『絶望の歌を唄え』『宴の前』『帰還』『凍結捜査』『決断の刻』『ダブル・トライ』『コーチ』『刑事の枷《かせ》』『沈黙の終わり』（上・下）『赤の呪縛』『大連合』『聖刻』『０ ZERO』など多数がある。

焦土《しょうど》の刑事《けいじ》

堂《どう》場《ば》瞬一《しゅんいち》

講談社文庫
定価はカバーに
表示してあります

2022年４月15日第１刷発行

KODANSHA

発行者――鈴木章一
発行所――株式会社　講談社
東京都文京区音羽2-12-21　〒112-8001
電話　出版（03）5395-3510
　　　販売（03）5395-5817
　　　業務（03）5395-3615
Printed in Japan

デザイン―菊地信義
本文データ制作―講談社デジタル製作
印刷―――大日本印刷株式会社
製本―――大日本印刷株式会社

ISBN978-4-06-527653-2

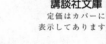

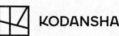

講談社文庫刊行の辞

二十一世紀の到来を目睫に望みながら、われわれはいま、人類史上かつて例を見ない巨大な転換期をむかえようとしている。

世界も、日本も、激動の予兆に対する期待とおののきを内に蔵して、未知の時代に歩み入ろうとしている。このときにあたり、創業の人野間清治の「ナショナル・エデュケイター」への志を現代に甦らせようと意図して、われわれはここに古今の文芸作品はいうまでもなく、ひろく人文・社会・自然の諸科学から東西の名著を網羅する、新しい綜合文庫の発刊を決意した。

激動の転換期はまた断絶の時代である。われわれは戦後二十五年間の出版文化のありかたへの深い反省をこめて、この断絶の時代にあえて人間的な持続を求めようとする。いたずらに浮薄な商業主義のあだ花を追い求めることなく、長期にわたって良書に生命をあたえようとつとめるところにしか、今後の出版文化の真の繁栄はあり得ないと信じるからである。

同時にわれわれはこの綜合文庫の刊行を通じて、人文・社会・自然の諸科学が、結局人間の学にほかならないことを立証しようと願っている。かつて知識とは、「汝自身を知る」ことにつきていた。現代社会の瑣末な情報の氾濫のなかから、力強い知識の源泉を掘り起し、技術文明のただなかに、生きた人間の姿を復活させること。それこそわれわれの切なる希求である。

われわれは権威に盲従せず、俗流に媚びることなく、渾然一体となって日本の「草の根」をかたちづくる若く新しい世代の人々に、心をこめてこの新しい綜合文庫をおくり届けたい。それは知識の泉であるとともに感受性のふるさとであり、もっとも有機的に組織され、社会に開かれた万人のための大学をめざしている。大方の支援と協力を衷心より切望してやまない。

一九七一年七月

野間省一

土橋章宏　超高速！参勤交代　リターンズ
戸谷洋志　Jポップで考える哲学〈自分を問い直すための15曲〉
富樫倫太郎　信長の二十四時間
富樫倫太郎　スカーフェイス〈警視庁特別捜査第三係・淵神律子〉
富樫倫太郎　スカーフェイスII　デッドリミット〈警視庁特別捜査第三係・淵神律子〉
富樫倫太郎　スカーフェイスIII　ブラッドライン〈警視庁特別捜査第三係・淵神律子〉
富樫倫太郎　スカーフェイスIV　デストラップ〈警視庁特別捜査第三係・淵神律子〉
豊田　巧　警視庁鉄道捜査班〈鉄血の警視〉
豊田　巧　警視庁鉄道捜査班〈鉄路の牢獄〉
砥上《とがみ》裕將《ひろまさ》　線は、僕を描《えが》く
夏樹静子　新装版　二人の夫をもつ女
中井英夫　新装版　虚無への供物(上)(下)
中島らも　僕にはわからない
中島らも　今夜、すべてのバーで〈新装版〉
鳴海　章　フェイスブレイカー
鳴海　章　謀略航路
鳴海　章　全能兵器AiCO《アイコ》
中嶋博行　新装版　検察捜査
中村天風　運命を拓く〈天風瞑想録〉

中村天風　叡智のひびき〈天風哲人　箴言註釈《しんげんちゅうしゃく》〉
中山康樹　ジョン・レノンから始まるロック名盤
梨屋アリエ　でりばりぃAge
梨屋アリエ　ピアニッシシモ
中島京子　妻が椎茸だったころ
中島京子ほか　黒い結婚　白い結婚
奈須きのこ　空の境界(上)(中)(下)
中村彰彦　乱世の名将　治世の名臣
長野まゆみ　簞笥のなか
長野まゆみ　レモンタルト
長野まゆみ　チマチマ記
長野まゆみ　冥途あり
長野まゆみ　45°〈ここだけの話〉
長嶋　有　夕子ちゃんの近道
長嶋　有　佐渡の三人
長嶋　有　もう生まれたくない
永嶋恵美　擬態
永井　均　内田かずひろ絵　子どものための哲学対話
なかにし礼　戦場のニーナ

なかにし礼　生きる力〈心でがんに克《か》つ〉
なかにし礼　夜の歌(上)(下)
中村文則　最後の命
中村文則　悪と仮面のルール
中田整一 編／解説　真珠湾攻撃総隊長の回想〈淵田美津雄自叙伝〉
中田整一　四月七日の桜〈戦艦「大和」と伊藤整一の最期〉
中村江里子　女四世代、ひとつ屋根の下
中野美代子　カスティリオーネの庭
中野孝次　すらすら読める方丈記
中野孝次　すらすら読める徒然草
中山七里　贖罪の奏鳴曲《ソナタ》
中山七里　追憶の夜想曲《ノクターン》
中山七里　恩讐の鎮魂曲《レクイエム》
中山七里　悪徳の輪舞曲《ロンド》
長島有里枝　背中の記憶
長浦　京　赤《セキ》刃《ジン》
長浦　京　リボルバー・リリー
中脇初枝　世界の果てのこどもたち
中脇初枝　神の島のこどもたち

2022年 3 月15日現在